檻の中の少女

角川ホラー文庫
15002

プロローグ

目を覚ます――すると、彼女のことを考えている。

また目を閉じる――やはり彼女の姿を思い浮かべている。

ベッドから出てトイレに向かう――相変わらず彼女のことを思っている。

トイレから戻り、光の差し込む部屋のソファに腰を下ろす。いまだに僕は、彼女のことを考え続けている。

コーヒーをすすっていても、食事をしていても、浴槽に体を横たえていても、カンバスに向かって絵筆を握っていても……空に浮かぶ雲を見つめていても、窓の向こうに広がる海を眺めていても、吹き抜ける海風の音を聞いていても……僕は網膜に焼き付いた彼女を見つめている。その声を思っている。

いつも見つめていたい。いつもその甲高い声を聞いていたい。そして、いつも……その華奢《きゃしゃ》な体を抱き締めていたい。

光る海や流れる雲を眺めながら、僕はぼんやりと彼女との暮らしを――夢でも見るかのように思い浮かべてみる。

食事の支度？

彼女にはできない。

洗濯？

そんなことが、できるはずがない。

買い物？　掃除？　アイロンがけ？

いや、無理だ。そんなことをしている彼女など、想像がつかない。

彼女は何もできないし、僕もまた、何も期待していない。

大丈夫。そういう雑事は僕がやる。彼女はただ、いてくれるだけでいい。僕の傍らにいてくれさえすれば、それだけでいい……。


彼女——まだティーンエイジャーにもならない女の子。

そうだ。彼女の身長は150センチをようやく超えたほどでしかないのだ。その体重は35キロにも満たないのだ。

首は折れてしまいそうに細くて……まったく肉の付いてない肩からは骨が飛び出していて……その背には翼の形をした肩甲骨がくっきりと浮き上がっていて……胸はまだほとんど膨らんでいなくて……尻《しり》は男の子のように小さくて……。

そんな女の子のことを、この僕が、30歳をとっくに超えたこの僕が、これほどまでに激しく愛してしまうだなんて！

畜生。息苦しい。息苦しくて、たまらない。

ああっ、どうしてこんなことになってしまったのだろう？　いったい僕は、どうしてしまったというのだろう？


人が人に抱く愛という感情は、多くの場合において――いや、そのほとんどの場合において、ほんのつかの間の幻想にすぎない。たとえそれが幻想ではなかったとしても、それは突如として終わりを告げる一時的で、不確かで、気まぐれな感情でしかない。

そう。ごくわずかな例外を除いて、この世に色褪《あ》せない愛というものは存在しない。

けれど……僕が今、彼女に抱いている愛は、そのわずかな例外なのだ。決して色褪せることのない確かな感情なのだ。

およそ人の感情の中で、これほど確かなものがあろうか？　これほど永続的で、これほど信じられるものがほかにあろうか？

裏切られても、裏切られても……僕は恨まない。この思いは薄れない。この愛のためになら、何を失ったとしてもかまわない。

ああっ、ロリータ。僕のロリータ。

僕の愛。僕の夢。僕の欲望。僕の力。僕の全世界。
そうだ。彼女は全世界なのだ。僕の生きる目的のすべてなのだ——。

第1部

第1章

1.

うららかな春の日だった。

その日差しの優しさに誘われて、僕は部屋の北側にあるもうひとつのベランダに出てみた。年が改まってもう3カ月以上が過ぎているというのに、その年になって北側のベランダに出るのは初めてのことだった。

アルミニウム製の手摺《てす》りにもたれ、マンションの北側に広がる住宅街を見下ろす。日差しは随分と強くなったとはいえ、まだ風は冷たい。それでも、どこかからほのかに、春の匂いが漂って来る。

しばらくそうやって12階のベランダから外の風景を眺めていたあとで、何げなく……僕は足元に視線を落とした。

そこには小さく、薄汚れた植木鉢が置かれたままになっていた。

それは以前は朝顔が植えられていた、安っぽいプラスティック製の植木鉢だった。秋になって朝顔が枯れてしまったので、僕が東側のベランダからこの北側のベランダに持って来て、冬のあいだずっとそこに放り出してあったのだ。

秋に僕がそこに運んで来た時には植木鉢の土はカラカラに乾いて、枯れた朝顔の茎以外は何も生えていなかった。けれど今、その狭い土の表面には、鮮やかな緑色をした小さな芽が隙間もないほどぎっしりと顔を出していた。

何という植物の芽なのだろう？　いったい、どこから種が飛んで来たのだろう？

僕はそこにしゃがんで、植木鉢の土の表面を覆い尽くした小さな芽の数々を眺めた。

北側にあるそのベランダには、早朝と夕方以外には日の光が差し込むことはなかった。夏には時折、そこで夕涼みをしながらビールを飲んだりすることもあるけれど、そのほかの季節には僕がそのベランダに出ることはめったになかった。

きょうはこんなに暖かくて、いよいよ春がやって来たという感じなのに、今もそのベランダは冬のままだった。冷たい風が絶えず吹きつけて、じっとしていると震えが来るほど寒かった。

ベランダにしゃがんだまま、僕は日の光を知らずに育った植物の芽を見つめ続けた。そんなところに放置された鉢の中でさえ、芽を吹いているけなげな生命体を――。

お前たち、もっと暖かいところに連れて行ってやろう。

僕はその小さな植木鉢を持ち上げた。そして、それを手に、東側にあるもうひとつのベランダに向かった。

東側にあるベランダは、北側とは別世界だった。そこには明るく暖かな春の日差しが、さんさんと降り注いでいた。僕は北側のベランダから運んで来た小さな鉢を、その日だまりに置いた。

どうだ？　ここなら暖かいだろう？

鉢の脇にしゃがみ込み、春の風が運んで来る海の匂いを嗅《か》ぎながら、僕は小さな双葉を太陽に輝かせる名もない雑草の芽の数々を眺めた。

日陰に生えた植物は動けないんだ。

僕はその動かしがたい事実を思った。日陰の草はみんな、そこで我慢して生きて行くしかないんだ。

それは、ごく当たり前のことだった。だが、僕には、その当たり前のことが、とても不条理で、不公平なことにも感じられた。


僕の日常はとても単調なもので、その1日1日のことなど、ほとんど記憶に残っていない。同じことの繰り返しの中で、あっと言う間に1週間が過ぎ、1カ月が過ぎ、1年が過ぎてしまう。

繰り返し、繰り返し……繰り返し、繰り返し……。

けれど、3年前のあの日のことは、なぜだか、よく覚えている。

理由のひとつは、北側のベランダに放置された植木鉢に生えた雑草の芽に心を動かされたから。そして、もうひとつの理由は、その少女に出会ったからだ。


今から3年前のその日――いつものように正午前に目を覚ました僕は、いれたばかりの熱いコーヒーを飲んだあとで、北側のベランダにあった植木鉢を東側に移動させた。そしてしばらくのあいだ、日だまりにしゃがんで、ぼんやりとその鉢を眺めていた。

あの日はどこからか、ヒバリのさえずる甲高い声が聞こえた。遠くから、湘南《しょうなん》電車のレールの音が柔らかく響いた。耳を澄ましていると、海岸に規則正しく打ち寄せる波の音が微《かす》かに聞こえた。

小さな双葉を太陽に輝かせる雑草を、僕はぼんやりと眺め続けた。そして……ふと、外出しようと思い立った。

特別な理由があったわけではない。たぶん、春の日差しに誘われたのだろう。

そう。それは本当に暖かで、穏やかな春の日だった。

外出したからといって、どこに行こうという当てがあるわけでもなかった。僕はふだん、自宅のあるマンションの1階に併設されたスーパーマーケットと、その少し先にある画材屋以外の場所に足を運ぶことはほとんどなかったから。

それでも、3年前のその日、僕はあちらこちらに絵の具の付着したジャケットを羽織り、6Bの鉛筆と小さな消しゴムをポケットに突っ込み、スケッチブックを小脇に挟んで、足の向くまま、近所にある公園へと向かった。

公園に着くと、日だまりのベンチに腰を下ろし、スケッチブックを広げた。そして、長いあいだ、ぼんやりと辺りを見まわしていた。

いつの間にか公園の桜は、どれも満開になっていた。風が吹くたびに、薄桃色をした花びらが綿雪のようにひらひらと舞い飛んだ。花びらで埋め尽くされた歩道は、まるで薄桃色の絨毯《じゅうたん》を敷き詰めたかのようだった。

平日の午後だというのに、春の公園にはたくさんの人々がいた。

満開の桜を見上げてそぞろ歩く人、桜に向かってカメラや携帯電話のレンズを向ける人、犬の散歩をする人、幼い娘とバドミントンをしている若い母親、ベンチで居眠りをしているスーツ姿の男、その向こう側のベンチに寄り添ってハンバーガーを頰張る若いカップル、群がる鳩に餌を撒《ま》いている老人、桜の花びらを拾い集める少女たちや足元の花びらを蹴散《けち》らしながら走りまわる少年たち……。

さて、何を描こうかな?

随分と長いあいだ辺りを見まわしていたあとで、僕はようやく鉛筆を握り締めた。そして、僕のいるベンチから30メートルほど離れたところ、芝生の上にシートを広げて賑《にぎ》やかに食事をする子供連れの女たちと、彼らの上に傘のように枝を張り出した大きな桜の樹をスケッチブックに描き写し始めた。

別にその絵を売り物にしようと考えているわけではなかった。そのスケッチがいつか、何かの役に立つと考えているわけでもなかった。それでも、手元に紙と鉛筆があれば、目の前の物を写生してしまう。それは幼い頃からの僕の癖だった。

人々の頭上に張り出した大きな枝からは、無数の花びらが絶え間なく舞い落ちていた。ぼってりと花を付けた枝の中では、その蜜《みつ》を吸おうとする鳥たちが甲高い声で鳴きながら飛びまわっていた。

桜の樹のだいたいのスケッチを終え、今度は樹の下の人々の姿をひとりずつ描いている時だった。

「すごい。そっくり」

すぐ脇から聞こえた声に、僕は顔を上げた。

声をかけて来たのは、パステルピンクのテニスウェアをまとった少女だった。

「おじさん、絵がすごくうまいんですね」

僕のスケッチブックを見つめて少女が言った。

「ありがとう。でも、僕はそんなにうまくないんだよ」

僕の脇に立った少女は、ほんの少し首を傾げ、大きな目で僕の顔をじっと見つめた。長く伸ばしたつややかな黒髪が、美しく肩に流れていた。

子供と付き合うことのない僕には、少女の年齢なんてまったくわからない。まだ小学生なのかもしれないし、すでに中学生になっているのかもしれない。だが、そこに立っているのが美しい少女だということは、僕にもすぐにわかった。

「そうなんですか？」

美しいだって？

そんな子供のような女の子に対して、そんなふうに感じたことに、僕自身が驚いた。覚えている限りでは、少女を見て美しいと思ったことは1度もなかった。

「うん。世の中には僕より絵のうまい人がたくさんいるからね」

「へー？　こんなにうまいのに……」

まだ春がやって来たばかりだというのに、少女はこんがりと小麦色に日焼けしていた。

そして、生まれて間もない子鹿のような体つきをしていた。

そう。その少女は、本当に子鹿のようだった。テニスのスコートから突き出した脚は少年のように細く骨張っていたし、胸はまだ申し訳程度にしか膨らんでいなかった。

「おじさん、絵描きさんなの？」

絵の具で汚れた僕のジャケットを見つめて少女が訊《き》いた。

「まあ、一応ね」

「やっぱり。だって、すごくうまいもん」

「ありがとう」

日焼けした少女の顔を見つめ返し、僕はぎこちなく微笑んだ。

微笑んだのなんて、いったい、いつ以来だろう？　長く使わずにいた笑うための筋肉が、引きつったような気がした。

風が吹き、落ちた桜の花びらが細かい土埃《ぼこり》と一緒に舞い上がった。ノースリーブのテニスウェアをまとった少女が、小麦色の腕を抱き合わせるようにして身を屈《かが》めた。

「そんな恰好《かっこう》で寒くないの？」

僕は少女の剝《む》き出しの肩に目をやった。骨が浮き出た小さな肩には、一面に鳥肌が立っていた。

「寒いけど……我慢してるんです」

「どうして？」

「だって、このテニスウェア、すごく可愛いし……それに、わたしにすごくよく似合っていると思うから……」

少女は白い八重歯を見せて、少し照れたように微笑んだ。

少女の言う通りだった。パステルピンクのそのテニスウェアは、健康的に日焼けした彼女にとてもよく似合っていた。

「きょうは学校は休みなの？」

少女が立ち去る様子を見せないので、僕はそんな質問をしてみた。

「今は春休みです」

「そうか……春休みなのか」

「そんなことも知らないなんて、おじさん、子供はいないんですか？」

尖《とが》った八重歯を見せて少女が訊いた。少女は小作りで、子供子供した顔付きをしていたけれど、その口調は大人びていて、少し生意気に聞こえた。

「うん。子供も奥さんもいないんだ」

「へー。どうして結婚しないんですか？」

「さあ？　どうしてなのかな？　自分でもよくわからないよ」

「ふーん。自分のことなのにわからないなんて、何だか変なの」

唇を突き出すようにして少女が言った。その濡《ぬ》れた唇が、春の日差しに光った。

それからさらにしばらく、少女は僕の脇に立ってスケッチを見下ろしていた。

「この枝、本物よりだいぶ大きいような気がするんですけど……」

少女がほっそりとした指で、僕が描いた桜の枝を指した。その指先では、サクラガイみたいな色をした爪が光っていた。

「わざと大きく描いてるんだよ。そのほうが、絵の構図としては面白いんじゃないかと思ってね」

「へー？　ねえ、おじさん、子供の頃から絵がじょうずだったんですか？」

「じょうずだったかどうかはわからないけど、昔から絵を描くのは好きだったんだ」

「ふーん」

たいして興味がなさそうに少女が言った。寒いのか、細かく足踏みを繰り返し、両手でしきりと二の腕の辺りを擦《こす》り続けていた。

公園などでスケッチブックを広げていると、こんなふうに声をかけられることがしばしばあった。そばに立って長いあいだ僕の手元を見ている人も少なくなかった。そういう時、ふだんは特に何も感じない。けれど、その少女に見つめられていると、なぜだか、少し照れ臭いような気がした。

「おじさん、人物は描かないんですか？」

「うーん。絶対に描かないということもないんだけど……」

「それじゃあ、今度、わたしを描いてくださいよ」

「君を？」

「ダメですか？」

「ダメじゃないけど……僕は人物を描くのは苦手なんだよ」

それは事実だった。美大を卒業してから、僕が自画像以外の人物を描いたことは数えるほどしかなかった。

「あっ、テニススクールの時間だ」

やがて、公園の時計を見上げて少女が言った。

「これからテニスをするの？」

「うん。もう行かなくちゃ。それじゃ、おじさん、またね」

僕は鉛筆を動かす手を止め、また少女に微笑んだ。それから、ラケットを抱えて離れて行く少女のほっそりとした後ろ姿を見つめた。

少女のソックスの踵《かかと》にはウサギの尾のような白くて丸い飾りが付いていて、小麦色の細い脚を前後させるたびに、それが上下に忙《せわ》しく揺れた。


その翌日の午後、僕は再びスケッチブックを抱えて公園に行った。そして、前日と同じベンチに腰を下ろして、前日と同じように辺りの風景のスケッチをした。

この僕が2日も続けて外に出るなんて……それは、とても珍しいことだった。

なぜ、また公園に？

小麦色の肌をしたあの少女に、また会えるのでは……きっと、そんなふうに思っていたのだろう。次に会った時には、あの子の絵を描いてあげてもいいかな、と……。

その日もいつものように、何人かの人々が僕の脇に立ち、そこでスケッチブックをのぞき込んでいった。声をかけて来た子供もいた。けれど、夕方までそこにいたけれど、あの小麦色の肌をした少女は現れなかった。

その翌日も、そのまた翌日も、僕は公園の同じベンチに座ってスケッチブックを広げた。

けれど、やはりあの少女は現れなかった。もう2度と現れなかった。

2.

あの小麦色の肌の少女はどうしているのだろう?

あれから3年が過ぎた今も、僕は時々、彼女のことを思い出す。

当時30歳だった僕は33歳になっただけだ。3年なんて、どうってことはない。けれど、ああいう少女にとっての3年は、たぶん、とてつもなく長い時間なのだ。今ではきっと、あの少女もすっかり大人びてしまって、公園でスケッチブックを広げている僕を見ても、無邪気に声をかけて来ることもないだろう。


3年前のあの日、僕が北側のベランダから東側に移動させた植木鉢に生えた芽は、水をやり忘れたせいで結局はすべて枯らしてしまった。だから、あれがどんな植物の芽だったのかは今もわからない。

それでもあれ以来、僕はしばしば日陰の草のことを考える。

暖かな陽光が降り注ぐ場所に生えた草がある一方で、決して日の差さない場所に生えた草がある。

日陰の草は自分の力で日なたに移動することはできない。彼らにできるのは、ただ、諦《あきら》めて、日の当たらない場所での生を受け入れることだけだ。


諦めることと、受け入れること——。

人が生きていく上において、そのふたつはとても大切なことだ。

最近、つくづくそう思う。

もちろん、最初からそんなふうに考えていたわけではない。

こんな僕にだって、かつては諦め切れないものがあったのだ。自分自身の力で何とか日なたに行けないものかと考えたこともあったし、誰かが僕を日の当たる場所に連れて行ってくれないものかと、都合のいい望みを抱いていたこともあったのだ。

けれど、日陰に生えた雑草を、わざわざ日なたに移植しようとする人はいない。同じように、売れない画家を日なたに連れて行こうとする人もいない。

僕は諦めた。そして、日陰で生きるという現実を受け入れた。

諦めることと、受け入れること——。

そう。僕の33年の生の時間は、その繰り返しだった。

画家として有名になりたいと願うことを僕は諦めた。予備校での講師の仕事を辞めたことで、安定した収入を得ることを諦めた。僕は人並みの暮らしを送ろうとすることを諦めた。結婚することを諦め、必然的に子孫を残すことを諦め、家族を持つことを諦めた。そして、自分が誰からも注目を受けない画家であるという現実を受け入れた。

諦めることと、受け入れること――それが僕に与えてくれたものもある。

ひとつは心の平安。ひとつは自由だ。

僕が暮らすこの部屋にはテレビがない。システムコンポも、モバイル式の音楽プレーヤーもない。パソコンもない。DVDプレーヤーもない。ファックスもデジタルカメラも携帯電話も、この部屋にはない。オーブントースターはあるけれど、給湯ポットや電子レンジやホットプレートはない。時計は、いつも左腕に嵌《は》めている安物の腕時計がひとつあるだけだ。

この部屋には新聞は配達されて来ない。付き合っている画商以外にはドア脇のインターフォンのボタンを押す人もめったにない。家族や友人知人が訪れて来ることもない。

僕は名刺を持っていない。クレジットカードを持っていない。運転免許証はあるが、車はない。パスポートの有効期限は、もう随分と前に切れたままだ。

そうだ。僕はみんなが持っているものを何も持っていない。

けれど、僕には自由がある。毎日の心の平安がある。そのふたつは、諦めることと受け入れることとが僕にもたらしてくれた宝物だ。

毎朝、僕は自然と目が覚めるまで眠っている。まだ眠たければ、もう1度眠ることもある。眠たくなければベッドから出る。

ベッドから出るといつも、その日の気分でコーヒー豆の銘柄を選び、それを手動のミルでガリガリと挽《ひ》く。サイフォンとアルコールランプを使ってコーヒーをたて、窓の向こうに広がる湘南の海を眺めながら、それをのんびりと味わう。

空腹を感じれば食事をするし、腹が減っていない時には何も食べない。風呂《ふろ》に入りたくなれば入浴をする。ずっとベッドに寝転んでいたければそうするし、いつまでも海を眺めていたければそうする。昼間から酒を飲みたくなれば、もちろんそうする。

気が向いた時には一日中でも筆を握り締めて絵を描いている。けれど、気分が乗らなければ何週間も描かない。

やりたい時に、やりたいことを、やりたいようにやる。誰かのためになどとは考えず、自分の都合だけを考えて生きる。僕が責任を取らなくてはならないのは、自分の生活についてだけ。

つまり、それが自由ということだ。諦め、受け入れるだけで、人はこんなにも自由になれるのだ。

とても単調で退屈で、時々はお金に困ることもあるけれど、余計な何かに心を乱されることのない平穏で豊かな毎日……僕はその生活が気に入っていたし、これからも死ぬまでその暮らしが続くものだと思っていた。

けれど、そうではなかった。

僕の自由と平穏の日々は、その小さな侵入者の出現によって、瞬く間に破壊されてしまったのだ。

3.

その春の午後、僕の部屋に、小柄だけどとても太った中年の画商がやって来た。画商はいつものように床に並べた僕の絵を腕組みしながら眺め、「うん。どれも悪くはないね」と、いつものように言って、持参した大きなバッグにそのすべてを詰め込んだ。

いつものように？

いや、何年か前までは、たとえ僕が10枚の絵を描き上げたとしても、彼が気に入って持ち帰ってくれるのは、その中の2枚か3枚だけだった。「きょうは欲しい絵が1枚もないなあ」と言われることも稀《まれ》ではなかった。

けれど今では、彼は僕が見せる絵のほとんどすべてを画廊に持ち帰って売りさばいてくれる。

数年前に比べて、僕がうまくなったから？

いや、そうではない。僕の絵の技量は少しも上がっていない。それは僕自身がいちばんよく知っている。ただ、最近の僕は、この画商がどんなものを売りたがっているのかをちゃんと心得ていて、そういう絵ばかり描いているのだ。

僕が付き合っている画商は彼ひとりだけだ。ということは、彼が絵を売ってくれなければ、生活していくことができなくなってしまう。だから、必然的に、僕は彼が気に入ってくれる絵だけを描くようになったのだ。

あざとくなった、と言われれば返す言葉はない。けれど、僕だって、霞《かすみ》を食べて生きていけるわけではない。

「わたしが取引している若い画家の中では、長澤《ながさわ》くんがいちばんよく売れるんだ」

その日、商談のあとで、僕がいれたコーヒーを飲み、煙草の煙をくゆらせながら、満足げな口調で画商が言った。

「ありがとうございます。角田《つのだ》さんのお陰です」

「いや、そうじゃないよ。長澤くんの絵は妙な癖がないから売りやすいんだよ」

妙な癖がない？

つまりそういうことなのだ。

ゴッホの絵を見ればゴッホが描いたとわかる。ピカソの絵を見ればピカソが描いたとわかるし、セザンヌの絵を見ればセザンヌが描いたとわかる。だが、僕の絵を見て、僕が描いたと特定できる人はいない。それが『妙な癖がない』ということだ。

野心に溢《あふ》れた若い画家たちは、必死になって自分の個性や独創性を打ち出そうとし、絵の中に自分の情念を刻み付けようとする。それは当たり前のことだ。過去の誰とも違うものを産み出そうとするのは、芸術家として当然のことなのだから。けれど、そういう工夫や創造が、画商の目には『妙な癖』と映るのだろう。

だが、僕はそうではない。僕の絵には『妙な癖』がない。

わかっている。僕は芸術家ではなく、職人なのだ。絵の素人が自宅の客間や、会社の応接間に飾りたくなるような、わかりやすい絵を描くのが僕は得意なのだ。

僕は独創的なものを描かない。前衛的なものを描かない。絵に主張は込めないし、冒険もしない。いつも同じような素材を、いつも同じような大きさのカンバスに、いつも同じような構図とタッチで描き続ける。

やり甲斐《がい》なんてない。ここ数年は楽しいとも感じない。ただ、工場の流れ作業のように、決められたことを、決められた手順で続けていくだけ……。

もちろん、それでかまわない。僕のように才能に乏しい人間が不満を言ったら、罰が当たる。

僕は日陰の草なのだから……ここ以外に生きる場所はないのだから……。

いつもならコーヒーを飲み終わると、画商はすぐに帰って行く。けれど、その日はそうではなかった。

小柄で太った中年の画商は、僕がアトリエ兼リビングルームとして使っている部屋のソファにもたれ、窓の向こうに広がる湘南の海を目を細めて眺め、煙草を何本か続けて吸いながら、取り留めのない話を続けた。

角田さん、きょうは暇なのかな?

僕がそう思った時だった。画商が、「長澤くん、実は君に相談があるんだ」と言って、その細い目で僕の顔を見つめた。

「はい。何でしょう?」

たっぷりと肉の付いた画商の不健康な顔を僕は見つめ返した。

「うん。実はね……長澤くんに女の子の絵を描いてもらいたいと思ってるんだ」

「女の子ですか?」

意外な気がした。これまで彼が僕に求めてきたのは、花瓶に活《い》けられた花の絵や、壺《つぼ》や果物の絵や、のどかな田舎の風景や、山や森や湖の絵ばかりだったから。

「実は、懇意にしているお客さんがいてね……会社をいくつも経営してる金持ちのじいさんなんだけど、うちにとってはとてもいいお得意さんなんだ……そのじいさんが、初々しい女の子の絵を何枚か欲しがってるんだよ」

「あの……その人、いくつぐらいなんですか?」

「もう70代半ばにはなってるんじゃないかな?」

「そんな老人が女の子の絵を欲しがってるんですか?」

「うん。まあ……人の好みはいろいろだからね」

太っているせいで全体の作りが真ん中に集まった顔に、画商が苦笑いを浮かべた。

「女の子って……あの……何歳ぐらいのことですか？」

「小学校の高学年……10歳から12歳までのあいだかな？　まだ大人になる前の女の子がいいんだ」

太い腕を窮屈そうに組んだ画商が言い、僕は、3年前の春の日に公園で出会った、テニスウェアをまとった小麦色の肌の少女を思い浮かべた。

「それでわたしも、付き合いのある画家たちのことをいろいろと思い浮かべてみたんだけど……可愛らしい女の子を描くには、長澤くんの画風がぴったりだと思ったんだ」

腕組みをしたまま、僕を見つめて画商が微笑んだ。

「僕の画風……ですか？」

画風だなんて……そんなことを言われたのは何年ぶりだろう？　少し照れ臭かった。美大の同級生たちが聞いたら、苦笑いをするに違いない。

「うん。何て言うか……筆遣いが繊細で……写実的で……優しくて……」

画商は抽象的な褒め言葉を無理に並べた。「いつも長澤くんが花や果物や風景を描いているようなタッチで、可愛くて初々しい女の子を描いてもらいたいんだよ」

僕は画商の真意を理解した。たぶんその依頼主の老人は、絵についてはまったくの素人なのだろう。だから僕のような、わかりやすくて、癖のない、つまらない絵を描く画家が求められているのだろう。

どちらにしても、この話は気乗りがしなかった。

昔から僕は人物を描くのが好きではないのだ。だいたい、目の前にモデルにいられると、描くことに集中できないのだ。だから今では、僕が描く人物は鏡に映った自分だけだ。もう何年も、モデルを置いて描いたことなどない。

「あの……もうモデルになる子は見つけてあるんですか？」

すぐに断るわけにはいかないので、僕はそう訊《き》いてみた。

「いや、まだなんだけど……でも、知り合いの芸能プロダクションに頼んであるから、モデルの子はすぐに見つかると思うんだ」

「うーん。だけど、僕には人物の絵は、ちょっと……」

「頼むよ、長澤くん。何枚か描いてみてくれないかなあ？　たとえ先方が気に入らなくても、わたしが責任をもって買い取るから……君ならきっと、うまく描けると思うんだ。頼むよ、この通りだよ」

画商がその太った両手を合わせて頭を下げた。彼とはもう何年も付き合っているが、そんなことをされたのは初めてだった。

しかたがない。彼がいなければ、僕の自由はあり得ないのだ。

僕はふーっと大きく息を吐いた。

「わかりました、角田さん。何枚か描いてみます」

僕の言葉を聞いた画商が嬉《うれ》しそうに笑った。ただでさえ細い目が、肉に埋もれて見えなくなった。

「もしかしたら、これは長澤くんにとっても大きな転機になるかもしれないよ」

画商が言い、僕は「そうですかねえ……」と言って曖昧《あいまい》に笑った。

大きな転機──その時は、本当にそんなふうになるとは思いもしなかったのだ。

4.

小学生だった頃は、誰もが僕の絵をうまいと言った。中学生の時も、高校生の時も、いろいろな人が僕の描く絵をうまいと言った。けれど、美大に入学してからは、誰ひとり僕の絵を褒めることはなくなった。

美大には僕よりうまいやつが何人もいたから……いや、そうではない。

確かに美大には僕よりうまい学生がたくさんいた。だが、絵を描くことにおいて、本当に大切なのは、うまいか下手かではない。

そう。絵画においては、うまいとか、うまくないとかは、それほど大切なことではない。

洞窟《どうくつ》の壁に描かれた古代の壁画が、たとえ稚拙であったとしても、今でも人々の心を打つのは、そこに込められた描き手の情念が、きらめきのように存在するからなのだ。

『この感動を誰かに伝えたい』

『この喜びを表現したい』

『この瞬間の興奮を描き残しておきたい』

そういう描き手の燃えるような思いが、数万年の時間を超えて、なお人々の心を強く揺さぶるのだ。

絵画というのは、それを描く人の情念を閉じ込めたカプセルのようなもので、そこに封印された描き手の情念が見る人の心にダイレクトに、弾《はじ》けるように伝わるものなのだから……描く側にその情念のような確かな心が存在しなければ、それを見る人に何かを伝えることなどできはしないのだ。

感動や喜びや興奮を抱いて洞窟の壁画を描いた古代人とは違い、僕は空っぽだった。ただ絵を描くのが好きなだけで、それによって伝えたいものなど何もなかった。そんな僕に、いい絵が描けるはずがなかった。

もう今では、僕に野心はない。ただ毎日、絵を描いて暮らしていられることに満足している。好きなことをして人生を終えられれば、それでいい。ほかには、何も望まない。

画商が絵のモデルを連れてやって来たのは、満開だった桜がすっかり葉桜になってしまった土曜日の午後のことだった。

もしかしたら、あの小麦色の肌の少女がやって来るのではないか……。

あれから3年もの年月が過ぎているのだから、そんなことがあるはずもなかった。それでも、僕はそんな淡い期待を抱いていた。あの初々しくて清純そうな少女だったら……いや、あんな雰囲気の少女だったら……彼女をモデルにして何枚か絵を描いてみても悪くないと思い始めていたのだ。

けれど、太った画商と並んで僕の部屋の玄関に立っていたのは、あの少女とは似ても似つかない少女だった。

少女？

いや、少女には見えなかった。俯《うつむ》いていたから、顔はよく見えなかったけれど、僕は一瞬、画商が絵の趣旨を変えて若い女を連れて来たのかと思った。

その少女はとても丈の短い白いニットのワンピースをまとい、大人っぽいデザインの黒いベルベットのジャケットを羽織っていた。薄いナイロンストッキングに包まれた足には、踵《かかと》の高いエナメルのパンプスを履いていた。

「いやあ、長澤くん、遅れてすまん。こちらが君の絵のモデルになる……ええっと……鈴木ローラちゃんだ」

玄関に立った画商が、自分の脇に立った少女を見下ろして言った。きょうはそれほど気温が高くないというのに、画商の顔には無数の汗の粒が浮いていた。「ローラちゃん、彼が長澤俊介《しゅんすけ》先生だよ」

「初めまして。あの……これからよろしくお願いします」

少女が俯いたまま言った。

「ああっ、あの……こちらこそ、よろしくお願いします」

反射的に僕もそう答えた。けれど、その時、僕は、これからこの若い女をモデルにして絵を描くことを思って、早くも憂鬱《ゆううつ》な気分になりかかっていた。

少女が顔を上げて僕を見た。その時になって、僕も初めて少女の顔を見た。

そこに立っていたのは、若い女ではなく、まだあどけない顔をした少女だった。

あっ、綺麗《きれい》な女の子だな。

僕は思った。

そう。画商の隣に佇《たたず》んだ少女は美しかった。その美しさは少し不自然なほどで、まるでそこに人形が立っているかのようだった。

公園で出会った少女と同じように、その少女もまた、ほっそりとした長い首と、子鹿のような未熟な体つきをしていた。大人びたデザインのジャケットの上からでも、それがはっきりとわかった。

けれど、そんな子供子供した体つきをしているというのに、その少女は若い女たちがよくしているように、ヴォリュームのある長い髪を明るい色に染め、その毛先の部分に柔らかなウェイヴをかけていた。さらに少女は顔に濃く化粧を施し、全身にたくさんのアクセサリーをまとい、香水の甘い香りを漂わせていた。

大人のように装った少女——それが僕に違和感を与え、戸惑わせた。

5.

　玄関で挨拶《あいさつ》を交わしたあとで、僕たちは僕がアトリエ兼リビングルームとして使っている部屋のソファに向かい合って座り、今後の仕事の進め方などについて話し合った。

　少女は先月の終わり、つい15日ほど前に11歳になったばかりで、この4月から小学校の6年生になったということだった。

「あの……ローラだなんて、変わった名前ですね。本名なんですか？」

　画商と並んでソファに窮屈そうに座った少女に僕は訊いた。

「そう、本名なんだ。ねえ、ローラちゃん？　正式にはローラじゃなくて、ええっと……ローランだったよね？」

　少女が口を開く前に画商が答えた。

「ローラン？　もっと変わってるような……」

「何でも、彼女のお母さんがシルクロードを旅行している時、楼蘭の遺跡の辺りで急に産気づいて、現地の助産師に取り上げてもらったらしいんだ」

「シルクロード、ですか？」

「うん。楼蘭で生まれたから楼蘭。楼閣の楼に、ランの花の蘭。そうだよね、ローラちゃん？」

画商が少女に笑いかけ、俯き加減に座った少女が「わたしのママ、すごく変わった人なんです」と言って、恥ずかしそうに頷《うなず》いた。その声は小さくて、少し舌足らずだった。

画商の話によると、少女はこの近所にある小さな芸能プロダクションに所属しており、今は歌とダンスと演技の勉強をしていて、将来の芸能界デヴューを目指しているらしかった。彼女の親とプロダクションにはすでに、絵のモデルをすることの了解をもらっているということだった。

「あの……鈴木さんは、歌と踊りが好きなの？」

僕が訊《き》くと、少女は俯いたまま、「はい」と小さな声で答えた。

「演技にも興味があるんだ？」

「はい。そうです」

少女が、また小声で、しおらしげに答えた。

「どうだい、長澤くん？　ローラちゃん、すごく可愛いだろう？」

画商が誇らしげな口調で言った。「女の子と大人の女が同居しているっていうか……こんなに子供っぽい体つきをしているのに、すでに大人の女の色香を漂わせているっていうか……プロダクションで写真を見せてもらった瞬間に、『この子しかいないっ！』ってピンと来たんだ」

画商の言葉を聞いた少女が、濃く化粧をした顔を恥ずかしそうに赤らめた。

「そうですね。可愛いですね」

一応、僕は同意した。けれど、やはり違和感を覚えて、戸惑っていた。目の前に座っている少女は、僕がぼんやりと想像していた少女の姿とはあまりにも掛け離れているように思えたのだ。

「いやあ、絵ができるのが楽しみだなあ。長澤先生、しっかり頼むよ」

隣に座った少女を不躾《ぶしつけ》に見下ろして、画商が嬉《うれ》しそうに言った。きょうの彼は本当にご機嫌だった。

僕はできるだけさりげなく少女に視線を向けた。

画商の言う通り、少女は確かに整った可愛らしい顔立ちをしていた。けれど、その可愛らしさは、どことなく不自然で、人工的なもののような感じがした。

3年前に公園で出会った少女の健康的な美しさに比べると、鈴木楼蘭という少女はどことなく不自然で不健康だった。彼女からは子供らしい清純さも無邪気さも、潑剌《はつらつ》とした元気さのようなものも感じられなかった。

少女は明るい色に染めたヴォリュームのある髪を肩の辺りで大きく波打たせていた。華奢《きゃしゃ》な体にぴったりと張り付くような純白のミニ丈のニットのワンピースをまとい、その上に大人びたデザインの黒いベルベットのジャケットを羽織っていた。ストッキングに包まれた骨張った膝《ひざ》の上には、黒いスパンコールの鏤《ちりば》められた小さなバッグが載せられていた。手の爪と足の爪にはエナメルが塗られていたし、ほっそりとした指にはいくつかの指輪が嵌《は》められていた。襟元にはトパーズみたいな石の嵌《は》まったペンダントが光り、耳たぶでは大きなイヤリングが揺れ、骨張った手首にはごついブレスレットが巻かれていた。その姿は水商売に出かける女のようにも見えた。

この子の親は、どういうつもりで娘にこんな恰好《かっこう》をさせているんだろう？

まだ小学生の娘の手と足の爪に派手なエナメルを塗り、大人っぽく着飾らせ、髪を染め、それを大人っぽくセットし、その幼い顔に大人の女のような化粧を施し、たくさんのアクセサリーで飾り立て、たっぷりと香水を吹き付けて自宅から送り出す母親の姿――それを僕は思い浮かべた。

いつか芸能界でデヴューしたいという少女の気持ちは理解できる。たいていの女の子は、その人生のどこかで、芸能界に1度くらいは憧《あこが》れるものだから。

けれど、子供のいない僕には、それを夢中になって応援する親の気持ちはわからなかった。ましてや、小学生の女の子に、そんな大人みたいな恰好をさせる親の本心が理解できなかった。

「あの……鈴木さんに、ひとつだけお願いしたいんですけど……」

「はい？　あの……何でしょう？」

アイラインに縁取られた大きな目を見開き、ルージュの塗られた唇のあいだから白い八重歯をのぞかせ、少し顎《あご》を引くようにして少女が僕を見つめた。そうすると、より可愛らしく見えると、所属している芸能プロダクションで習ったのだろうか？

「うん。あのね……実はね……」

言おうか、言うまいか迷ったあとで、結局、僕は言うことにした。「次に絵のモデルとして来る時には、お化粧はいっさいしないでもらいたいんだ」

「はい……あの……わかりました」

戸惑ったように少女が頷いた。その様子はまるで生まれて初めて叱られた子供のようで……心細そうな小学生そのもので……僕は早くも自分が言ったことを後悔した。

「あの……僕は別に君に文句を言ってるわけじゃなくて……あの……ただ、絵描きとしての希望を言ってるだけだからね」

「はい」

少女が不安げに頷く。隣では画商も心配そうな顔をしている。

「それに、あの……できれば、マニキュアやペディキュアもしないで……アクセサリーもつけないで来てほしいんだ。それから、あの……これは僕の個人的な好みというわけではなくて、あの……今回の絵の趣旨から考えて……あの……できるだけ、普通の……あの……いつも鈴木さんが小学校に通っている時みたいな服装で来てもらえると嬉しいんだけど……」

しどろもどろになって僕は言った。

いつだってそうなのだ。僕は他人に依頼をしたり、指図をしたりすることが嫌いなのだ。そういうことが嫌だからこそ、こうしてひとりで生きているのだ。

「はい。わかりました。明日からはそうします」

少女は素直に頷いた。もう驚いたふうでも、心細げでもなかった。

画商と僕は、それからさらにしばらく、絵についての打ち合わせをした。

最初のうちこそ、少女はしおらしく座っていた。けれど、画商と僕の仕事の話にすぐに飽きてしまったようで、やがてキョロキョロと部屋の中を見まわしたり、モゾモゾと落ち着きなく体を動かし始めた。

その子供っぽい仕草に、僕は少し安堵《あんど》した。

「それじゃあ、長澤くん、明日からよろしく頼むよ」

30分ほどの打ち合わせのあとで上機嫌で画商が笑い、その隣に座った少女が、「長澤先生、よろしくお願いします」と明るい声で言って、僕を見つめて微笑んだ。

その微笑みは、最初の頃に比べるとずっと自然で、無邪気で、素敵だった。

「こちらこそ、よろしくお願いします」

そう言って僕も頭を下げた。

でっぷりと太った中年の画商と一緒に、華奢な少女がソファから立ち上がった。

その瞬間、少女が付けているらしい甘い香水が、また辺りに強く漂った。

第2章

1.

小さい頃から、よく考えることがある。

どの赤ちゃんがどの女の人から生まれることになるのかって、それはいったい、どうやって決まるんだろうって。

誰も覚えていないけれど、天国かどこかで、生まれる前の赤ちゃんによるくじ引きみたいなものがあって、それでどの女の人から生まれるのかが決まるのだろうか？

もし、そうなのだとしたら……わたしは、母親を選ぶくじ引きに外れたということになる。

わたしの家《うち》は普通じゃない。

わたしのママは普通じゃない。

もうずっと前から、わたしはそう感じている。わたしは生まれる前に、外れくじを引いてしまったのだ。

わたしの家がほかの子の家といちばん違うところ——それは、パパがいないことだ。同じクラスの幸田英美《こうだひでみ》の家にもパパがいない。でも、それは、わたしひとりじゃない。同じクラスの幸田英美の家にもパパはいないし、山崎佑佳里《やまざきゆかり》の家にもパパはいない。

それでも、英美は何年も前にママと離婚して出て行ったパパのことをちゃんと覚えているし、佑佳里の家に行けば仏壇があって、そこにちゃんとパパの写真が飾ってある。

だけど、わたしはそうじゃない。

わたしはパパのことを何も知らない。パパの顔も知らない。パパの名前も知らない。パパの年も知らない。わたしの家にはパパの仏壇はないし、パパの写真もない。

そうだ。わたしは自分のパパについて、何ひとつ知らないのだ。

「わたしのパパはどこにいるの？」

かつてわたしは、ママに何度も訊《き》いた。「パパの名前は何ていうの？　どうしてわたしたちと一緒に暮らしていないの？　離婚したの？　それとも、死んでしまったの？」

だけど、いつだってママは、「ローがもう少し大きくなったら、ちゃんと教えてあげるわ」と言うだけで、肝心なことは何も教えてくれなかった。

いつだったか、夏休みに石川県のおばあちゃんの家に行った時、わたしはおばあちゃんに訊いてみた。

「ねえ。おばあちゃんは、わたしのパパが誰だか知ってる？」

するとおばあちゃんは困ったように笑い、「あんたのパパのことは、わたしも知らないんだよ」と言った。

「おばあちゃんも知らないの？　名前も知らないの？」

「そうなんだよ。誰が訊いても、美佳《みか》は絶対に教えないんだよ」

わたしは、おばあちゃんの言うことを信じた。ママとは違って、おばあちゃんは嘘をつかない人だから。

少し前、一緒にテレビのドラマを見ている時、ママが「ここだけの話だけど……実はね」と声をひそめて言ったことがある。

「なあに？」

冷ややかに、わたしは言った。家の中にはわたしたちふたりしかいないというのに、わざわざ声をひそめるママの芝居がかった態度が理解できなかった。

「実はこの人がローのパパなのよ」

どぎついマニキュアを塗った長い爪の先で、ママがテレビを指さした。

そこに映っていたのは、テレビで毎日のように見かける有名な俳優だった。

「本当？」

ママの顔をじっと見つめてわたしは訊いた。きっとわたしは、すごく疑わしげな顔をしていたに違いない。

「疑ってるのね？　でも、本当なのよ」

バカみたいに真剣な顔でわたしを見つめ返してママが言った。「あの人とママは昔、とても深い関係にあったのよ」

「へーっ。そうなんだ？」

軽い口調でわたしは言った。

「けれど、これは誰にも言っちゃダメよ。あの人のために、絶対に隠しておかなきゃならないの」

「おじさんだけど、かっこいい人だね」

「そうでしょう？　素敵でしょう？　短いあいだだったけど、この人とママはすごく愛し合っていたの。それでロー、あなたが生まれたのよ」

うっとりとテレビを見つめてママが言った。

「そんなに愛し合っていたなら、どうして別れたの？」

「子供にはわからないことが、いろいろとあったのよ……」

ママは相変わらずうっとりとなって、テレビの中の俳優を見つめ続けていた。

「ふーん。そうなの？」

わたしは気のない声を出した。ママの言うことなんて信じてはいなかった。そんなことは、嘘に決まっていた。

いや、昔はわたしだって、ママの言葉を信じていた。たとえば何年も前に、ママが有名なプロ野球選手を指さして「この人がローのパパなのよ」と言った時。たとえば、日本代表のサッカー選手のひとりを「ローラの本当のパパはこの人なの。でも、誰にも言っちゃダメよ」と言った時。たとえば、ドラマに出ているかっこのいい韓国人俳優を指さして「今まで内緒にしてたけど、楼蘭の本当のパパはこの人なの」と、声をひそめて言った時。

以前のわたしは、ママがそう言うたびに、『そうか、この人がわたしのパパなのか』『そう言えば、わたしによく似てるわ』『いつかはこの人のことを、パパって呼ぶ時が来るのかしら?』なんて思って、喜んだり、納得したり、戸惑ったりしたものだった。

だが、今ではもう、そんなふうには考えない。同じような嘘に何度も騙《だま》されるほど、わたしはバカじゃない。

ママはただの嘘つきなのだ。そして、時々は、自分がついた嘘を心の底から信じてしまうような、とても変わった人なのだ。

わたしのママは嘘つきで見栄《みえ》っ張りだ。

小さい頃はそんなふうには思わなかった。だけど、今ではわたしにもそれがはっきりとわかる。

ママには自分を本物以上によく見せたいという強い欲望があった。

いや、そういう欲望自体はそんなに変わったものではないのかもしれない。たいていの人は、少しは嘘をつくし、少しは見栄を張るものだから。

でも、ママのそれは限度を超えているのだ。

ママは新宿で国際電話のオペレーターをしている。同じマンションに住む人たちやマンションの管理人はそう思っているし、わたしも友達や学校の先生にはそう言っている。ママも自分の知り合いや親戚《しんせき》たちにそう言っているらしい。

確かに、ママは昔、電話会社の契約社員として国際電話のオペレーターをしていた。だけど、それはずっと前のことで、もう何年も前にその仕事をクビになっていた。

「ママが優秀すぎるから、会社は使いづらかったんだと思うわ」

ママはクビになった理由を、そうわたしに説明した。「あんな単調な仕事、学生のアルバイトにだってできるんだから。ママに高いお給料を払うより、学生をこき使ったほうが会社は儲《もう》かるに決まってるでしょう?」

だけどわたしは、それはママの負け惜しみだと思っている。その時にクビになったのはママだけで、一緒に働いていた人たちの多くは、今もその会社で働いているのだから。ママがクビになった理由は、たぶん、仕事ができなかったというだけのことなのだろう。

今のママは毎日、夕方になると家を出て、30分以上も電車に揺られて横浜まで行き、その歓楽街にあるお店で男の人のお酒の相手をして働いている。いわゆる水商売だ。

わたしたちが住んでいるこの街にも、水商売の店はたくさんあった。この街には湘南でいちばんの歓楽街があるのだ。それなのにママがわざわざ電車に乗って横浜まで行くのは、自宅の近くで働くと、近所の人たちに自分が水商売をしているのを知られてしまうのではないかと恐れてのことだった。

ママは水商売で生活しているにもかかわらず、その仕事をとても恥ずかしがっていた。そして、それが知り合いや親戚や、同じマンションに住む人たちに知られてしまうことを、とても怖がっていた。

だからママは家を出る時には、あまりお化粧はせず、アクセサリーも少ししかつけず、洋服もそんなに派手ではないものを着ていった。そして、横浜のお店に着いてから派手な服に着替え、たくさんのアクセサリーを身につけ、濃くお化粧をするらしかった。仕事が終わるとママはお店でお化粧を落とし、洋服を着替えてから家に戻って来るようにしていた。だが、時々は、着替えもせず、お化粧もアクセサリーもそのままで帰宅することもあった。

そんな時のママは妙に毒々しくて、盛りのついたメス猫みたいにも見えた。

2.

わたしたちは貧乏だった。少なくとも、裕福ではなかった。

だけど、ママは近所の人々に自分たちは裕福だと思われたがっていた。

夏休みや冬休みにふたりで石川県にあるママの実家に泊まりに行く時にでさえ、わたしたちは荷物をわざわざ大きなスーツケースに詰め込み、それをガラガラと引いて出かけた。そんな時、ママはマンションの管理人や同じ階の人たちに、「パリで美術館巡りをして来ます」と言った。あるいは、「シドニーで少し羽を伸ばして来ます」と言うこともあった。「ロスに住んでる姉のところに遊びに行って来ます」と言ったこともあった。だからマンションに戻って来る前にはいつも、わたしたちはフランス製やオーストラリア製やアメリカ製のお土産を、石川県のどこかで探して買わなくてはならなかった。

もちろん、ママにはロサンゼルスに暮らすお姉さんなんていなかった。ママのお姉さんの貴子伯母《たかこおば》ちゃんは、石川県のおばあちゃんの家の近所に住んでいたのだから。

わたしたちのマンションは駅からゆっくり歩いても10分ほどのところにあった。それにもかかわらず、ママはしばしばマンションの前にタクシーを呼びつけた。管理人やほかの住人に、自分がタクシーに乗り込むところを見られたかったのだ。だから、あいにく自分がタクシーに乗るところを誰にも見られなかった時には、「損をしたわ」と言って腹を立てた。

わたしたちが暮らしているのは分譲マンションで、たいていの住人は自分の部屋の所有者だった。だけど、わたしたちはそうではなかった。わたしたちは部屋の持ち主に家賃を払って借りているのだ。それは住人みんなが知っていることで、隠しようがなかった。

ママにはそのことが屈辱のようだった。それでママはいろいろな人に、自分たちは都内にマンションを持っているというようなことを言っていた。本当はすぐにでもそちらに引っ越したいのだが、わたしを転校させたくないので、しばらくはここで我慢するつもりなのだ、と。

ママはイミテーションのブランド物をたくさん持っていた。イミテーションのシャネル、イミテーションのルイ・ヴィトン、イミテーションのエルメス、イミテーションのプラダ、イミテーションのグッチ、イミテーションのクリスチャン・ディオール、イミテーションのブルガリ、イミテーションのティファニー、イミテーションのロレックス……そういうイミテーションの服をまとい、イミテーションのバッグを提げ、イミテーションのパンプスを履き、イミテーションの腕時計を嵌《は》め、イミテーションのアクセサリーをつけて、ママは毎日、横浜のお店へと出かけて行った。

「今のイミテーションは本当に精巧にできてるから、誰が見たって絶対に偽物だってわからないはずよ」

それがママの言い分だった。

だけど、わたしは、それは違うような気がした。だって、1度、わたしがこっそりママのルイ・ヴィトンのバッグを持って学校に行ったら、広山尚絵《ひろやまなおえ》に、「ねえ、ロー。それって、偽物でしょ？　そんなデザインのヴィトンのバッグなんて、どこにもないよ」と言って笑われたから。

尚絵の家は本当のお金持ちだった。

わたしのママはとても変わっているのだ。同じクラスのみんなには信じられないくらい、本当に、本当に変わっているのだ。

「ローのママって綺麗《きれい》だよね」

「すごく若いよね」

「ローの家って、いつ行っても綺麗に片付いてるし、それにすごくお洒落《しゃれ》だよね」

友達からそう言われることは少なくない。

確かに、友達のママたちに比べると、わたしのママは少しは綺麗だし、少しは若々しくて、少しは上品に見える。だからわたしは、授業参観が楽しみだった(ママは授業参観には絶対にやって来た)。

わたしたちが暮らしているマンションの部屋は広くはないけれど、いつもすっきりと片付いていて、お洒落で清潔だった。だから、急に誰かが遊びに来ても、慌てたり困ったりすることはなかった。

ママは自分が綺麗でいるのが好きだったし、わたしを人形みたいに着飾らせておくのが好きだった。それに、自分が暮らす部屋の中をいつでもピカピカに磨き上げ、すっきりと片付けてお洒落にしておくのが好きだった。

「この部屋のインテリアは南フランスの田舎風なのよ。質素だけど、上品でお洒落でしょう?」

部屋の中をうっとりとなって見まわしては、ママはよくそう言っている。

自分が綺麗でいることや、部屋の中を綺麗にしておくことが悪いことだとは思わない。わたしだって、汚い恰好《かっこう》でいるよりは着飾っているほうが好きだし、自分のママが薄汚い中年のおばさんであるよりは綺麗で若々しいほうがいい。散らかった汚い部屋に住んでいるよりは、清潔でお洒落な部屋で暮らすほうが好きだ。

だけど、そういうことにも限度はある。

そう。ママは何につけても、限度というものがわかっていないのだ。

たとえばわたしたちの家には、自分が使ったカップやグラスを、使い終わったらすぐに洗って拭《ふ》いて、食器棚の元の位置にすぐに戻すというルールがあった。もし、わたしが使ったカップを洗わずにキッチンのシンクに放置しておいたりすると、ママは時に信じられないほど激しいヒステリーを起こした。

たとえば我が家には、お風呂《ふろ》に入ったあとは必ずお湯を抜き、バスタブと浴室全体を洗剤で洗い、浴室の床や壁を乾いたタオルで拭くというルールがあった。もし、わたしがこれを怠ると、ママはまた猛烈なヒステリーを起こし、罰としてわたしにしばしば暴力を振るった。

それから我が家には、トイレを使ったあとは必ずトイレ洗浄用のペーパーで便器全体を綺麗に拭くというルールもあった。毎朝ベッドから出たあとはベッドメイクが終わったホテルのように皺《しわ》ひとつなくベッドを整えるというルールもあったし、足跡が残るから床を裸足《はだし》で歩いてはいけないというルールもあった。もし、ガス台を使って調理をした時には(そんなことは、わたしもママもめったにしなかったが)、ガス台の周りをピカピカになるまで磨き上げるというルールもあったし、月曜日にはわたしが、木曜日にはママが、家じゅうの窓ガラスを拭くというルールもあった。

玄関のたたきにはひとり2足までしか靴を置いてはいけないというルール、平日には学校に行く前にわたしがすべてのゴミをマンションのゴミ捨て倉庫に出すというルール、CDを聴き終わったら必ずプレーヤーから出しておくというルール、ママが床に積んでいる雑誌はわざとその形に置いてあるので1センチたりとも動かしてはいけないというルール、タンスに下着や洋服をしまう時にはお店で売っているみたいにきちんと畳まなくてはならないというルール……この家には、六法全書ができるくらいのたくさんのルールがあった。それは頭がおかしくなってしまうぐらいだった。

深夜に仕事から戻ると、たとえどんなに疲れていても、ママは必ず家の中を見てまわった。そして、厳密に定められたルールのうちのひとつでも守られていなかったりすると、眠っているわたしを叩《たた》き起こし、即座にルールに従わせた。もし、わたしが少しでも口答えをしたり、ベッドの中でぐずぐずしていたりすると、ママはまたしてもヒステリーを起こして暴力に訴えた。

わたしのママは本当に変わっていた。そんなママと暮らしている自分を、わたしはつくづく我慢強いと思う。わたし以外の子供には、こんな母親との暮らしは1日だって耐えられないだろう。

3.

ママはしばしばヒステリーを起こした。いつもイライラしていたのだ。

どうして?

理由は簡単だった。ママの人生は、ママが望んでいるようにはなっていなかったのだ。というより、何もかもが期待外れだったのだ。

ママがやることは、そのすべてが、ことごとく裏目に出ていた。ママの思惑は、いつだって外れてばかりいた。

ママは人生がうまくいっていないのを、わたしのせいだと考えていた。わたしが生まれたせいで、順風満帆だった人生のすべてが狂ってしまったのだ、と。

それをはっきりと口に出して言うことはあまりなかった。だけど、時にはそれを口にした。時々……ひどく酔っ払って仕事から帰って来た時なんかに。

もし、あんたが生まれ来てなかったら、わたしの人生はもっと違ったものになっていたはずなのに——。

確かに、その通りなのかもしれなかった。だけど、わたしだって、自分から望んで生まれたわけじゃない。

だから、ママがそんなふうに感じているのは心外だったし、悲しかった。

わたしのママは石川県の海沿いにある小さな村に生まれた。村人の3分の1が漁師をして暮らし、3分の1が農業をしているような、そんな村だ。ただ、ママの実家は農家でも漁師でもなく、死んだおじいちゃんは特定郵便局の局長だった。

小さな頃から、ママはとてもマセていて、すごくお喋《しゃべ》りで、お洒落をするのが大好きな子供だったらしい。幼稚園に通っている時から、毎朝、着て行く服を選ぶのにすごく時間がかかり、気に入ったコーディネイトができないと、「着て行く服がないから、きょうは幼稚園には行かない」と駄々をこねたほどだったらしい。

ママは勉強もすごくできたようだ。小学校でも中学校でも、成績はいつも学年でいちばんだったという。これはママの出まかせではなく、わたしがおばあちゃんや貴子伯母《おば》ちゃんから聞いた話だから確かだ。

中学をいちばんの成績で卒業すると、ママはその地区ではいちばんの県立高校に通った。だけど、ママは本当は県庁所在地にある私立の名門校に行きたかったらしい。でも、おじいちゃんが下宿して私立に通うことを許さなかったのだ。

ママはそのことで、死んだおじいちゃんを今でも恨んでいる。ママはとても執念深くって、1度怒ったら、いつまでも許さない人なのだ。

高校を卒業すると、ママは東京に出て私立の大学の英文科に通った。

「将来は大学教授になるのが夢だったのよ」

ママはわたしにそう言ったことがある。「本当はスチュワーデスになりたかったの」と言ったこともある。「新聞社か通信社の特派員になって、世界中を飛びまわるジャーナリストになりたかったわ」と言ったこともあるし、「テレビ局に勤めてニュースキャスターになるべきだったわ」と言ったこともある。「ママみたいな美人には、本当は芸能界が向いていたのかもしれないわ」と言ったことさえある。

実際、ママは英語の勉強は頑張っていたらしい。勉強のために、大学1年と2年の夏休みにはロンドンにも留学したようだった。

その頃のママの写真を見せてもらったことがある。今でもそれなりに綺麗だけど、その頃のママは本当に綺麗だった。まるで芸能人がいるみたいだった。写真の中のママはどれも、とても楽しそうだった。そして、自信に溢《あふ》れているように見えた。

そう。その頃まで、ママの人生は順調だった。だが、大学3年の時に大きな誤算が起きた。わたしを妊娠してしまったのだ。

中国のシルクロードを旅行中、楼蘭の遺跡の付近でママはわたしを産んだ。

ママは嘘ばかりついている。だけど、それは本当のことらしい。おばあちゃんに訊《き》いても、貴子伯母ちゃんに訊いても、「ローは本当にシルクロードで生まれたらしいよ」と言うし、中国の砂漠の町のようなところで撮影されたらしい赤ん坊を抱いたママの写真を、わたしも何枚も見たことがあるから。

そういう写真の何枚かには、若い男の人が写っていた。よく日焼けした、ハンサムな人だった。

「この人がわたしのパパなの？」

昔、ママに訊いたことがある。

するとママは遠くを見るような目になって言った。

「違うのよ。この人はローのパパじゃないわ。でも、この人はママのことが大好きだったの。この人、大学を休んで世界中を旅していたんだけど、旅先からママにたくさんの手紙をくれて、一緒に砂漠の旅をしませんかって誘ってくれたの。ママはお腹が大きかったから随分と迷ったんだけど、でも、行くことにしたのよ」

「この人のことがママも好きだったの？」

「そうね。あの頃はママもこの人のことが好きだったのよ」

「でも、この人はわたしのパパじゃないのね？」

「ええ。ローのパパはこの人じゃないわ」

わたしは少し不愉快な気分になった。わたしのパパじゃない男の人を『好きだ』と言うママが、不誠実で、ふしだらな女に感じられたのだ。

「そんなに好きだったなら、この人と結婚すればよかったじゃない？」

少し責めるような口調でわたしは言った。

「うーん。そうね。でも、ローはこの人の子じゃないし……それに、ほかにもいろいろとあったのよ。いろいろとね……」

そう言うと、ママはいつものようにうっとりとした表情になって、ぼんやりと壁を見つめた。わたしが責めていることなんて、まったく気づいていないようだった。

ママは本当に嘘つきだけど、わたしはその話は信じている。

ママはそういう人なのだ。たとえ自分が臨月であろうと、お腹の中にいるのがその人の子ではなかろうと、好きな人に誘われたら、世界の果てにだって出かけて行くような人なのだ。

ママに感謝していることがひとつある。それは、わたしを産んでくれたことだ。ママの性格から考えると、厄介者に違いなかったはずのわたしを中絶しなかったのは、奇跡だとさえ思えてくる。

大学3年の終わりにわたしを出産したママは途方に暮れた。赤ん坊のわたしを自分では育てることができず、ママは大学を休学して石川県の実家に戻った。何も知らなかったおじいちゃんは激怒し、おばあちゃんはショックで寝込んでしまったらしかった。

石川県の実家に、ママは2年ほどいた。その頃の写真は残っているけれど、わたしはおばあちゃんの家にいた頃のことはほとんど覚えていない。ママもその頃のことは、あまり話したがらない。

その後、ママはわたしを連れて再び上京した。それは東京ではなく、おばあちゃんの妹夫婦の別荘がある湘南海岸沿いの街だった。わたしたちはしばらくのあいだ、海岸のすぐ近くにあったその別荘に住んでいた。

ママはわたしを保育園に預けて、自分は新宿で国際電話のオペレーターとして働いた。最初はアルバイト採用だったが、何年かのちには契約社員にしてもらった。いずれは大学にも戻るつもりだったらしい。

半年ほどして、ママはおばあちゃんの妹夫婦の別荘の近くにマンションを借りた。それが今、わたしたちが暮らしている部屋だ。ここに引っ越して来た日のことは、わたしも何となく覚えている。

ママはそれなりに一生懸命に働いていたようだった。だけど、契約社員のお給料は少なくて、幼いわたしを育てるのは容易なことではなかった。そんな日々の中で、いつしかママは大学に戻ることを諦《あきら》めた。

今から何年か前に、ママは電話オペレーターの仕事をクビになった。すぐにいくつもの会社に面接に出かけたけれど、ママが望んでいるような会社には採用されず（本当はママは、通訳や塾の講師や貿易事務みたいな英語を使う仕事がしたいらしい）、生活費を稼ぐためにしかたなく水商売をするようになった。

そう。水商売はしかたなく始めたことで、当面の生活費を稼ぐための臨時の仕事のつもりだった。だけど、ママは今も、水商売をしている。

4.

わたしが知っているだけで、ママには今まで7人の恋人がいた。そのうちのふたりとは、この部屋でしばらく一緒に暮らしたこともあった。

ママはいつも、お金持ちの男の人と結婚しようと考えている。そうすることで、うまくいかなくなってしまった人生を逆転させようと目論《もくろ》んでいるのだ。

それなのに……お金持ちの男の人と結婚しようと心から願っているはずなのに……ママが好きになるのは、お金のない、遊び人みたいな男の人ばかりだった。

いや、1度だけ、歯医者と付き合っていたことがあった。父親と一緒にわたしたちの家の近くで歯科医院を開業している40代後半の男の人で、独身のお金持ちだった。その歯医者はママにぞっこんだった。わたしにもとても優しくて、ここに来るたびに、いろいろなお土産をもって来てくれた。

その歯医者は、とても高そうな外国製の四輪駆動車に乗っていて(外国製のオープンカーも持っていた)、わたしたちはよく3人でドライブをした。ディズニーランドにも行ったし、八景島《はっけいじま》シーパラダイスやズーラシアにも行った。1泊や2泊で箱根や伊豆《いず》に出かけたこともあった。そういう時にはいつも、ものすごくゴージャスな部屋に泊まった。

ある時、その歯医者はママにプロポーズをした。だけど、ママは、そのプロポーズに応じなかった。理由はその歯医者の容姿が気に入らなかったからだ。

その歯医者はとても太っていて、背が低くて、ゴリラみたいな顔をしていた。自分が歯医者なのに口臭がひどくて、体臭も強くて、髪はベタベタでフケだらけで、おまけに鼻毛まで伸びていた。

「我慢しようと考えたこともあるのよ。でも、ダメ。ローにだってわかるでしょ? あの人は忍耐の限度を超えているわ」

ママの口から『限度』なんていう言葉が出るとは意外だった。

でも、わたしは少しホッとした。だって、そんな人がパパになったら、恥ずかしくて一緒に歩くことなんてできないから。

その歯医者のほかにも、ママは何人もの男の人と付き合った。だけど、どの人とも長くは続かなかった。30歳を超えた今もママはなかなか綺麗《きれい》だけど、性格が本当に変わっているから、誰もママと長く付き合っていることなどできないのだ。

何年か前、『ジュンちゃん』という男の人がわたしたちと一緒に暮らしていたことがある。『ジュンちゃん』はジャズミュージシャンの卵で、生活費を得るためにママのいるお店でウェイターをしていた。

『ジュンちゃん』はママより7歳年下で、背が高くてハンサムだった。わたしのことを本当の娘みたいに思ってくれて、とても優しくしてくれた。

わたしには大人の男の人はたいてい、不潔で、気持ち悪く感じられるのだけど、『ジュンちゃん』はそうではなかった。

わたしは『ジュンちゃん』が好きだった。『ジュンちゃん』がわたしのパパになってくれたら嬉《うれ》しいな、と心から思っていた。

だけど、やはり『ジュンちゃん』もママと長く暮らすことはできなかった。

そうだ。わたし以外にママと暮らしていられる人なんて、いるはずがないのだ。

そんなわけで、ママの人生はいまだに、ママが望んでいるようにはなっていなかった。

ママの年を考えると、これから先、何かすごくいいことが起こるようにも思えなかった。

それで、ママはいつもイライラしていた。

「ああっ、どうしてわたしが、水商売なんてしていなくちゃならないの？」

仕事が休みの日に（日曜日はお店の定休日だった）ひとりでお酒を飲みながら（日曜日にはママは朝からワインを飲む）、ママはよくそう呟《つぶや》いていた。

「ローラだってそう思うでしょ？　ママは綺麗だし、スタイルもいいし、センスもいいし、すごく頭もよくて勉強もすごくできたのよ。それなのに、どうして、こんな惨めな暮らしをしていなくちゃならないの？　家事と仕事と子育てに追われて、酔っ払った男の相手をして……自分のしたいことなんて何ひとつできないわ」

そんなことを言われても、わたしには答えようがなかった。

今のママにとって、唯一の希望はわたしだった。ママはわたしを芸能界にデヴューさせ、スターにすることで、うまくいかなくなった人生を大逆転しようと考えていた。

「ママと違って、ローは勉強はできないし、芸術の才能もまったくないみたいだけど、容姿だけはママに似たみたいだから、その容姿を売り物にするしかないのよ。わかるでしょう？　ローは可愛いだけが取り柄なの。それを武器にする以外には、生きていく道はないのよ。もし、それがダメなら、あなたの人生はそれで終わりよ」

ママはそう決めつけた。

5.

女優になって、映画やテレビドラマに出演する。歌手としてCDを出し、コンサートをやり、テレビの音楽番組に出る。ミュージカルに出て、歌ったり踊ったりする。テレビのCMにも出るし、バラエティ番組にも出場する。写真集も出すし、エッセイも書く。そしていつか、かっこいい芸能人と結婚し、その人と幸せな家庭を築く。その想像は、わたしをうっとりとさせた。そして、わたしならきっと、そういうふうになれるだろうと思った。

こんなことを言うのは好きじゃないけれど、客観的に見て、わたしは可愛いのだ。

そう。わたしはとても可愛い。同じ学年の男の子たちの半分はわたしにぞっこんらしい。街を歩けば何人もの男の子がわたしを見つめているのに気づく。男子中学生や高校生の視線を感じることもあるし、もっと大人の男の人に見つめられることもある。わたしよりずっと年上のお姉さんたちが『見て、あの子』『嘘っ！　可愛いっ！』と囁《ささや》いているのを聞いたことも何度となくある。

そうだ。わたしは可愛いのだ。わたしは目立つのだ。そんなわたしに、芸能界というところはうってつけに思えた。

そんなわけで、わたしは近所にある芸能プロダクションに所属し、そこで歌と踊りと演技の勉強を始めた。今から1年ほど前のことだ。その芸能プロダクションの社長は45歳ぐらいの太ったおじさんで、ママが働いている横浜のお店の常連さんだった。

最初にプロダクションに行った日の帰りに、ママはいつも自分が行っている美容室にわたしを連れて行った。そして、そこでわたしの髪を明るい栗色に染め、髪の毛全体に柔らかなパーマをかけさせた。

「すっごく素敵……お人形さんみたい。昔のママにそっくりだわ」

美容室の鏡の中のわたしを見つめ、ママはうっとりとなって言った。

昔のママみたい？

その言葉は、わたしには嬉《うれ》しかった。

そう。ママはわたしの憧《あこが》れの女の人でもあった。わたしは、ママみたいな大人になりたかった。


そんなふうにして週に2度、月曜日と木曜日にわたしは芸能プロダクションで、ほかの女の子たちと一緒にレッスンを受けるようになった。

そのプロダクションには、わたしみたいな小学生の女の子が20人ほど所属していた。女の子たちはほとんどが湘南に暮らしていた。驚いたのは、わたしと同じ小学校の同じ学年の杉本春乃《すぎもとはるの》がいたことだった。

当時、わたしは5年1組で、杉本春乃は5年2組だった。彼女はブスではなかったけれど、目立って可愛いという感じではなかった。彼女のことを好きだという男の子の話も聞いたことはなかった。

こんなことを言うのは、本当に好きじゃない。でも、客観的に見て、一緒にレッスンを受けていた女の子の中では、わたしが飛び抜けて可愛かった。

それにはママも同感みたいだった。

「誰がどう見ても、あのプロダクションにいる小学生の中では、ロー、あなたがいちばんね。群を抜いて可愛いし、目立ってるわ。こんなことを言っちゃ悪いけど、ほかの子の親たちがどういうつもりで子供をあそこに所属させてるのか、ママにはまったく理解できないわ。親の欲目っていうか……みんな自分の子は可愛く見えるものなのね」

ママの言うことはたいていは的外れで、とんちんかんなのだけど、その言葉はわたしを勇気づけた。

大丈夫。わたしは可愛い。大丈夫。わたしは必ず芸能界で成功する。

わたしはそう信じた。

この1年のあいだに、わたしはいくつものオーディションを受けた。

オーディションの時にはいつも、ママが会場について来た。そんな時、ママはまるで自分がこれからオーディションを受けるかのように着飾り、目一杯のお洒落《しゃれ》をしていた。

ママには、もしかしたら自分が芸能界にスカウトされるかもしれない、という安易な考えがあったのだと思う。実際、わたしに「もし、ママがスカウトされたらどうしよう？」と、真面目な顔で言っていたこともあったから。

映画の子役のオーディション、テレビドラマのオーディション、いろいろなポスターのオーディション、清涼飲料水のCMのオーディション……この1年間にわたしは10回以上のオーディションを受けた。そして、そのたびにドキドキしながら結果を待った。

だけど、これまでのオーディションでは、わたしは選ばれなかった。

「ローラちゃんのせいじゃないよ。たまたま、今回の役にはローラちゃんは向いていなかったというだけのことだからね」

プロダクションの社長は、わたしが落選するたびにそう言って慰めてくれた。だけど、わたしにはショックだった。特にわたしと同じ小学校の杉本春乃が新発売のチョコレートのCMの出演者に選ばれて(アイドルの後ろで踊っているたくさんの女の子のうちのひとりで、テレビに顔が大きく映ったわけではないけれど)、わたしが落選した時は、ショックのあまり3日も学校を休んだほどだった。


オーディションに落選するのは、確かにショックだった。だけど、ママのショックはわたし以上だった。

落選の知らせが来るたびに、ママはひどく落胆した。がっかりしすぎて、自分が作った様々なルールを(たとえば玄関で靴を脱いだら必ず揃えるというルールを)忘れてしまうことさえあった。

おかげで、わたしは少ししらけてしまい、そのせいで落選のショックが和らぐほどだった。

わたしがオーディションに落選ばかりしている責任の矛先を、ママは芸能プロダクションに向けた。プロダクションが小さくて力がないからダメなのだ、と。

そんなわけで、ママはプロダクションを替えることを考えた。都内にある一流の芸能プロダクションにわたしを所属させようというのだ。

「楼蘭、わたしもあなたも、こんな田舎にくすぶっていたらダメになってしまうわ。そう思わない？」

ママは都内への引っ越しの計画を立てた。だけど、わたしたちの経済状態を考えると、いつ都内に引っ越しができるのかはわからなかった。

絵のモデルの話が舞い込んで来たのは、そんな時だった。

6.

絵のモデルだなんて……わたしはあまり乗り気ではなかった。

わたしがやりたいと思っていたのは、テレビや映画みたいな、みんなから見られる仕事だった。街を歩いていると『ほらっ、あの子、テレビに出てる子よ』と指さされるような、同じ小学校の子からサインをねだられるような、そんな仕事だった。

「どうせ無名の画家が描くんでしょう？　そんな絵のモデルになったって、何の意味もないわ。ママ、断ってよ」

わたしは言った。

だけど、ママは乗り気だった。

「それはダメよ、ロー。どんな仕事でも全力を尽くすべきよ。この世界、何が切っ掛けになるかなんて、誰にもわからないんだから」

「でも……」

「それに、ロー、あんたも少しぐらいは稼ぐべきよ。わたしが今まで、プロダクションにいくら払ったと思ってるの？　せめて、その分だけでも稼いできなさい。このままだと、来月のあなたの給食代も滞納することになりかねないわよ。それでもいいの？」

ママにそう言われ、わたしは渋々、絵のモデルをすることに同意した。脅しだということはわかっていたが、もし、給食代を払えないようなことになったら一大事だった。ママと同じように、わたしも貧乏だと思われるのが嫌だった。

その土曜日、わたしたちはまだ薄暗いうちにベッドを出た。ママが横浜のお店から帰宅したのはいつものように真夜中だったから、きっと眠たかったに違いない。顔がひどく腫《は》れていたし、とてもお酒臭かった。だけど、そんな早朝だというのに、ママはテンションが高かった。

オーディションの時にはいつもそうしているように、まず、わたしたちは一緒に入浴した。いつもは一緒にお風呂《ふろ》に入ったりはしないのだけど、そういう朝はママがわたしの髪を洗うと言ってきかないのだ。

お風呂から上がると、ママはわたしの髪をブロウし、長い髪をふわふわに波打たせた。それから、わたしに自分のパンティストッキングを穿《は》かせ（ママは小柄でわたしより背が低かったから、わたしはママの服ならたいていは着ることができた）、白いニットの超ミニのワンピースを着せ（いつだったか、何かのオーディションの前に買ったものだ）、白分の指輪やネックレスやブレスレットやイヤリングなどで飾り立てた（どれもイミテーションだ）。そして、鏡の前に座らせ、長い時間をかけてわたしの顔にお化粧をした。

「ねえ、ちょっとケバすぎじゃない？」

ママがあんまり濃く化粧をするので、心配になってわたしは言った。お化粧は嫌いじゃなかったけど、ちょっとやりすぎに思えたから。

「大丈夫よ、ロー。すごく可愛いわ。お人形さんみたいよ」

ママはうっとりとなって鏡の中のわたしを見つめた。

身支度にあんまり時間がかかるので、わたしは途中でお腹が空《す》いてしまった。だけど、ママはわたしが朝ご飯を食べることを許さなかった。食べるとお腹が出るというのが理由だった。

しかたなく、ママがダイエットの時にいつもそうしているように、わたしはガムを噛《か》んで空腹に耐えた。お腹が空くのは辛《つら》かったけど、お腹が出ている絵を描かれるのは、わたしも嫌だった。

7.

その画家が暮らしているマンションには、芸能プロダクションで待ち合わせた画商の男の人とふたりで行った。本当はママも一緒に来たかったはずだが、誰も誘ってくれなかったのだ。

プロダクションの事務所で画商の男の人を初めて見た時、わたしはゾッとしてしまった。その人があんまり太っていて、あんまり汗臭くて、あんまりちんちくりんで、あんまりみっともない上に、あんまり馴《な》れ馴《な》れしかったからだ。

「ローラちゃん、これからよろしくね」

その画商の人は、画家のマンションに向かって歩いている途中で、わたしの腰の辺りに馴れ馴れしく触れた。

嫌だな……。

わたしは唇を嚙み締めた。いつだったか、満員の電車の中で、男の人に触られた時のことを思い出したのだ。そして、思った。

きっとわたしの絵を描く画家も、この画商と同じ種類の人なんだろうな。不潔で嫌らしくて、生理的な嫌悪を覚えてしまうような人なんだろうな、と。

人は見た目より中身だ。

先生たちはみんなそう言っているし、わたしも頭ではそれはわかっているつもりだ。でも、肉体的な魅力がない人には、わたしは反射的に嫌悪を覚えてしまうのだ。頭ではなく、体が拒絶反応を示してしまうのだ。

わたしの絵を描いてくれるという画家については、ママもわたしも何も知らなかった。その人の名前さえ知らなかった。プロダクションの社長は画商とは親しい間柄らしかったが、画家については何も知らないようだった。

画家が誰でも、それはどうでもいいことだった。有名ではないということだったから、ママもわたしも興味がなかった。ただ、ママはモデル料が欲しかっただけなのだ。だから、その画家を初めて見た時には、わたしはホッとした。

ホッと？

いや……ハッとした、というほうが正しかったかもしれない。

その画家はわたしが思っていたよりずっと若々しくて、ハンサムでスタイルがよくて、優しそうで、誠実そうだった。

プロダクションの社長はわたしを『ローラちゃん』と呼んだし、オーディションで会う男の人たちもみんなわたしを『ローラちゃん』と気安く呼んだ。画商は会ったばかりだというのに、『ローラちゃん』と馴れ馴れしくわたしを呼んだ。嫌ではなかったけれど、それは大人たちがわたしを見下している証拠だった。

だけど、その画家はそうではなかった。その人はわたしを『鈴木さん』と呼んだ。

鈴木さん——。

たったそれだけのことだったけれど、わたしは彼に好感を覚えた。

簡単な挨拶《あいさつ》を済ませたあとで、わたしたちはその画家がアトリエとして使っている部屋で、明日からの打ち合わせをした。マンションの12階にあるその部屋には、油絵の具の匂いが強く立ち込めていたけれど、大きな窓からは湘南の海が見えて素敵だった。

太った画商はなぜか、画家の隣にではなく、わたしの隣のソファに座った。画商の体重があんまり重いものだから、ソファが深く沈み込み、わたしの体はどうしてもその人のほうに傾くことになった。

「どうだい、長澤くん？　ローラちゃん、すごく可愛いだろう？　女の子と大人の女が同居しているっていうか……こんなに子供っぽい体つきをしているのに、すでに大人の色香を漂わせているっていうか……プロダクションで写真を見せてもらった瞬間に、『この子しかいないっ！』ってピンと来たんだ」

嫌らしい目付きでわたしを見ながら、画商が言った。

「そうですね。可愛いですね」

画商の言葉に画家の男の人が頷《うなず》いた。その人の口調がとても優しげで、わたしは思わず照れて俯《うつむ》いてしまった。

「いやあ、絵ができるのが楽しみだなあ。長澤先生、しっかり頼むよ」

そう言って画商が笑った。

その時、画家の男の人がわたしのほうに視線を向けた。いや……わたしは俯いていたからはっきりとはわからない。だけど、何となく、そんな感じがした。

明日からこの部屋で、この人とふたりで何時間も過ごすんだ。この人がわたしを絵に描くんだ。

そう思うと、なぜか、少しときめいた。

「あの……鈴木さんに、ひとつだけお願いしたいんですけど……」

しばらくして画家が口を開いた。

「はい？　あの……何でしょう？」

わたしは目をいっぱいに見開き、少し顎《あご》を引き、唇のあいだから八重歯がのぞくようにして画家を見つめた。それが自分のいちばん可愛い顔だと思っていたから。

「うん。あのね……実はね……」

少し躊躇《ちゅうちょ》したあとで画家が言った。「次に絵のモデルとして来る時には、お化粧はいっさいしないでもらいたいんだ」

その言葉にわたしは戸惑った。お化粧をしたきょうのわたしを見て、ママはもちろん、プロダクションの社長も、太った画商も『綺麗《きれい》だなあ』と褒めてくれたから。

「はい……あの……わかりました」

戸惑いながらも、わたしは頷いた。

「あの……僕は別に君に文句を言ってるわけじゃなくて……あの……ただ、絵描きとしての希望を言ってるだけだからね」

わたしが戸惑っているのがわかったのかもしれない。その画家はさらに優しい口調で言葉を続けた。

「それに、あの……できれば、マニキュアやペディキュアもしないで……アクセサリーもつけないで来てほしいんだ。それから、あの……これは僕の個人的な好みというわけではなくて、あの……今回の絵の趣旨から考えて……あの……できるだけ、普通の……あの……いつも鈴木さんが小学校に通っている時みたいな服装で来てもらえると嬉《うれ》しいんだけど……」

画家の言葉にわたしは好感を覚えた。その人がとても一生懸命に、とても真摯《しんし》に喋《しゃべ》っていたからだ。媚《こ》びるわけでもなく、おだてるわけでもなく、まるで大人に話すように喋っているのがわかったからだ。

「はい。わかりました。明日からはそうします」

そう言って、わたしは素直に頷いた。

帰り際にわたしが、「長澤先生、よろしくお願いします」と言って微笑むと、その画家は、「こちらこそ、よろしくお願いします」と言って頭を下げた。

大人の男の人に頭を下げてもらうのは初めてだった。
そんなふうにして、わたしはその人の絵のモデルを始めた。

第3章

1.

画商と3人で打ち合わせをした翌日――よく晴れた暖かな日曜日の午後、僕の部屋に鈴木楼蘭がひとりでやって来た。

きょうの少女は着古したデニムのジャケットに、やはりデニムの、とても丈の短い擦り切れたスカート、それにクッションの分厚いランニングシューズというファッションで、きのうとはがらりと雰囲気が変わっていた。

「こんにちは。長澤先生」

11歳の少女は玄関のところで僕を見つめて、ペコリと頭を下げた。「きょうからよろしくお願いします」

「うん。こちらこそ、よろしくお願いします」

僕もぎこちなく微笑んだ。画商以外の誰かとふたりきりになるのは本当に久しぶりで、少し緊張していた。

相変わらず明るい色の長い髪を不自然なくらい大きく波打たせてはいたけれど、きょうの少女は化粧はしていなかったし、アクセサリー類もつけていなかった。指先のマニキュアはみんなちゃんと落としてあったし、香水の匂いもしなかった。

「あの……それじゃあ、きょうはとりあえず、何枚かデッサンをするからね」

「デッサン？」

「うん。人物を描くのは久しぶりだから、勘を取り戻すために、きょうは少し練習をしたいんだ」

午後の日が深く差し込むリビングルームを兼ねたアトリエに、少女を招き入れながら僕は言った。180センチの僕よりも少女は30センチ近く背が低いように感じられた。だからたぶん、少女の身長は150センチを少し超えただけなのだろう。

随分と小さいんだな。

そう感じた。けれど、それが11歳の少女の平均的な身長より高いのか、低いのかは、僕にはわからなかった。

「うわっ、すっごい！　綺麗っ！」

窓の向こうに広がる海を見つめて、少女が大きな声を出した。「きのうは緊張してたからよく見なかったけど、この部屋って、びっくりするぐらい眺めがいいんですね」

そう。僕の部屋には人に自慢できるものなどひとつも置いてない。けれど、12階から見下ろす、この眺望だけは自慢だった。

「鈴木さん……あの……何か飲みますか？」

窓辺に立ち尽くした少女の背中に僕は訊《き》いた。来客時にはコーヒーをたてるというのが、僕の習慣だった。

「うーん……それじゃあ、コーラをください」

僕に背を向けて窓の外に目をやったまま少女が言った。

少女の注文に僕は戸惑った。

「コーラ？　あの……コーラはないんだけど……」

「なければ、オレンジジュースでもいいです」

「それが……あの……オレンジジュースもないんだよ……」

海を眺めていた少女がこちらに体を向けた。

「グレープジュースは？」

「あの……それもないな」

「ということは、アップルジュースもマンゴージュースもグレープフルーツジュースもないっていうことですよね？」

「まあ……そうだね」

そう。僕にはジュースや清涼飲料水を飲む習慣はないのだ。

「それじゃあ……ええっと……そうだ。ココアはありますか？」

「あの……ココアもなくて……」

「じゃあ、いったい何があるんですか？」

おかしそうに少女が笑った。その笑顔はとても自然で、可愛らしかった。

「ここにあるのは、ええっと……コーヒーと……あとは牛乳があるけど……」

「それなら、何か飲みますかじゃなくて、コーヒーと牛乳のどっちがいいですかって訊くべきだと思います」

なおも笑いながら少女が言い、僕も思わず笑いながら、「コーヒーと牛乳のどっちがいいですか？」と少女の言葉を繰り返した。

「そうですね……それじゃあ、コーヒーに牛乳をたくさん入れたのをください。それから、お砂糖もたっぷりお願いします」

相変わらずおかしそうに少女が言い、僕も笑い続けながら、「それじゃあ、少し待っててね」と言って、すぐ隣にあるキッチンに向かった。

生意気な子だな。

そう思った。けれど、腹は立たなかった。それどころか、何となく、楽しい気分でさえあった。

キッチンに立ってコーヒーをいれているあいだも、僕の顔には笑みが残っていた。

こんなに長いあいだ微笑んでいるだなんて……そんな経験は久しぶりだった。

僕がキリマンジャロのカップを持ってリビングルーム兼アトリエに戻ると、鈴木楼蘭は再びこちらに背中を向けて窓辺に佇《たたず》み、春の日に輝く湘南の海を眺めていた。

この季節には珍しく、きょうは空気がとても澄んでいるようだった。春にはたいていぼんやりと霞《かす》んでいる水平線が、絵に描いたようにくっきりと見えた。遥《はる》か沖合の海上を、逆光に照らされた1艘《そう》の船が、長い航跡を引いてゆっくりと動いていった。

いつの間にか少女はデニムのジャケットを脱ぎ捨て、ぴったりとした白いニットのセーター姿になっていた。驚くほど華奢《きゃしゃ》な背中に小さな肩甲骨が浮き上がり、その周りに明るく染めた髪が豊かに波打っていた。マイクロミニ丈のスカートから突き出した両脚は、サラブレッドのように引き締まり、細い足首にはアキレス腱《けん》がくっきりと浮き出ていた。

「あの……鈴木さん、コーヒーがはいったんだけど……」

「あっ、ありがとうございます」

少女が振り向いた。海からの強い照り返しの中で、その豊かな髪の輪郭が太陽のコロナのように輝いた。その姿はすでに1枚の絵のようでさえあった。

きのうと同じように、僕たちはローテーブルを挟んだソファに向き合って座った。

少女がソファに勢いよく腰を下ろした瞬間、短いスカートがさらにせり上がり、ほとんど肉の付いていない太腿《ふともも》のあいだに白い下着が見えた。

反射的に僕は視線を逸《そ》らした。

「あっ、今、わたしのパンツ見たでしょ？」

屈託なく少女が言い、僕は「いや……見てないよ」と言って少女の顔を見つめた。

「嘘ばっかり」

片方の手でスカートの股間《こかん》をそっと押さえて少女が微笑んだ。僕は自分の顔が赤くなるのを感じた。

2.

牛乳と砂糖をたっぷりと入れた甘ったるいキリマンジャロを、鈴木楼蘭はあっと言う間に飲み干してしまった。

「すごくおいしかったです。あの……ごちそうさまでした」

尖《とが》った八重歯の先端を見せて少女が微笑んだ。

「いいえ。どういたしまして」

しばらくの沈黙があった。

僕は33歳で少女は11歳だった。そんなふたりのあいだに共通の話題があるはずもなく、少女は何となく気詰まりな様子だった。

本当は僕のほうから話題を提供するべきなのだろう。けれど、僕は人と話をするのが得意なほうではなかった。それで急いでコーヒーを飲み干し、さっそくデッサンを始めることにした。

「先生。あの……わたしは、どこで、どんなポーズをとったらいいんですか?」

さして広くないリビングルーム兼アトリエを、うろうろと歩きまわりながら鈴木楼蘭が訊いた。

「ポーズ？　ああ、そうだよね？　ポーズが必要なんだよね。ええっと……どうしようかな？」

とっさには思いつかなかった。絵を描くことを商売にするようになってから、生きている人間のモデルを使うのは初めてだった。

「なんだ、まだポーズも考えてなかったんですか？」

呆《あき》れたように少女が言った。

「そうなんだ。ごめん。あの……まだ何も考えてなくて……」

「それじゃあ……そうだな……まずこんなのはどうですか？」

そう言うやいなや、少女は棒のような両脚を前後に開き、突き出した腰骨に片手を置いた。そして、反らした上半身を強くひねって顎《あご》を引き、もう片方の手で豊かな髪を掻《か》き上げ、目を見開いて挑発するかのような視線をこちらに送った。

えっ？

その瞬間、それまでそこにいた無邪気で生意気な少女がすーっと消え去り、次の瞬間、僕の目の前に妖艶《ようえん》な雰囲気をもった若い女が出現したのだ。

僕は少女から女への瞬時の変身——それは僕には、魔法か手品でも見せられているかのような気がした。

「どうですか？」

「あの……悪くはないと思うんだけど……あの……できれば、もう少し自然な感じのほうがいいような……」

「そうですか？　このポーズ、かっこよくて、気に入ってるんだけど……」

また一瞬にして、若い女から11歳の少女に戻った鈴木楼蘭が、少しがっかりしたように言った。「それじゃあ……こんなのはどうですか？」

少女は今度は脚をぴったりと閉じ、体をSの形にくねらせ、両腕を頭上に上げて髪を掻き上げるようにして僕に横顔を見せた。セーターの短い裾《すそ》が持ち上がり、細くくびれた腰と、縦長の形をした臍《へそ》が剝《む》き出しになり、11歳の少女はまた、たちどころに妖艶な大人の女へと変身した。

「うーん。セクシーではあるけど……それも、ちょっとなあ……」

僕は首をひねった。

「そうですか？　気に入らないですか？　ええっと……そうだ。それじゃあ、これはどうですか？」

今度は少女は11歳には戻らず、大人の女のまま、油絵の具の飛び散った床にひざまずいた。そして、両脚を少し開き加減にして体の左半分を僕のほうに向け、左腕をだらりと真下に垂らし、右手で顔の脇に軽く触れながら腰を反らし、ほとんど膨らんでいない胸をぐいっと前方に突き出してみせた。

「うーん。悪いわけじゃないんだけど……あの……僕が考えている絵のイメージとはちょっと違うような……」

「先生って、難しい人なんですね」

不服そうに頰を膨らませて少女は立ち上がった。「それじゃあ、ええっと……こんなのはどうです?」

少女は両手を腰に当て、また脚を開き、胸を突き出すようにして体を強く反らせた。そして、顔をやや上に向けて唇を少し開き、妖艶な表情を作ってみせた。

「うーん」

僕がまた首を傾げる。

「じゃあ、これは?」

少女は僕に瘦《や》せた背中を見せ、両脚をさらに大きく左右に広げ、片手を腰に当てたまま上半身をひねって振り向いた。

「そうだなあ……」

僕が満足そうな返事をしないと、今度は少女は床に両手両膝《ひざ》を突いて四つん這《ば》いになり、片方の手で髪を搔き上げながら微笑んだ。ただでさえ短いスカートが、下着が見えそうなほどせり上がった。

所属している芸能プロダクションで練習を重ねているのだろうか?　それとも、雑誌やグラビアのモデルやタレントたちの真似をしているのだろうか?　少女は僕の前で、次から次へとたくさんのポーズを作ってみせた。

　ソファに座って脚を組んだり、床の上に尻《しり》を突いて両膝を抱えたり、背筋を伸ばして正座をしたり……寝転んだり、ひざまずいたり、また立ち上がったり、背伸びをしたり……ミニスカートの裾を持ち上げたり、セーターの袖《そで》をまくったり、デニムのジャケットを羽織ったり脱いだり……笑ったり、悲しげな顔をしたり、怒った顔をしたり……カメラマンを前にしたモデルやタレントのように、僕の目の前で11歳の少女は実にさまざまなポーズや表情を作ってくれた。

　それらはどれもそれなりに魅力的だったし、次から次へとポーズを作っている少女の姿にはけなげな一生懸命さも感じられた。それに、そんな少女を見ているのは、僕にはなかなか楽しいものだった。

　そう。少女というものを僕がそれほど見つめたのは、覚えている限りでは初めてのことだった。

　少女？

　いや、彼女は僕が想像していたような幼い女の子ではなかった。そこにいたのは、女の種だった。

　そうだ。女の種だ。

　まだすべてが未成熟で、まだすべてが生だったけれど……それでも……彼女は紛れもなく女の種だった。その少女の肉体の中には、これから大人の女になっていくためのすべての要素が、しっかりと、確かに存在していた。そして、その時が来るのを待っていた。

僕はそれを、はっきりと感じた。

少女はさまざまなポーズを作った。確かに、それらはどれも色っぽくて煽情的《せんじょう》ではあったけれど……僕がこれから描こうとしている絵にはそぐわないような気がした。

「それじゃあ、いったい、どうしたらいいんですか？」

唇を突き出して腕組みし、ふて腐れたように少女が言った。「何か考えがあるなら、ちゃんと言ってください。先生が何も指示してくれないから、わたしにはもう、どうしていいかわかりません」

「ごめん、ごめん」

そう言って謝ると、僕も少女と同じように腕組みをした。「えええっと……それじゃあ、きょうは最初だから、ごく普通に……そうだな……その窓辺のところに立って、窓から海でも眺めていてくれるかな？　特別なポーズはとらずに、ただ立っててくれれば、それでいいよ」

「ただ、立ってるだけでいいんですか？」

少女は不満げだった。

「うん。そうしてくれれば、僕のほうが動いて、いろいろな角度から何枚か描いてみるからね」

「ジージャンはどうします？」

「ジージャン？」

「着たほうがいいんですか？　それとも、脱いだほうがいいんですか？」

「ああ。そのジャケットね。そうだな……ええっと……それじゃ、とりあえず、脱いでもらおうかな？」

「わかりました。でも、ただ立ってるだけなんて、何だかつまんない」

「つまらない？」

「だって立ってるだけなら、マネキン人形にだってできるじゃないですか？」

鈴木楼蘭が本当につまらなそうに言い、僕はまた無意識のうちに微笑んだ。

3.

その暖かな春の日曜日の午後、僕は窓辺に佇《たたず》んだ11歳の少女の姿を、芯《しん》の柔らかな鉛筆を使って白い画用紙に描き写した。

美大にいた頃には、しばしば女性の絵を描いていた。そういう時、僕は特別なことを感じたりはしなかった。だから、少女の絵を描いたとしても、特別な思いを覚えたりはしないだろう。そう思っていた。

けれど、それは間違っていた。

そうだ。間違っていたのだ。

それは初めて見る、未知の生き物のようだった。飼い馴《な》らされていない、野生動物のようだった。

どうしてこんなに元気なのだろう? どうしてこんなに溌剌《はつらつ》としているのだろう?

強い驚きにおののきながら、僕は少女の姿を画用紙に描き写し続けた。

そこにいるのは紛れもなく女の種だった。だが、同時に、女とは遠く離れた、まったく別の種類の生き物でもあった。

僕の知っている女たちとは違い、少女の体には余分な脂肪がほとんどなかった。そして、その薄い皮膚の下には柔らかそうな筋肉がぎっしりと張り詰めていた。

何て可愛い声で喋《しゃべ》るんだろう! 何てつやつやとした髪をしているんだろう! 何て首が細いんだろう! 何て綺麗《きれい》な肌をしているんだろう! 何て顎《あご》が華奢《きゃしゃ》なんだろう!

いつのまにか僕は夢中になっていた。

夢中になって絵を描くなんて……いったい、いつ以来だろう?


鈴木楼蘭はじっとしているのが苦手なようだった。モデルになって10分もしないうちに、退屈そうにもじもじと体を動かし始めた。僕がスケッチブックから顔を上げると、さっきまでとはまったく違う姿勢をとっていることも1度や2度ではなかった。

「先生、可愛く描いてくださいね」

窓の外に顔を向け、立ったり座ったりを繰り返しながら少女が言った。

「うん。わかってるよ」

「本物より、もっと可愛く描いてくださいね」

「わかってる。わかってる」

「髪は今、ちょっとパーマが落ちかかってきてるんですけど、絵ではもっとふわふわに、ゴージャスに描いてください」

少女はそう言って、たっぷりとした髪を両手でいじり始めた。

こんな少女がゴージャスなんて言葉を知っているのが、僕には少しおかしかった。

「お昼ご飯を食べたばかりなんで、今はいつもよりお腹が出てるけど、お腹は引っ込めて描いてくださいね」

「はいはい。わかった、わかった」

「あっ、それから……わたし、脚はもともと長いほうなんですけど、絵では実物より長めに描いてくださいね」

「わかってるから、あの……もう少しだけ、じっとしていてもらえるかな？　あの……少しぐらいならかまわないんだよ。だけど、あんまり大きくは動かないでね」

「はい。わかりました。あの……先生？」

相変わらず、もじもじと動きながら少女が訊《き》いた。あんまり動くので、モデルを置いている意味などまったくないのではないか、と思えるほどだった。

「ちょっと、絵を見せてもらってもいいですか?」

「ん? 何?」

「絵って?」

「だから、先生が今、描いてるわたしの絵です」

「いや……だって、描き始めたばかりで、まだ絵になんかなってないよ」

「えーっ。それじゃあ、まだまだ時間がかかるんですか?」

「うん。そうだね……あと1時間か1時間半ぐらい……」

「えーっ! そんなにっ! 脚も疲れてきたし、腰も痛くなってきたし……やっぱり座ってるところを描いてもらえばよかった」

「ごめん。あの……なるべく早く描くからね。だから、もう少しだけ我慢しててね」

「はい。わかりました」

不服そうに頬を膨らませて少女が言った。「もう少しだけ我慢してみます。なるべくさっさと、手早く描いてくださいね」

口の減らない少女だった。

もし、普通のモデルにそんなことを言われたら、僕はうんざりしただろう。もしかしたら怒ったかもしれない。けれど、その少女にそう言われても、なぜか怒る気にはならなかったし、うんざりもしなかった。

「先生、テレビはどこにあるんですか?」

「テレビ?」

「もう海を見るのには飽きちゃったから、できればテレビを見ながらモデルをしたいんですけど……」

「テレビか……残念だけど、テレビはないんだ」

「えっ? テレビ、ないんですか?」

「うん。僕はテレビは見ないんだよ」

「えーっ! テレビ見ないんですかーっ! 嘘ーっ! 信じられないーっ!」

鈴木楼蘭が素《す》っ頓狂《とんきょう》な甲高い声を出した。「それじゃあ、あの……何か音楽をかけてください」

「そうしてあげたいんだけど……僕は音楽を聴く道具は何も持ってないんだよ」

「えーっ、嘘っ! 音楽、聴かないんですかーっ!」

少女が再び悲鳴のような声で叫んだ。「それじゃあ、先生、ひとりでいる時は何をしてるんですか?」

「何って……そうだなあ……その窓から海を眺めたり……ソファに座って壁を眺めたり……ベッドに寝転んで天井を眺めたり……カーテンの模様を眺めたり……」

「何だか、すごくつまらなそう」

大袈裟《おおげさ》に顔をしかめて少女が言った。「先生って、すごく変わってるんですね?」

「そうかな?」

「絶対に変わってますよ。変人です」

僕の顔をまじまじと見つめて鈴木楼蘭が断言し、僕は鉛筆を動かしながら、スケッチブックに顔を隠してそっと笑った。

4.

疲れてもう立っていられないと少女が主張するので、2枚目からはソファに腰掛けている姿を描くことにした。

「先生がさっき描いた絵を見せてください」

「絵っていっても……ただのデッサンなんだよ」

「それでも見たい」

少女が譲らないので、僕は鉛筆で描いたばかりのデッサンを見せてやった。

「えーっ！　ひどーいっ！」

スケッチブックを睨《にら》みつけ、またしても叫ぶように少女が言った。「わたし、こんな変な顔じゃありません。それに、こんなに短足じゃないし、こんなに太っていません」

「でも……あの……」

「こんなのって、ひどすぎます。お願いだから、もっと可愛く描いてください。可愛く描いてくれないのなら、もうモデルはやめます」

「いや……これはただのデッサンで……カンバスに描く時には……あの……ちゃんと可愛く描くから……あの……大丈夫だよ」

しどろもどろになって僕は言い訳をした。確かに、その絵はうまく描けていなかった。繰り返すようだが、人物を描くのは得意ではないのだ。だが、モデルをやめると言われるほど悪くは見えなかった。

「本当ですか？　次からは本当に可愛く描いてくれるんですか？」

「うん。本当だよ。約束する」

「わかりました。それじゃあ、先生の言葉を信じることにします」

僕を信じているとは絶対に思えない口調で少女が言い、僕は「大丈夫。可愛く描くよ」と、言いながらまたそっと微笑んだ。

ソファに座ったことによって、少女は立っていた時よりはいくらか動かずにいてくれるようになった。けれど、体はじっとしていられても、口のほうは動かさずにはいられないようだった。

デッサンのモデルをしながら少女が語ってくれた話によると、彼女は国際電話のオペレーターをしている母親とふたりで、この近くのマンションに暮らしているらしかった。その部屋の窓からは海はまったく見えず、ただ、隣に建った別のマンションのベランダが見

える だけなのだという。

「そうか。鈴木さんもマンション暮らしなんだ?」

「でも、マンションって言っても、ここは全然違うんです。向かいの部屋からのぞかれるからカーテンは開けておけないし……サッシがガタガタで透き間風が入って来るし……古くて狭くて、マンションだなんて名前だけで、団地みたいなものなんです」

僕は人と話をするのが好きではない。だからこうして、ひとりきりで暮らしている。けれど、少女の話を聞いているのは苦痛ではなかった。いや……それどころか、僕はそれを楽しくさえ感じた。

「ふーん。あの……鈴木さんは兄弟はいないの?」

「いません。わたし、ひとりっ子だから」

「そう? あの……失礼だけど……鈴木さんのお母さんはおいくつなの?」

「わたしのママ? ママはええっと……32歳かな……あっ、もう33歳になったのかな? でも、そんな年には見えないんです。わたしのママ、すごく変わってるんだけど、見た目はわりと綺麗《きれい》なんです」

「へー。綺麗なんだ?」

「ええ。でも、すごく変わってるんです。だから、一緒にいると疲れるんです」

少女の母親は勤務時間が不規則で、夜勤で朝まで帰宅しないこともしばしばらしかった。そんな時、少女は近所のコンビニエンスストアに行って、そこでパンや弁当を買って、ひとりきりで食事をするということだった。

「鈴木さんのお母さん……どんなふうに変わってるの？」

「一言じゃ説明できないけど、とにかく、何もかもが、ほかの子のママたちとは違うんです。先生、会ったら、びっくりしますよ」

少女によると、彼女の母親は神経質なほどに綺麗好きで、彼女の家には数え切れないほどたくさんのルールがあるのだという。そのルールにがんじがらめに縛られて、少女はうんざりしているらしかった。

「どこの家にだって少しぐらいはルールがあるのは知ってるけど、ママのは普通じゃないんです。わたし以外の人間だったら、1日だって一緒にはいられないはずです」

「それは大変だね」

「本当に大変なんです。先生には絶対に、想像さえもつかないと思うけど」

少女は母親のことはよく話した。けれど、父親のことは何も話さなかった。

お父さんはどうしてるの？

そう訊《き》いてみようかとも思った。だが、やはり、訊くのはやめた。話したくないことを無理に聞き出す権利など、僕にはない。

ソファに腰掛けた少女は、落ち着きなくしきりに脚を組み替えた。そのたびにスカートの奥に白い下着が見えたけれど、もう少女は気にする素振りは見せなかった。1度、脚を組み替えた時に、左脚の太腿《ふともも》の内側に青紫色をした大きな内出血のようなものがあるのが見えた。

「そのアザ、どうしたの？」

「あっ、またパンツ見たでしょ？　先生って、意外とエッチなんですね。可愛いパンツ穿《は》いて来てよかった」

「いや、そうじゃなくて、その内出血……」

「ああ、これ？　これは……ええっと……体育の授業中に転んじゃったんです」

「ふーん。転んじゃったんだ？」

「うん。すごく痛かったんだから」

その内出血の位置は、転んでできたにしては不自然だった。けれど、僕はそれ以上は訊かなかった。

少女が可愛く描けとうるさく注文するので、2枚目からはデッサンというより、アニメの主人公のような絵になってしまった。けれど、それを見た少女は「可愛いっ！」「わたしにそっくり！」と言って、とても喜んだ。

「先生、わたしにこの絵をください」

「いいけど……」

「やったー！　帰ってママに見せてあげよう」

実際にはその絵は少女に似ているようには見えなかったし、画家である自分がそんなアニメまがいの絵を描くとは意外でもあった。だが、少女が喜んでいるようなので、きょうのところはそれでよしとした。

モデルと良好な関係を築くというのは、たぶん画家の大切な仕事のひとつなのだろうから。

5.

少女の母親は、今夜も夜勤だということだった。いつもそうしているように、今夜もまた帰りにコンビニエンスストアで何か買って食べる予定だと少女が言うので、僕は彼女にここで夕食を食べていくようにと言った。

育ち盛りの少女がコンビニエンスストアの弁当やカップ麵《めん》やレトルト食品ばかり食べているのは、体によくないと思ったのだ。

「あの……いいんですか？」

上目遣いに僕を見つめ、遠慮がちに少女が訊いた。

「うん。どっちみち、何か作るつもりだったし……」

「先生、お料理ができるんですか？」

「まあ、少しぐらいはね。あの……鈴木さん、何か食べたいものがある？」

「食べたいものですか？　そうだなあ……うーん……」

少女は腕組みをして天井を見つめた。そして、言った。「カツカレーかな？」

「カツカレー?」

僕は露骨に顔をしかめてみせた。カレーは買い置きしてあるレトルトを使えばいいが、これからトンカツを作って揚げるのは、かなり面倒なことに思われた。

「ダメですか?」

僕の顔色をうかがうようにして少女が訊いた。

「すごく面倒だけど……まあ、いいや。作ってあげる」

「いいんですか?」

「いいよ」

「やったー! カツカレーだ!」

嬉《うれ》しそうに少女が言い、僕はまたしても微笑んだ。こんなに微笑むのは、本当に久しぶりだった。いや……もしかしたら、生まれて初めてだったかもしれない。

幸いなことに、冷蔵庫には豚のロース肉が何枚か買い置きしてあった。

乗り掛かった船なので、カレーもレトルトではなく、料理の本を見て本格的なものを作ることにした。普段は絶対にそんなことはしないのだが、いつもいい加減なものばかり食べている少女に、おいしくて栄養価の高いものを食べさせてやりたいと思ったのだ。

だが、料理を始めてすぐに僕は後悔した。本格的なカレーを作るのは、考えていたよりずっと面倒で、ずっと大変だったのだ。

僕がキッチンで悪戦苦闘しているあいだ、少女はリビングルーム兼アトリエのソファにだらしない恰好《かっこう》で寝転がり、下着を丸見えにしながら、ゴッホやゴーギャンの画集をめくっていた。キッチンに来て手伝ってくれるかと期待していたのだが、そんな気はまったくないようだった。

少女があんまりのんびりしているので、料理の途中で何だかバカバカしくなったし、少し腹も立った。それでも、2時間ほどで何とか本格的なビーフカレーを作り上げ（僕は辛いものが好きだが、少女のことを考えて、あまり辛くはしなかった）、キツネ色をしたトンカツを揚げ終えた。栄養のバランスを考えて、生野菜をたっぷりと使ったサラダも作った。

やれば、できるものだ。


その晩、鈴木楼蘭と僕はキッチンの小さなテーブルに向き合って湯気の立つカツカレーを食べた。

「おいしいっ！」

スプーンでカレーを口に運んだ少女が感激したように言った。「こんなにおいしいカレー、食べたことないです。先生、絵だけじゃなく、お料理もうまいんですねっ！」

料理を作っていた時には、どうして画家がモデルのためにこんなことをしなければならないのだと少し腹を立てていたのだが、少女のその一言で、僕の怒りはたちまちにして治まってしまった。

「わたし、夜はママがいつもいないから、誰かと一緒に夕ご飯を食べることって、めったにないんですよ」

口の周りをカレーで汚した少女が嬉しそうに言った。

考えてみれば僕だって、この部屋でこんなふうに、他人と一緒に食事をするのは初めてのことかもしれなかった。

春が来て日が長くなり始めたとはいえ、もう窓の外はすっかり暗くなっていた。キッチンの大きな窓ガラスには、外の景色ではなく、テーブルに向き合って食事をする鈴木楼蘭と僕の姿が映っていた。

僕にもこんな年の娘がいたとしても、おかしくはないんだな。

ふと、そんなことを思った。実際に、美大の友人のひとりには小学校高学年の息子がいると聞いていた。

「あの鈴木さんさえよかったら……あの……これからも、お母さんの帰りが遅い時には、ここで食事をしていっていいからね」

「本当ですか？」

口をもぐもぐさせながら嬉しそうに少女が言い、僕は微笑みながら頷《うなず》いた。

「嬉しいな。それじゃあ、これからは週末ごとに御馳走《ごちそう》が食べられるんだ」

「いや、もう御馳走は作らないよ。誰も手伝ってくれないからね」

「あっ……」

少女がハッとしたような顔をした。「ごめんなさい。あの……これからは、わたしも先生のお手伝いをします」

「本当？」

疑わしそうな目で僕は少女を見つめた。

「はい。だから、また、おいしいものを作ってください」

少女が嘆願し、僕は微笑みながらもう1度、頷いた。そして、もう1度、窓ガラスに映った少女と僕を見た。

柔らかな光に照らされた僕たちの姿は、何だか、とても仲が良さそうに見えた。

6.

「長澤先生、きょうはありがとうございました」

玄関のたたきに立った11歳の少女が、来た時と同じように僕にペコリと頭を下げた。

「こちらこそ、ありがとう。あの……鈴木さん、これからもよろしくお願いします」

僕も少女に頭を下げた。「あの……もう外は真っ暗だから、気をつけて帰ってね」

本当は家まで送って行くことも考えた。だが、ここから少女の自宅まではゆっくり歩いても20分ほどだったし、途中、危険そうな暗い道もないので送るのはやめた。

「それじゃあ、先生、また土曜日にね」

「うん。また土曜日に」

僕が頷き、ほっそりとした少女はドアの向こうに姿を消した。

また土曜日に——。

そうだ。基本的には鈴木楼蘭は週に2回、土曜日の午後と日曜日の午後に、ここに来ることになっていた。

少女を見送ったあと、玄関のドアを閉める。ドアに鍵《かぎ》を掛け、室内に戻る。ぼんやりと部屋の中を見まわす。

そこにはまだ、カレーの香りが残っていた。

静かだな。

ふと思う。

この部屋にはテレビも音楽を聴くための道具もないから、今までだって決して賑《にぎ》やかだったわけではない。それでも……11歳の少女が部屋の中から姿を消した今、そこはひっそりと静まり返っていた。それはまるで、部屋が死んでしまったかのようだった。

またひとりだ。

僕はそう思った。そして、そんなふうに感じたことに、僕自身が驚いた。

アトリエ兼リビングルームに戻る。その部屋にもカレーの香りがほのかに漂っている。カーテンを開けたままの大きな窓には、部屋の真ん中に立ち尽くす僕の姿が映っている。僕はそこに立った男を見つめ、それからそっと微笑んでみた。

部屋の片隅にあるソファの、少し前まで少女が座っていた場所に腰を下ろす。ローテーブルの上に放り出してあったスケッチブックを手に取る。

大きくひとつ息を吐き出したあとで、スケッチブックを開く。僕が描いたばかりの少女の絵の数々を、ぼんやりと眺める。そして、思う。

5日たてば、またあの子が来るんだ。

その晩、アトリエ兼リビングルームのソファにもたれ、いつものようにグラスに注いだスコッチウィスキーをなめるように飲んでいたら電話が鳴った。

電話が鳴るなんて、とても珍しいことだった。

『こんばんは、長澤くん。調子はどうだい？』

電話は画商からだった。『女の子の絵は描けそうかい？』

「ええ。あの……まだ何とも言えませんけれど……たぶん、描けると思います」

僕は曖昧《あいまい》な返答をした。

『モデルの女の子はどうだい？』

「そうですね。あの……鈴木さんは、とても可愛いと思います」

『そうだよなあ。楼蘭ちゃん、確かに可愛いよなあ』

まるで自分の娘が褒められているかのように、画商は嬉《うれ》しそうだった。『ところで……実際に絵のモデルとしては、あの子、どうなんだい？』

「どうって？」

『あの子でいい絵が描けそうかい？』

急に商売人の口調になって画商が訊《き》いた。『もし、長澤くんがあの子を気に入らなかったら、モデルを替えてもかまわないんだよ。そうしたらすぐに、プロダクションがほかの子を探してくれる約束になってるし……』

「いえ……気に入らないだなんて……」

少し慌てて僕は言った。

『遠慮なく言っていいんだよ』

「はい……あの……」

『いや、実は、わたしも戻ってからいろいろと考えてみたんだけどね……楼蘭ちゃんは確かに可愛いんだけど、今回の絵のモデルには、楼蘭ちゃんよりももう少し子供子供した、ウブで無邪気な感じの子のほうがいいのかなって……依頼主のじいさんも、そういう女の子の絵を求めているのかなって、そんなことも思ってみたんだ』

「そうなんですか？」

『よく考えてみたら、楼蘭ちゃんは小学生にしては妙に大人っぽくて、色気があり過ぎるようにも思えるし……髪の毛が茶色いのも気になるし……だから、絵のことを考えると、モデルを替えたほうがいいのかなあって思ったりもしたんだけど……』

「いえ……あの……僕は鈴木さんでいいと思います」

しどろもどろになりながらも、珍しく僕は断言した。「あの……鈴木さん、きょうは化粧もしていなかったし、アクセサリーもつけて来なかったし、洋服も普通の小学生みたいだったし……あの子なら、きっといい絵を描けると思います。あの……もう絵のイメージもできかかってきたし……今さらモデルを替えられると……」

それは嘘だった。まだ絵のイメージなんて、まったく湧いて来ていなかった。

『そうか。それなら、いいんだよ』

電話の向こうで、画商が嬉しそうに笑った。『いや、何となく、長澤くんが楼蘭ちゃんを気に入ってないように感じたからさ。画家がモデルを気に入らなくちゃ、いい絵なんて描けるわけがないからね』

「そんなことはないですよ。あの……とても気に入っています。鈴木さんはいいモデルです」

再び僕は断言した。

『そうか。それじゃあ、わたしも絵ができるのが楽しみだよ。長澤くん、ぜひ、頑張ってくれよな』

画商との電話を切ったあとで、僕は安堵《あんど》の息を漏らした。

安堵？

そう。ほかのモデルではなく、僕は鈴木楼蘭を描きたかったのだ。いや……正確には、週末ごとに、彼女に来てもらいたかったのだ。


画商との約束では、モデルの少女には毎週末と祝日ごとに、この部屋に来てもらうことになっていた。けれど僕のほうは、モデルの少女に来てもらうのは、最初の2日か3日だけで済ます心積もりでいた。

そう。2日か3日かけて少女の姿を何枚かデッサンし、いろいろな角度から少女の写真を撮影したら、その後はモデルを断り、あとはデッサンと写真と想像力を頼りに絵を描けばいいと考えていたのだ。生きた人間をいつも目の前に置いて絵を描くなんて……そんなこと、息苦しくて、鬱陶《うっとう》しくて、耐えられないような気がしていたから。

だが今、僕は、少女に週末ごとに来てもらうのも悪くはないと思い始めていた。

今度の土曜日はあの子に何を食べさせてあげよう？

僕はそんなことまで考えていたのだ。

7.

翌日から、またいつもと変わらぬ単調な毎日が始まった。

いつもと変わらぬ？

いや……そうではない。いつもなら、花や果物や田園風景や山や森や湖が描かれている僕のカンバスに、その週からは少女の姿が描かれるようになったのだ。

そう。その週から、僕はさっそく油絵の具を使って、窓辺に佇《たたず》む少女の絵を描き始めた。画商が早くその絵を欲しがっていたので、週末に少女がやって来るのを待っていることはできなかったのだ。

鉛筆で描いたデッサン（と言っても、そのほとんどは鈴木楼蘭に指示されて描いたアニメのキャラクターのようなものだったけれど）と、自分の記憶を頼りに、僕は20号のカンバスに少女の絵を描いた。

いつもなら、それでうまくいくはずだった。風景を描く時にも、僕はたいてい現場には行かず、写真を見ながら描いているし、それで画商は充分に満足していたのだから。

けれど、その少女の絵はうまくいかなかった。

理由のひとつには、僕が人物を描き慣れていないということもあったかもしれない。だが、縦に置いた20号のカンバスに描かれた鈴木楼蘭の姿は、何だか、とても薄っぺらで、嘘っぽくて、血の通った少女のようには見えなかった。

こんなんじゃない。こんな絵じゃ満足できない。

僕は思った。

満足できない？

いや……いつだって、満足いく絵なんてできない。絵で生活をするようになってから、そんな経験はただの1度もない。

いつだって、そうなのだ。いつだって、僕は流れ作業のように絵を描いているのだし、僕の絵はいつだって『素人向けのやっつけ仕事』なのだから。

だが、鈴木楼蘭をモデルにした絵だけは、もう少しいいものにしたかった。

もちろん、名画を描こうと思っていたわけではないし、独創的なものを描こうと意気込んでいたわけでもない。特別な冒険をするつもりだったわけでもないし、特別な工夫を凝らそうと考えていたわけでもない。

それでも、その絵には、いつもより心を込めたかった。できることなら、その絵にはこれまでに僕が培って来た技術のすべてを注ぎ込んでみたかった。

けれど……カンバスに描かれた少女は、実物の鈴木楼蘭とは似ても似つかなかった。あのほとばしるようなエネルギーもなかったし、野生動物のような溌剌《はつらつ》さもなかった。

そう。窓辺に実際に立っていた11歳の少女は、もっと生き生きとしていて、もっと野性的で、もっと元気で、もっと落ち着きがなくて、もっと生意気で、もっと憎らしくて、もっと意地悪そうで……そして、もっともっと可愛らしかった。

「違う……全然、違う……」

絵筆を置いて腕組みをする。窓の向こうに果てしなく広がる春の海を眺める。そして、僕はもう1度、その窓辺に立っていた少女の姿を思い浮かべようとした。


それまでの僕には、曜日の感覚というものが完全に欠如していた。

僕は会社には通っていなかったし、テレビも持っていなかった。このマンションでは365日24時間、いつでもゴミを出していいことになっていた。だから、きょうが何曜日かなんて、まったく関心のないことだったのだ。

けれど、その週はそうではなかった。土曜日にはまた少女がやって来ることになっていた。ただそれだけのことで、僕は『曜日』というものを意識した。

月曜日から水曜日まで、僕はイーゼルの上に縦に置いた20号のカンバスに向かって悪戦苦闘を続けた。だが、どうしてもうまくいかず、3日間描き続けた末に、ついにその絵を放り出した。描き始めた絵を途中で放り出すなんて、もう何年もないことだった。

木曜日には絵を描くのを完全に諦《あきら》めて、僕は近所の本屋に行った。そして、そこで、子供向けのメニューが載った料理の本を何冊か買った。自宅に戻ると、美しい写真が掲載されたそれらの本を広げ、土曜日の夕食のメニューに思いを巡らせた。

金曜日にはメモを手に、近所のスーパーマーケットに買い物に出掛けた。そして、あれこれと迷いながら、持ち切れないほどたくさんの食材を買い込んだ。帰りにふと思い立ち、行きつけの花屋に寄った。

花屋に行くのは珍しいことではない。絵を描くために、僕はしばしばそこで花を買い求めていたから。けれど、その日は、いつもよりたくさんの花を買った。「花の絵の注文がたくさん来たんですね?」と、花屋の女性が言うくらいだった。

大きな花束と食材を抱えて部屋に戻ると、久しぶりに部屋の掃除をした。散らかっていたものを片付け、床に掃除機をかけ、最後に濡《ぬ》れた雑巾《ぞうきん》を使って、油絵の具が飛び散った床を丁寧に拭《ふ》いた。ついでに、すべての部屋の窓ガラスを磨き上げた。

「ちっ、忙しくて、嫌になる」

窓ガラスを磨きながら、無意識のうちに僕は呟《つぶや》いていた。けれど、おそらく、本当にそう思っていたわけではなかった。

掃除が終わると、買って来た花をいくつもの花瓶に分けて活《い》けた。絵を描くために、僕はたくさんの花瓶を持っていた。すべての花瓶に花を活け終わると、それを部屋のあちらこちらに配置した。

すべての作業が終わると、僕はソファに腰を下ろした。そして、磨き上げられた窓ガラスに映った自分の姿をぼんやりと眺めた。

明日はいよいよ土曜日だった。

8.

その日の午後、僕は約束の時間の随分と前から北側のベランダに出て、数十メートル下の地上と安物の腕時計とを交互に見つめていた。自宅のある方向から推測すると、少女はマンションの北側に真っすぐに延びた道を歩いて来るはずだった。

きょうはどんな恰好《かっこう》をして来るんだろう？　ジーパンだろうか？　それとも、またミニスカートだろうか？

4月も半ばになり、春もいよいよ本番といった感じだった。道行く人々の服装も、すっかり春らしくなっていた。北側のベランダにいても、もう寒いとは感じなかった。

どれくらいのあいだ、北に延びた道を見つめていただろう？

何げなく真下に視線を移すと、マンションの北に延びた道ではなく、東西に横切る道を、自転車にふたり乗りしてやって来る若い男女の姿が見えた。

自転車に乗ったふたりが、ぐんぐんこちらに近づいて来て、やがて、その顔が見えるようになった。

ハンドルを握っている少年は10代の前半だろう。見覚えのない少年だった。けれど、その荷台にまたがっているのは、紛れもなくあの少女だった。

鈴木楼蘭は白いカーディガンのようなものを羽織り、デニムのショートパンツを穿《は》いていた。足元は白いロングブーツだった。

鈴木楼蘭は自転車を漕《こ》ぐ少年の体にしっかりと両腕をまわし、ふわふわとした茶色の髪を風になびかせていた。声は聞こえなかったけれど、何かしきりに少年に話しかけているように見えた。

ふたりはとても親しげだった。満面の笑みを浮かべた鈴木楼蘭はとても楽しそうだったし、彼女を背に自転車を漕ぐ少年も楽しげだった。

マンションの前まで来ると少年が自転車を止め、ほぼ同時に、少女が荷台からひらりと舞い降りた。それは本当に、舞い降りるという感じの身軽さだった。

僕はその姿を彼らの真上から見つめていた。

エントランスホールの前に立ったまま、彼らはしばらく何かを話していたが、やがて少年はまた自転車にまたがった。少女が手を振り、自転車にまたがった少年が手を振り返す。その姿は、とても別れ難そうに見えた。

誰なんだろう？　いったい、どんな関係なんだろう？

あまり愉快とは言えない気持ちで僕は思った。

そう。なぜか、僕は急に不愉快な気分になっていたのだ。

嫉妬《しっと》？

どうなのだろう？　よく、わからない。

誰かに焼き餅《もち》を焼くだなんて……そんな感情を、僕が最後に経験したのは、もう10年以上も前のことだった。

ベランダから室内に戻るとすぐに、インターフォンが鳴った。

相変わらず僕は、あまり愉快とは言えない気持ちのまま玄関に向かった。

鈴木楼蘭が自転車の荷台に乗っていた少女とは違う洋服を着ていればいいな……そんなことを思いながら、ドアを開ける。

そう。僕はなぜか、さっき自転車の荷台にまたがっていた少女が鈴木楼蘭とは別人であることを願っていた。

僕が開いたドアの向こう、蛍光灯の無機質な光に照らされた廊下に、茶色の髪をした華《きゃ》奢《しゃ》な少女が立っていた。

ゆったりとした白いニットのカーディガン、小さな腰にぴったりと張り付くようなローライズのデニムのショートパンツ、とても踵《かかと》の高い白いロングブーツ——そこに立っていたのはやはり、ついさっき自転車の荷台にまたがっていた少女だった。

「ああっ、鈴木さん、いらっしゃい」

視線を曖昧《あいまい》に泳がせて、僕はぎこちなく微笑んだ。

けれど、少女は僕のぎこちなさには気づかなかった。

「こんにちは、長澤先生」

クリクリとした目で僕を見つめ、その可愛らしい顔に笑みを浮かべ、目に被《かぶ》さる茶色の前髪を掻《か》き上げながら少女が言った。「きょうもよろしくお願いします」

狭い玄関で少女が窮屈に身を屈《かが》め、踵の高い純白のロングブーツを脱ごうとする。ヴォリュームのある髪がふわりと垂れ下がり、華奢な上半身のほとんどすべてを覆い隠す。柔らかくカールした長い髪の先端が、玄関のたたきに微《かす》かに触れる。

自転車で送って来てくれた男の子は誰なんだい？

口から出かかったそんな言葉をとっさに飲み込み、「あの……髪が汚れちゃうよ」と僕は言った。

「あっ、ホントだ」

少女が片手で髪を掻き上げる。

「きょうは……あの……暖かいね」

「そうですね。暖かいっていうより、暑いぐらい」

身を屈めたまま少女が言い、僕は少女の髪のあいだからのぞく、ほっそりとした項《うなじ》を見つめた。

「あの……鈴木さんは、いつもそんなに踵の高い靴を履いてるの？」

「違います。学校にはハイヒールは履いていけないから。このブーツ、わたしのじゃなくて、ママのなんです」

「お母さんと靴のサイズが同じなの？」

「そう。わたしのママ、足がすごくちっちゃいの……マヌケの小足」

少女の言葉に僕は小さく笑った。

「でも、このブーツはママに内緒で履いてきたから、見つかったらすごく怒られちゃう。踵がダメになるからって、ハイヒールは履かせてくれないんです」

豊かな髪の向こうに隠れたままの少女が屈託のない口調で言い、僕は「そうなんだ?」と言って微笑んだ。

その微笑みから、さっきまでのぎこちなさが消えていることに僕は気づいた。

そう。いつの間にか僕の中からは、さっきまでの不愉快な気分が消滅していた。

ようやくブーツを脱ぎ終えた少女が立ち上がり、僕を見つめてまた微笑む。濡れた唇のあいだから、白く尖《とが》った八重歯がのぞく。

そんな少女を見つめ返し、僕もまた微笑んだ。そして、こんな子供にいったい何を嫉妬しているのだろう、と思ってバカバカしくなった。

9.

立ちっぱなしだと疲れると言うので、きょうは少女を椅子に座らせた。けれど、座っているからといって、じっとしているわけではなかった。

トイレに立ったり、喉《のど》が渇いたと言って冷蔵庫に行ったり(彼女のために僕はたくさんの清涼飲料水を買い込んであった)、「ちょっと休憩させてください」と言ってあちらこちらを歩きまわったり、「絵の具の匂いで中毒になりそう。新鮮な空気を吸わせてください」とベランダに出てみたり、「あーっ、退屈!」と叫んで伸びをしたり、あくびをして涙を拭《ふ》いたり、脚を組み直したり、貧乏揺すりをしたり、首をグルグルとまわしたり……とにかく落ち着かなかった。

けれど、僕は文句は言わなかった。そうやって生き生きと動きまわっている様子こそが、鈴木楼蘭という少女の本来の姿のように思えたから。

途中で、「この部屋、暑い」と言って、少女は羽織っていたニットのカーディガンを脱いだ。絵のモデルとしては勝手な行為だったが、やはり僕は何も言わなかった。

カーディガンの下に少女は、肩が剝《む》き出しになった白いタンクトップを着ていた。タンクトップの裾《すそ》はとても短くて、引き締まったウェストや、縦に窪《くぼ》んだ臍《へそ》が見えた。胸はまったくと言っていいほど膨らんでいなかったが、薄い布の向こうに白いブラジャーが透けて見えた。

「長澤先生、わたしのこと、どう思います?」

椅子の上で細い脚をブラブラさせながら少女が訊《き》いた。

少女の左腿《もも》の内側には、相変わらず内出血のようなアザがあったけれど、それは随分と薄くなっていた。

「どうって?」

ざっと下描きしたカンバスに絵の具で色を着けながら僕は訊き返した。

「だから……先生はわたしのこと、可愛いと思いますか？」

そう言うと少女は顎《あご》を少し引き、首をわずかに傾げ、目をいっぱいに見開き、八重歯を見せて微笑んだ。たぶん、それが自慢のポーズなのだろう。

「うん。可愛いと思うよ」

もちろん、嘘ではなかった。

「それじゃあ、わたしのこと、綺麗《きれい》だと思います？」

相変わらず同じポーズで僕を見つめて少女が訊いた。

「うん。綺麗だと思うよ」

それも嘘ではなかった。

目の前に座った少女は、本当に可愛らしかったし、本当に美しかった。

「本当ですか？」

少女が嬉《うれ》しそうに言う。

「本当だよ。鈴木さんはすごく可愛いし、すごく綺麗だよ」

「嬉しいっ！」

少女が小さな拳《こぶし》を握り締めてガッツポーズをした。それはほんの一瞬のポーズだったけれど、僕はその愛くるしい姿をいつかカンバスに描き写すために、しっかりと網膜に焼き付けようとした。

愛くるしい?

そう。少女には、『愛くるしい』という言葉がぴったりだった。

少女の姿をカンバスに描き写していると、ふと……何かが心の中をよぎった。

何か……遠くて、懐かしい記憶の断片のようなもの……。

何だろう?

その記憶の断片は途切れ途切れにやって来て、僕が見定める前に、次から次へとシャボン玉のように弾《はじ》けて消えていった。

何なんだろう? いったい、何なんだろう?

けれど、僕には、現れては消えていく記憶の断片の正体を突き止めることは、どうしてもできなかった。


僕は自分が小学生だった頃のことなんて、ほとんど覚えていない。その頃、自分がどんなことを考えて生きていたのかも、どんな望みを抱いていたのかも覚えていない。

それでも僕はぼんやりと、小学生の女の子なんてまだほんの子供で、世の中のことなんて何も知らない無邪気な生き物なのだろうと想像していた。

けれど、それは間違っていた。

僕の目の前にいたのは、何も知らない子供なんかではなく、今まさに大人になろうとしている若い女だった。肉体的にだけではなく、精神的にも、そこにいたのは小さな大人だった。時には、僕以上に大人の女だった。

10・

西の空が鮮やかなオレンジ色に染まり、穏やかな海が夕日に眩《まぶ》しく輝きだし、波間に漂っていたサーファーたちがボードを抱えてビーチに戻り始めた頃——僕は絵を描くのをやめてキッチンに向かった。夕食の支度を始めるつもりだった。

きょうは手伝いをする気らしく、少女も僕についてキッチンに入って来た。

「先生、きょうのメニューは何ですか？」

白いズック地のエプロンを着けた少女が訊いた。そのエプロンは調理用ではなく、僕が絵を描く時に使っているもので、色とりどりの油絵の具で薄汚れていた。

「きょうは手作りのハンバーグだよ」

そう。僕は料理の本で勉強したばかりのハンバーグに挑戦するつもりだった。

「手作りっ！　すごいっ！」

甲高く叫びながら少女が両手を突き上げた。瞬間、柔らかそうな腋《わき》の下が見えた。

脱毛をしているのだろうか？　それとも、まだ子供だからなのだろうか？　少女の腋の下には1本の毛も生えていなかった。

「それから手作りのデミグラスソース」

「デミグラスソースも手作りですか？　すごいっ！」

少女がまた両手を高々と突き上げた。

「それから……ええっと、オムレツも作るつもりなんだけど……」

「すごい、すごい！　そんなに食べ切れるかな？　ああ、でも……」

少女が急に顔をしかめた。「みんな手作りなんて、何だか面倒くさそう……お皿だってたくさん汚れそうだから、洗うのも大変だし……」

確かに面倒くさそうだった。自分ひとりのためにだったら、絶対にそんなことはしないだろう。実を言うと、僕は食べ物にはほとんど興味がなかった。

けれど、その日の僕はやる気まんまんだった。

「ふたりで作って、ふたりで後片付けをすれば何でもないよ」

「でもなあ……」

「さっ、悩んでいてもご飯はできないから、頑張って作り始めよう」

元気よく言うと、僕は張り切って冷蔵庫から大きなひき肉のパックを取り出した。

時間と手間をかけて作った料理の数々を、次々と口に運びながら、その日も少女はよく喋《しゃべ》った。きょうも話のほとんどは、自分の母親についてだった。

——本当に変わった人なの。

自分の母親のことを、少女は繰り返しそう評した。

我がままで、自分勝手で、見栄《みえ》っ張りで、横暴で、独善的で、いつも娘に命令し、娘を振りまわし……それでも、綺麗好きで、働き者で、意欲的で、前向きで、向上心に溢《あふ》れ……努力家で、生き生きとしていて、センスがよくて……美しくて、お洒落《しゃれ》で、色っぽくて、魅力的な女性……娘の話から、僕はぼんやりとそんな女性を想像した。

「本当に普通じゃないんだから。信じられないくらいに変わってるんだから」

その口調は母親を自慢しているかのようにも聞こえた。

「お母さんと仲がいいんだね？」

食べ物を口に運びながら、何げなく僕は言った。

その瞬間、それまでにこやかに食事を続けていた少女の顔色が変わった。

「仲がいいって……どうしてそんなこと言うんですか？」

鋭い視線を僕に向け、苛立《いらだ》ったような口調で少女が言った。「先生はわたしたちのことなんか、何も知らないくせに、どうしてそんな無責任なことが言えるんですか？」

少女がそんな顔をするのを見たのは、初めてだった。

「だって……あの……鈴木さん……お母さんの話ばかりしてるから……だから……」

とたんに僕はしどろもどろになった。「あの……てっきり仲がいいんだなって……」

「仲なんかよくありません」

挑むように僕を見つめ、それまでとは別人のような強い口調で少女が宣言した。「わたし、ママと1日も早く離れたいと思ってるんです。ただ……ママがあんまりわたしに影響力を持ってるから、それでつい……ママの話ばかりしてしまうんです」

「そうだったんだ？　あの……変なこと言って、ごめん……」

僕が謝ると、少女はハッとしたような顔になった。その顔はさっきまでと同じように、あどけなくて、可愛らしかった。

「あの……わたしこそ、ヒステリーみたいになって……ごめんなさい……」

少女はそう言うと、手にしていたフォークを置き、目の前の皿を見つめた。「わたしのこういうところって、何だか、ママにそっくり……悲しくなっちゃう……」

少女が口をつぐみ、僕も口をつぐんだ。

テレビのない部屋の中は静かだった。ただ、階下からロックンロールみたいな音楽が微《かす》かに響いて来るだけだった。

「わたしのママは本当に変わってるんです……」

しばらく無言で皿を見つめていたあとで、思い詰めたような口調で少女が言った。「性格が変わってるだけじゃなくて……あの……時々だけど……暴力を振るうんです」

僕は食事の手を止めて少女を見つめた。

「この腿《もも》のアザだって……本当は転んだんじゃなく……ママにつねられたんです」

「つねられた？」

驚いて、僕は少女の言葉を繰り返した。

「思い切りつねられて……涙が出るほど痛くて……それに、ほら……これ……」

少女は僕の前に右手を突き出した。「ママに煙草の火を押し付けられたんです」

少女の右手首には確かに火傷《やけど》が治った跡のようなものがあった。

僕は何も言わなかった。言うべき言葉が見つからなかったのだ。

「すごく熱かったんです……すごく怖かったし……すごく悲しかったし……」

呟《つぶや》くように少女が言い、僕は無言で少女を見つめた。

少女の大きな目が、見る見る涙で潤んだ。

11.

玄関のたたきに立って、鈴木楼蘭は僕を見上げた。

「先生、ごちそうさまでした。また明日ね」

少女の顔は晴れやかで、ついさっきまで泣いていたとは思えないほどだった。

「うん。明日はもっとおいしいものを作ろう」

少女を見下ろして僕は微笑んだ。今ではもう、微笑むことが随分と上達していた。踵《かかと》の高い母親のブーツを履いたせいで、少女は急に背が高くなったように感じられた。

「先生、わたし、明日はお寿司《すし》が食べたいな」

少し甘えたような口調で少女が言った。

「お寿司？」

「ダメですか？」

「いや。いいよ。それじゃあ、明日はお寿司にしよう」

「わーい。嬉《うれ》しいな」

少女がにっこりと微笑み、それから、その細い背中をこちらに向ける。そのままドアノブに手をかける。

その瞬間——僕は少女の華奢《きゃしゃ》な体を、思い切り抱き締めたいという強い欲望に駆られた。

そして、そんな自分に驚いた。

もちろん、抱き締めたりはしなかった。ただ、少女の背に向かって、「気をつけて帰ってね」と呟いただけだった。


少女とふたりで汚れた食器を洗ったので、今夜はもうすることもなかった。

少女が帰ったあと、僕はウィスキーのグラスを手にアトリエ兼リビングルームのソファに腰を下ろした。すぐ脇のイーゼルには、描きかけの絵が置いたままになっていた。

ひとりきりの部屋は本当に静かだった。時折、湘南電車が鳴らすレールの音が、風に運ばれて微かに聞こえるだけだった。

琥珀《こはく》色の液体を口に含み、窓ガラスに映った自分の姿を見つめる。強いアルコールが口の内側を心地よく焼くのを感じながら、鈴木楼蘭という11歳の少女と、娘に強烈な支配力を及ぼしている母親のことを考える。

先生、このことは誰にも言わないでください。もしママが児童虐待で逮捕されたら、わたし、本当にひとりきりになっちゃうから。

少女の言葉を思い出した。

他人の家庭のことになど興味はないはずだった。面倒なことに巻き込まれるのは真っ平だった。それでも……少女とその母親について考えないわけにはいかなかった。

少女のためにしてやれることが、この僕にあるのだろうか？

僕はあまりに無力だった。社会的にも、経済的にも、悲しくなるくらい無力だった。

僕が映った窓ガラスの向こう——暗い海面で、ブイに取り付けられた赤く小さな光が規則正しく上下している。

毎日のように見ているというのに、それが何だか僕は知らなかった。けれど今では僕にも、それが海面に浮いた地震観測用のブイのものだとわかっている。さっき少女が、「あのブイって、地震観測用なのよ」と教えてくれたのだ。

「どうして知ってるの？」

「そんなの常識です。みんな知ってますよ」

少女は時に、僕より大人だった。そして、僕よりずっと多くのことを知っていた。

グラスの中の液体をまた口に含む。イーゼルに載った絵を見つめ、11歳の少女のことを考える。

下腹部が甘く、せつなく、疼《うず》いた。

いや……それは強いウィスキーのせいだったかもしれない。

第4章

1.

海岸に打ち寄せる波は人間が造っている。

大磯《おおいそ》ロングビーチの波の打ち寄せるプールみたいに、海のかなたに波を造るための機械みたいなものがあって、そこで造られた波がわたしたちの街の海岸までやって来る。

小学校の低学年の頃まで、わたしはそう思っていた。今思うとバカバカしいけれど、本当にそう思っていた。ママがそう教えたからだ。

わたしのママは嘘つきだから、わたしにいろいろな嘘を教え込んだ。幼かったわたしは、それらの嘘をすっかり信じてしまった。

いつだったか、ママとふたりで、どこかのダムを見に行ったことがあった。その時、ママはダムから流れ落ちる真っ白な水を指して、「あれは牛乳なのよ」と、わたしに言った。

もちろん、わたしはそれを信じた。ダムっていうのは、牛乳を作る場所なんだ、と。

ママはわたしに、ウサギは卵から生まれるのだと教え込んだ。川の水が絶えず流れ込んでいるせいで、海面はどんどん上昇しているから、いつか日本は海の中に沈没してしまうのだとも教えた。動物園に行った時には猿山にいる猿たちを指して、「あの猿たちも、何年かたつと、わたしたちみたいな人間に進化するのよ」と言って、自分勝手でデタラメな進化論をわたしに教え込んだこともあった。

わたしは、それらの嘘をことごとく信じ込んだ。そして、あとになって、たくさんの恥をかいた。

たぶん、ママにも悪気はなかったのだと思う。ただ、ママは悪ふざけが好きなだけなのだ。

それから、ママはわたしに……こんなことも教えた。

大人になった女の人は男の人とは関係なく勝手に妊娠して、男の人とは関係なく勝手に赤ちゃんを産むのだ、と。もちろん、赤ちゃんを産まない女の人もいるけれど、それは神様が決めることで、人間の考えではどうすることもできないのだ、と。

「だから、ママみたいに結婚していないのに子供がいる女の人がいるのよ」

それが違うと知ったのは、ほんの何年か前のことだった。あの時は本当に驚いたし、本当にショックだった。

もうわたしは、昔みたいに幼くないから、今ではママに騙《だま》されることもなくなった。

本当に、騙されていない？

いや、自信はない。

もしかしたら、今もわたしはママに騙され続けているのかもしれない。ママの嘘を、信じ込んでいることがあるのかもしれない。

2.

いつだったか、都内で朝早くからオーディションがある前の夜、ママとふたりで新宿の高層ホテルに泊まったことがあった。そのホテルは、ママが以前、国際電話のオペレーターとして働いていた会社のビルのすぐ近くにあった。

それが何のオーディションだったのか、もう忘れてしまった。その部屋が20階にあったのか、30階にあったのかも忘れてしまった。わたしは何でもすぐに忘れてしまうのだ。だけど……あの部屋から見た東京の夜景だけは忘れられない。

「宿泊料は目玉が飛び出るくらいに高かったけど、この部屋にしてよかったわ」

窓ガラスに額を押し付けるようにして夜景を見下ろしながら、ママが呟《つぶや》いた。「まるで地上の銀河じゃない？　ローもそう思わない？」

地上の銀河——確かに、地面をぎっしりと覆い尽くした光の集合体は夜景には見えなかった。まるで天の川の上に浮いているようだった。

「ホント。素敵ね」

ママと同じように窓ガラスに額を押し付けて、わたしは同意した。

だけど、本当は、わたしはそう思ってはいなかった。

怖い――。

そう。その時、わたしは、恐怖を覚えていたのだ。

もちろん、その高さが怖かったわけではない。

ただ、銀河のように広がる光の集合体を見つめていると、自分がものすごくちっぽけに思われて……自分が不必要で、どうでもいい存在に思われて……ふとした拍子にいなくなってしまいそうで……それが怖かったのだ。

あの光のひとつひとつが、わたしの敵なんだ――。

それをわたしは直感した。

眼下に果てしなく広がる無数の光の下には、わたしと同じような人間が生きているのだ。そのひとつひとつの光の下に、わたしと同じような人間が生活しているのだ。そのひとりひとりの人間が、ママやわたしと同じように、明日はきょうよりいい人生を摑《つか》もうとしているのだ。

わたしが感じていたのは……たぶん、そういうことだった。

そういう人たちとわたしとのあいだに、いったいどんな違いがあるというのだろう？

わたしは特別な人間になれるのだろうか？　こんなにもたくさんの人たちに、わたしは勝てるのだろうか？

冷たい恐怖が、体の中にゆっくりと広がっていった。

小さな頃からわたしは、自分が人とは違うのだと思っていた。わたしは選ばれた人間なのだ。いつか必ず何者かになるのだ。ずっとそう思っていた。

けれど……地上に果てしなく広がる銀河のような光を見つめていると、そんな確信が激しく揺らいだ。

もしかしたら、わたしも、あの光のひとつに過ぎないのかもしれない。ちっぽけで、無名で、ちょっとした弾みに消えてしまうような……たとえ消えても誰も気にしないような……そんな存在に過ぎないのかもしれない。

わたしはカーテンを閉めた。

「何するの、ローー？　カーテンなんか閉めたら、もったいないじゃない？　この夜景のために、ママがいったいいくら払ったと思ってるの？」

ママはそう言ったけど、わたしはそれを無視した。そんな光を見ていることができなかったのだ。

自分がそんな名もない、ちっぽけな光のひとつかもしれないなんて……そんなこと、考えたくもなかったのだ。

3.

小学6年生になってすぐに、わたしは週末ごとに近所に住んでいる画家のマンションに通い、海の見えるアトリエで絵のモデルをするようになった。そして、すぐに週末が来るのを楽しみにするようになった。

確かに絵のモデルという仕事は思っていたほど楽ではなかった。写真撮影と違って、絵のモデルはずっと同じ恰好《かっこう》で動かずにいなくてはならなかったからだ。

わたしは昔からじっとしているのが苦手だった。

それでも、その画家といるのは楽しかった。その人はわたしのママと同じくらいの年のおじさんだったけれど、彼と一緒にいるのは、年の近い男の子たちと一緒にいるより楽しく感じられるほどだった。

そんなおじさんといるのが楽しい理由？

最初はよくわからなかった。だけど、その晩、家に帰ってベッドに入ってから、その理由がわかったような気がした。

その人と一緒にいて楽しく感じられるのは、もしかしたら……その人がわたしを甘えさせてくれるからなのかもしれなかった。

そう。その人は甘えさせてくれた。

わたしの機嫌を取ろうとする大人はいたし、わたしにおべっかを使う大人もいた。でも、本当に甘えさせてくれる大人はいなかった。

その人はわたしを甘えさせてくれた。わたしはそんなふうに感じた。

と言っても……わたしが何をしてもオーケーというわけじゃなく、いろいろとわたしに小言や文句を言ったりもしたけれど……それでも、わたしには、その人がわたしを甘えさせてくれているのがわかった。

ダメな親がダメな子供を好き放題にさせるような方法ではなく、まるでわたしを遠くから見守るかのように……それでも、わたしが道を踏み外したりしないように……その人は大人っぽい方法で甘えさせてくれたのだ。

自分の子供はいないというのに、その人はいったい、どこで子供を甘えさせる方法を覚えたのだろう？

大人に甘える。それは、とても楽しいことだった。そして、とても安心できることだった。その人のそばにいると、わたしは牧羊犬に守られた羊のような気分になった。

ママはわたしを甘えさせてはくれなかった。それどころか、逆にわたしに甘えているんじゃないかと感じられる時さえあった。

最初にわたしがモデルとしてその画家の部屋に行った日、その人はわたしのリクエストに応《こた》えてカツカレーと野菜のサラダを作ってくれた。

わが家の夕食にも時々、カツカレーが出る。でも、そのトンカツはいつもスーパーで買ったものだったし、カレーはいつもレトルトだった。

だけど、ママのカツカレーとは違い、その人のカレーとトンカツは手作りだった。カレーやトンカツを自分で作るという発想は、わたしをひどく驚かせた。

カレーやトンカツをちゃんとした方法で作るのは、きっと面倒だったと思う。実際にその人も、面倒だと言っていた。でも、その人はわたしのために、それらを作ってくれたのだ。そしてさらに、わたしに、これからはいつも、自分のところでご飯を食べていくようにと言ってくれたのだ。

わたしが毎晩、ひとりきりでコンビニの弁当を食べていると言ったから、きっと同情したのだろう。

わたしはその人にパパの話をしたことはなかった。その人もまた、わたしのパパについては何も訊《き》かなかった。

それでも、たぶん、彼はわかっていたと思う。わたしにはパパはいないのだ、と。

翌週の土曜日には、その画家はハンバーグとデミグラスソースと、具のたっぷりと入ったオムレツと、温野菜のサラダを作ってくれた。わたしもキッチンでその人の隣に立ち、料理の手伝いをした。

ママは料理というものをほとんど作らなかった。だから、わたしも料理の手伝いをしたことはなかった。

料理を作るなんて、面倒で嫌だと思っていた。

だけど、そうではなかった。その画家の隣に立って、いろいろとお喋《しゃべ》りをしながら、野菜を洗ったり、炒め物をしたりするのは楽しかった。

そう。その人とお喋りをするのは楽しかった。と言っても、喋るのはわたしばかりで、その人は頷《うなず》いているだけだったけど……。

わたしは野菜が嫌いだったから、サラダにはほとんど手をつけなかった。するとその人は、わたしに野菜を食べるように言った。子供には栄養のバランスが大切だ、と。

ママもわたしにいつもそう言っていたし、そんな時、わたしは『うるさいわね。放っておいてよ』と、心の中で舌打ちしたものだった。誰かに食べ物のことで指示されるなんて、面白くなかったのだ。

でも、その人に「野菜も食べなきゃ、ダメだよ」と言われた時は、そんなふうには感じなかった。わたしはなぜか、「はい」と素直に返事をし、とても素直に野菜サラダを食べたのだ。そして、生まれて初めて、野菜をおいしいと感じたのだ。

それは不思議な体験だった。

その土曜日、テーブルに向かい合って食事をしている時、画家がわたしに言った。

「お母さんと仲がいいんだね？」

それを聞いて、わたしはカッとした。

いけないことだけれど、わたしはすぐにカッとするのだ。きっと、ママからの遺伝だろう。

「仲がいいって……どうしてそんなこと言うんですか？　先生はわたしたちのことなんか、何も知らないくせに、どうしてそんな無責任なことが言えるんですか？」

わたしは画家に食ってかかった。

「だって……あの……鈴木さん……お母さんの話ばかりしてるから……だから……あの……てっきり仲がいいんだなって……」

しどろもどろになって、画家が言い訳をした。きっとわたしは、ヒステリーを起こした時のママみたいな顔をしていたのだろう。

「仲なんかよくありません。わたし、ママと1日も早く離れたいと思ってるんです。ただ……ママがあんまりわたしに影響力を持ってるから、それでつい……ママの話ばかりしてしまうんです」

わたしがまくしたてると、画家は困ったような、申し訳ないような顔になった。そして、「そうだったんだ？　あの……変なこと言って、ごめん……」と、わたしに謝った。

そうだ。その人はママと同じくらいの年なのに、11歳のわたしに謝ったのだ。

ママは絶対にわたしに謝ったりしなかったから、わたしはびっくりした。そして、ハッとした。

「あの……わたしこそ、ヒステリーみたいになって……ごめんなさい……わたしのこういうところって、何だか、ママにそっくり……悲しくなっちゃう……」

わたしは俯《うつむ》いた。

その画家は本当にいい人だった。それなのに、そんなふうに食ってかかった自分が情けなくて……自分もママのようなヒステリックな性格になるのかと思うと惨めで……それで悲しくなってしまったのだ。

しばらく沈黙があったと思う。それはとても重苦しくて、悲しい沈黙だった。
やがて、そのママの沈黙を破ってわたしが言った。「性格が変わってるだけじゃなくて……あ
「わたしのママは本当に変わってるんです……」
の……時々だけど……暴力を振るうんです」
その人は食事の手を止め、驚いたような顔でわたしを見つめた。
「この腿《もも》のアザだって……本当は転んだんじゃなく……ママにつねられたんです」
「つねられた？」
「思い切りつねられて……涙が出るほど痛くて……それに、ほら……これ……ママに煙草
の火を押し付けられたんです」
わたしは画家の前に右手を突き出した。その手首には、数ヵ月前にママに火のついた煙
草を押し付けられた跡があった。
「すごく熱かったんです……すごく怖かったし……すごく悲しかったし……」
わたしは言った。言っているうちに、どんどん悲しみが募って来て……涙がどうしよう
もなく込み上げて……すぐ目の前にあるその人の顔がぼんやりと霞《かす》んで来た。
たいして親しくもない人に、しかもそんなおじさんに、自分がなぜ、そんな打ち明け話
をしてしまったのかは、わからない。それまでは1度だって、誰かにその話をしたことは

なかった。

ママはしばしばわたしに暴力を振るったから、わたしの体にはあちらこちらに引っ掻《か》き傷や内出血や火傷《やけど》の跡があった。だけど、わたしはそれを他人には隠していた。

「もし、わたしが児童虐待で捕まったら、ロー、あんたは施設に行くことになるのよ。わかってる？」

ママがそう言うから、学校の先生や友達に、アザや火傷や内出血のことを訊かれた時にも、わたしはいつも嘘をついていた。

それなのに、どうしてその人に言ってしまったのだろう？

たぶん……わたしはその人に甘えていたのだろう。その時すでに、わたしはその人に心を許していたのだろう。

その人は何も言わなかった。ただ、わたしを見つめていただけだった。

だけど、わたしには、それだけで充分だった。

「先生、このことは誰にも言わないでください。もしママが児童虐待で逮捕されたら、わたし、本当にひとりきりになっちゃうから」

ぽろぽろと涙をこぼしながら、わたしは言った。

そう。わたしが心配していたのは、そのことだった。わたしには、ママしか頼れる人がいなかった。

わたしを見つめて、その人は静かに頷いた。やはり、わたしのもうひとりの親のことは

——パパのことは何も訊かなかった。

わたしを見るその人の眼差《まなざ》しは、とても優しかった。まるで、娘を見つめる父親のようだった。

「先生、わたし、明日はお寿司《すし》が食べたいな」

その日、帰り際に玄関のところでわたしは言った。なぜか、その人に、もっと甘えたい気分だった。

「お寿司？」

その人は一瞬、考えるような顔になった。

きっとお寿司は高いから、困っているんだろうな。そうわたしは思った。

「ダメですか？」

「いや。いいよ。それじゃあ、明日はお寿司にしよう」

ほんの少し考えたあとで、その人はにっこりと微笑んでそう言った。

「わーい。嬉《うれ》しいな」

わたしは子供みたいな声を上げた。何だか、自分が本当にその人の娘になったみたいな気がした。

4.

その翌日の日曜日も、わたしは画家のマンションに行き、前日と同じように、眺めのいいアトリエで絵のモデルをした（前日と同じ服装で来るように言われたので、本当は別の服を着て行きたかったけど、そうした。2日続けて同じ服を着るなんて、覚えている限りでは初めてのことだった）。

その日の夕食はお寿司という約束だったから、わたしはてっきり、その人が近くにあるお寿司屋さんに連れて行ってくれるのだろうと思って楽しみにしていた。

だけど、そうではなかった。その人はわたしをお寿司屋さんに連れて行ったのではなく、自分でお寿司を握ったのだ。

その人は炊飯器でご飯を固めに炊き、わたしにうちわでパタパタと扇《あお》がせながら酢飯を作った（酢飯には塩とみりんとお酒と酢が入っているということを、わたしは初めて知った）。それから、冷蔵庫から出したいろいろなお刺身をまな板の上で薄く切り、四角いフライパンで厚焼き卵を作った。そして、その人は、ほっそりとした指を器用に動かして（その画家は細くて綺麗《きれい》な指をしていた）、可愛いお寿司をたくさん握った。それはわたしには、手品をしているみたいにも見えた。

「先生、すごい！　どこで習ったんですか？」

わたしが言うと、その画家は照れたように笑って、「習ったことなんかないよ。見様見真似だよ」と言った。白っぽい顔が、少し赤くなった。

わたしたちは、その日は、キッチンのテーブルにではなく、アトリエ兼リビングのガラスのローテーブルの前の床に座布団を敷いて座った。そしてそこで、画家が握ったお寿司を食べた。

わたしは本当のお寿司屋さんに行ったことはない。だけど、少なくともそのお寿司は、ママがよくスーパーで買って来るパック詰めのお寿司や、回転寿司屋で食べるお寿司より、ずっとおいしかった。

「おいしい」

わたしが言うと、その人は「よかった」と言って、嬉しそうに笑った。

わたしたちが座っていた場所のすぐそばには、その人が描いたばかりの絵があった。

その絵はまだ完成していないとその人は言った。だけど、わたしにはもうできあがっているように思えた。

絵の中のわたしは、白いタンクトップに擦り切れたデニムのショートパンツという恰好《かっこう》で、椅子に座って澄ましていた。あんまりわたしに似ているようには見えなかったけれど、その女の子もなかなか可愛らしくて、脚がとても長くて、体つきがほっそりとしていて、わたしは満足した。

「この絵、高く売れるといいですね」

わたしが言うと、その人は「うん。きっと売れるよ」と言って頷《うなず》いた。

絵のモデル料としてママが受け取るお金は一定で、絵が売れても売れなくても同じなのだと聞いている。だけど、わたしは、その絵が高く売れればいいと思った。心からそう思った。


その絵が完成したら、どんなふうになるのか……わたしはそれを楽しみにしていた。

だけど、わたしは完成した絵を見ることはできなかった。次の土曜日にわたしが画家の部屋に行った時には、その絵はもうあの太った画商が持ち帰ったあとだったのだ。

「角田さん、ものすごく喜んでいたよ」

画家がわたしに笑顔で言った。『角田さん』というのは、あの太った嫌らしい画商の名前だった。

絵が見られないのは残念だった。でも、あの画商が絵を喜んでいるというのは、わたしにも嬉しかった。

どんな人があの絵を買うんだろう？ どんなところに飾られるんだろう？

会社の応接間に飾られるのだろうか？ それとも、大きなお屋敷のリビングルームだろうか？

あの絵を見て、みんなはどんなふうに感じるのだろう？ 可愛くてチャーミングな女の子だと思うだろうか？　この女の子に会ってみたいと思うだろうか？

もしかしたら、映画監督や、テレビ局のプロデューサーがあの絵を見るかもしれない。

そして、自分の映画やドラマにわたしを使いたいと思うかもしれない。

わたしはそれらのことを、次から次へと想像した。それは心が弾む想像だった。

5.

そんなふうにして、わたしは週末ごとに画家のマンションに通った。

当初、わたしがモデルをするのは、1カ月ぐらいということだった。だけど、それは延長されることになった。画家が最初に描いたわたしの絵が、思ったよりずっと高く売れたようなのだ。それであの太った画商は画家に、さらに何枚かわたしの絵の追加注文をしたらしかった。

「鈴木さん、あの……もし勉強に差し障りがないようだったら……もうしばらく絵のモデルをしていてほしいんだけど、あの……お母さんに相談してみてくれないかな？」

画家が遠慮がちに言った時は嬉しかった。わたしは彼のところに通うのが楽しかったし、彼に絵を描いてもらうのが楽しかった。

もちろん、ママが反対するはずがなかった。

ママはわたしの稼ぎを当てにしていたのだ。

季節は春から初夏に向かおうとしていた。日当たりのいいアトリエは、天気のいい日には窓をいっぱいに開け放っていても汗ばんでしまうほどだった。

窓を開けていると、アトリエには気持ちのいい風が流れ込んで来た。その風はいつも、潮の香りがした。

その日、わたしはスカート丈の長い、真っ白なノースリーブのワンピースをまとい、アトリエの床の上にじかにしゃがんでいた。片方の脚を真っすぐに伸ばし、もう片方の脚を少しだけ曲げ、その膝《ひざ》を両手で軽く抱え、自分の爪先《つまさき》をぼんやりと見つめるというポーズをとっていた。

そのワンピースはわたしのではなく、画商が用意したもののようで、わたしだったら絶対に買わないような、すごく少女趣味なデザインの服だった。

「鈴木さん、ゴールデンウィークは何か特別な予定があるの？」

カンバスの向こうで絵筆を動かしながら、何げない口調で画家が訊《き》いた。

そう。翌週からはいよいよゴールデンウィークだった。わたしのクラスの子たちもみんな、ゴールデンウィークの予定を楽しそうに話していた。

クラスの子たちはたいていは、どこかに行楽に連れて行ってもらうようだった。家族と海外に行くという子も何人かいた。遠山美久《とおやまみく》はハワイに行くとはしゃいでいたし、佐藤梢《こずえ》はサイパンに連れて行ってもらうらしかった。

だけど、わたしにはそんな予定は何もなかった。ゴールデンウィークは稼ぎ時のようで、ママはずっとお店に出ることになっていた。クラスの子供たちとわたしとでは、あまりに境遇が違っていた。それは悔しそうだ。

て、イライラして、頭がおかしくなるほどだった。

「特別な予定なんて、そんなもの、あるはずがないじゃないですか？」

カッとなったわたしはカンバスの裏側を睨《にら》みつけ、強い口調で言った。「ただ、毎日ここに来て、まるで奴隷みたいに、先生から動くなと命令されるだけです」

わたしの所属するプロダクションとあの太った画商が交わした契約では、週末のほかに、祝日にも、わたしは画家のモデルをすることになっていた。だから、ゴールデンウィークのほとんどを、わたしはその部屋で過ごすことになるはずだった。

「奴隷って……」

カンバスの向こうから顔を出して、画家が困ったように言った。「あの……そんなつもりはないんだけど……」

その人の困ったような気弱な顔を見て、わたしはすぐに反省した。自分では見えないけれど、きっとわたしはまた、鬼みたいな顔をしていたに違いないのだ。

「あの……先生……ごめんなさい……わたしも、あの……そんなつもりで言ったわけじゃないんです」

いつもそうなのだ。怒ったあとで、いつもわたしは反省するのだ。

画家はちょっと微笑んだあと、またカンバスの向こうに顔を隠してしまった。そして、また、せっせと絵筆を動かし始めた。

その人の怒っている顔を見たことはなかったし、声を荒立てたのを聞いたこともなかった。だけど、もしかしたら、今は怒っているのかもしれない。

わたしはさらに反省した。それから、少し心細くなった。

大人がわたしを不愉快に思ったり、わたしに怒ったりするのは平気だった。わたしは大人が好きじゃなかったし、大人から何を思われてもかまわなかった。けれど……その人とだけは仲良くしていたかった。その人だけは、わたしの味方でいてほしかった。

しばらく沈黙があった。それは本当に嫌な……息苦しくなるような沈黙だった。

もう1度、ちゃんと謝ろう。そして、ちゃんと許してもらおう。

そう思ったわたしが口を開きかけた時、カンバスの向こうで、「鈴木さん」と、その人がわたしを呼んだ。

「はい。あの……何でしょう?」

わたしは緊張した。もしかしたら、その人がわたしに、そんなに嫌ならもう来なくていいよ、と言うかもしれないと思ったのだ。

「ゴールデンウィークに1日だけ仕事をやめて……あの……一緒にどこかに行かないかい?」

「えっ？　どういうことですか？」

「だから……ゴールデンウィークに1日だけ……ここで絵を描いていることにして……君のお母さんや角田さんには内緒で……ふたりでどこかに遊びに行ったらどうかなと思って……」

わたしは泣きそうになった。

そうなのだ。この人はわたしに同情してくれているのだ。ゴールデンウィークなのに、どこにも連れて行ってもらえないわたしを可哀想に思って、それで、ママの代わりに自分が、わたしをどこかに連れて行ってくれようとしているのだ。

「あの……鈴木さん……どこか行きたいところはある？」

その人が訊き、わたしはとっさに「動物園」と答えた。そして、泣きそうになっている顔を隠すために、窓の向こうの海を見つめた。

湘南の海は、その日も眩《まぶ》しいくらいに輝いていた。打ち寄せる波のあいだでは、サーファーたちが浮かんだり沈んだりしていた。

それにしても、どうして動物園だなんて言ったのだろう？　それまでわたしは、動物園に行きたいと思ったことなんてなかった。

「そうか……それじゃあ、みんなには内緒で1日仕事をサボって、ふたりで動物園に行こう」

カンバスの向こうから顔を出し、その人が笑顔で言った。

わたしはその人の顔を見つめて頷《うなず》いた。涙が流れ落ちるのがわかった。

そして、その瞬間、その人とふたりで動物園に行きたいと、心から思った。

それにしても、どういうことなのだろう?

わたしはめったに泣いたりしないのに……時々はベッドに入ってから泣いたりするけれど、誰かに涙を見られることなんて、もう何年もなかったというのに……その画家の前ではもう、2度も泣いてしまった。

わたしはやはり、その人に甘えているのかもしれない。

6.

その人は『みんなには内緒で』と言ったけど、わたしは家に帰ってママに報告した。遊んでいるあいだもモデル料を払ってもらえるなら、ママが反対するはずがないとわかっていたからだ。

わたしが思った通り、ママは反対しなかった。ただ、「本当にモデル料は払ってもらえるんでしょうね?」と念を押しただけだった。

そんなわけで、わたしは画家に連れられて動物園に行くことになった。ゴールデンウィークに行楽地に連れて行ってもらうなんて、たぶんそれが初めてだった。

　とても天気のいい日だった。いつものようにママはまだ眠っていたけど、わたしは早起きをし、お風呂《ふろ》に入って髪を洗った。染めてから時間がたっているせいで、髪の根元が黒くなり始めているのが気になった。

　それから眠っているママを起こさないように気をつけて、ママの部屋でこっそりと着て行く服を選んだ。

　動物園にはどんな服を着ていけばいいんだろう？

　随分と迷った末に、わたしはママのピンクのキャミソールと、マイクロミニ丈のグレイのタイトスカートを選んだ。ママは極端に小柄なので、わたしにはママの服がぴったりなのだ。

　ママがその服を着るのを見ていたから、ピンクのトップとグレイのボトムの相性がいいということはわかっていた。

　ママの服を勝手に着ることは堅く禁じられていた。見つかったら、また折檻《せっかん》されるかもしれなかった。でも、ママが深夜に帰宅する前に洗って乾燥させ、元の場所に戻しておけば見つからないだろうとわたしは考えていた。

　本当はママのハイヒールを履いて行きたかったけれど（ピンク？　それともグレイ？）、

動物園だとたくさん歩くだろうと考えて、履き慣れた自分のランニングシューズを履いていくことにした。

服を選んだあとで、わたしはママの鏡台の引き出しから口紅とマスカラを1本ずつ取り出してポケットに忍ばせた。ママは口紅もマスカラもたくさん持っていたから、1本ぐらいなくなっても気づくはずがなかった。ついでに、ジルコニアが縦に並んだ鎖みたいなイヤリングもポケットに入れた。

あの人は、絵のモデルをする時にはお化粧をしないで来るように言っていた。そのほうが子供らしいと考えているらしかった。だけど、きょうぐらいはいいだろうと思った。

自分の部屋に戻ると、わたしはピンクのキャミソールとグレイのミニスカートに着替えた。それらの服は、ママよりわたしに似合っていた。それから、鏡の前で髪にドライヤーをかけ、口紅とマスカラを丁寧に塗った。最後に耳たぶにイヤリングをつけた。

「可愛い……」

鏡の中の自分を見つめ、わたしは呟《つぶや》いた。自分で言うのはおかしいかもしれないけど、まるでお人形のようだった。

晴れた5月のその日、画家とわたしは東海道線の駅前で待ち合わせた。画家は白い木綿のボタンダウンシャツに、擦り切れたジーパンを穿《は》いていた。ジーパンには少し絵の具が着いていた。

外で見る画家は、いつもよりハンサムで、いつもより背が高く感じられた。そして、いつもより、さらに優しそうに見えた。

この人って、なかなか素敵なんだな。

ぼんやりとわたしは思った。

時間より遅れて待ち合わせの場所に来たわたしの全身を、画家は素早く見まわした。そして、「鈴木さん……あの……きょうは何だか、いつもとは少し感じが違うみたいだね」と言った。

わたしは心の中で微笑んだ。自分がいつもと違って見えることは、言われなくてもわかっていた。

「そうですか？　どう違うんですか？」

「何だか、いつもより大人っぽいみたいな……」

いつもよりさらに、おどおどとした口調で画家が言った。

「それは、きょうはいつもより綺麗《きれい》だってことですか？」

「うん。あの……まあ……そうだね」

画家は曖昧《あいまい》な返事をした。

でも、大丈夫。わたしは自分がいつもよりもっと可愛く見えるとわかっていたし、その人がそう感じていることもわかっていた。

わたしたちは電車に乗って、まず大船《おおふな》に向かうことにした。わたしの分の電車の切符は自分で買うつもりだったのに、画家が買ってくれた。

「ありがとうございます」

わたしは画家から切符を受け取った。だけど、わたしにその人が手渡してくれたのは、子供の切符ではなく、彼と同じ金額の切符だった。

「長澤先生、あの……」

買ってもらったばかりの切符と、画家の顔を交互に見つめてわたしは言った。意味もなくおかしくて、意味もなく楽しくて、わたしは笑っていた。

「えっ、何？」

「わたしは小学生だから、電車の切符は子供料金でいいんですけど……」

「あっ、そうだったのか？　あの……気がつかなかったよ」

画家が少し照れ臭そうに笑った。

「いいですよ。わたし、取り替えてもらって来ます」

窓口に向かおうとしたわたしを、「鈴木さん」と画家が呼び止めた。

「何ですか？」

「あの……たいした金額じゃないから、あの……別に取り替えなくてもいいよ」

「でも、損じゃないですか？」

「うん。でも、いいよ。早く電車に乗ろう」

不思議な気がした。もし、わたしのママだったら、たとえ電車に乗り遅れようと、絶対に取り替えに行かせるはずだった。いや、それどころか、来年、わたしが中学生になっても、ママだったらきっと、まだ子供料金で電車に乗せようとするはずだった。

そんなわけで、わたしは生まれて初めて、大人の切符を持って電車に乗った。

大船からはバスに乗り換えて、コアラの飼育で有名なその動物園に向かった。電車もそうだったけど、そのバスも行楽に向かう家族連れで満員だった。

「ねえ、先生」

満員のバスの中で吊《つ》り革にぶら下がりながら、わたしは画家に小声で言った。

「えっ、何だい？」

画家が腰を屈《かが》めた。ふたりの顔が近づいて、わたしはなぜか、少しドキドキした。

「もし、よかったら、あの……きょうはわたしのことを、鈴木さんって呼ばないでください」

「あの……どうして？」

わたしを見下ろして、不思議そうに画家が訊《き》いた。

「きょうは普通の家族みたいに見られたいから……あの……父親が娘を鈴木さんなんて呼ばないでしょう？　だから……」

そう。わたしは父親と娘みたいに見られたかった。きょうだけは、そういうふうに見られたかった。バスに乗っている子供たちは、みんな父親や母親と一緒だったから。

「それじゃあ、あの……何て呼べばいいの？」

「名前でいいです」

「楼蘭さん？　楼蘭ちゃん？」

「さんも、ちゃんもいりません。呼び捨てにしてください」

何だか、わたしは笑ってしまった。その人にはとても鈍いところがあって、それがおかしかったのだ。

「呼び捨て？」

「自分の子供にちゃんを付けて呼ぶ父親って、バカみたいじゃないですか？　うーん。あっ、そうだ、先生もママみたいに、わたしをローって呼んでください」

「あの……わかった。そうするよ……」

戸惑いながら、画家は頷《うなず》いた。

「それから、わたしにも先生のことをパパって呼ばせてください」

「パパ？」

「ダメですか？」

「いや……ダメじゃないけど……」

画家がさらに戸惑った顔をした。

「それじゃあ、きょうだけ、パパって呼びます。それから、きょうだけは、敬語じゃなく、普通の言葉で話します。それでいい、パパ？」

わたしが宣言し、相変わらず戸惑ったように画家が「いいよ」と言った。

7.

それは本当に楽しい1日だった。

家族連れでごった返した動物園で、わたしたちはコアラを見た。キリンを見た。アフリカゾウを見た。ライオンと、サイと、カバと、カンガルーを見た。ダチョウと、シロクマと、プレーリードッグと、オオカミと……そのほかにも覚えていられないほどたくさんの動物たちを見た。

動物園なんて、子供の行くところだとバカにしていた。だけど、その人とふたりでいろいろな動物を見てまわるのは楽しかった。

そうなのだ。『どこに行くか』は大切なことではなかったのだ。問題は、『誰と行くか』だったのだ。

画家は小さなカメラを持って来ていた。彼はわたしをいろいろな動物たちの檻《おり》の前に立たせて写真を撮った。わたしも写真を撮られるのが嬉《うれ》しくて、プロダクションで教えてもらったさまざまなポーズをとった。

彼のカメラはデジタルだったから、わたしたちはその場で撮影したばかりの写真を見ることができた。写真のわたしは、どれもとても可愛かった。そして、どれもとても幸せそうに見えた。

「パパ。その写真、どうするの？」

自分で言い出したことだったけど、『パパ』と口にするたびに、わたしは少し照れ臭かった。

「あの……あとでこの写真を見て、絵が描けるかもしれないと思って……」

画家が言った。『パパ』と呼ばれるたびに、その人も恥ずかしそうにしていた。

「それはダメよ、パパ」

わたしは抗議した。

「あの……どうしてダメなんだい？」

「だって、パパが写真を見て絵を描いたら、モデルとしてのわたしの仕事がなくなっちゃうじゃない？」

「なるほど」

「写真を撮るのはかまわないけど、それを見て絵を描くのは禁止よ」

「わかった、あの……約束するよ」

わたしは意識して『パパ』という言葉を繰り返していたのに、画家はなかなかわたしを『ロー』と呼ばなかった。たぶん、照れ臭かったのだろう。大人というのは、子供よりずっと恥ずかしがり屋なのだ（わたしのママは別だけど）。

お昼には芝生の上で、手作りのお弁当を食べた。

そう。画家がお弁当を作って来てくれたのだ。海苔《のり》の付いたお握りと甘い卵焼き、焼いたウィンナーソーセージ、ブロッコリーとカリフラワーのサラダ、ホタテガイのフライ、クリームコロッケ、フライドチキン、それに野菜炒めというメニューで、お握りの中には梅干しとタラコと鮭《しゃけ》が入っていた。ウィンナーソーセージはタコとカニの形をしていた。デザートは可愛くカットしたイチゴとパイナップルだった。

「すごい、パパ！　ありがとう」

「うん。あの……鈴木さん、じゃなく……あの……ローが喜んでくれて……あの……僕も嬉しいよ」

そう言って、画家は真っ赤になった。

もしかしたら、わたしも赤くなっていたかもしれない。

その人に『ロー』と呼ばれたのはそれが初めてだった。

午後からもわたしたちは動物園を見てまわった。

その人はほかの子供たちの父親より、ずっとナイーブそうで、ずっと上品で、ずっとスタイルがよくて素敵だったから、わたしは彼と一緒にいるのが少し得意だった。それで、同じクラスの誰かに会わないかと、辺りを見まわしてばかりいた。もし、知り合いに会ったら、「わたしのパパよ」と紹介するつもりだった。

だけど、残念なことに、顔見知りの子供はいなかった。わたしは少しがっかりした。

何ていう名前の動物だったかは、もう忘れてしまったけれど、ある動物の檻の前には大きな人だかりができていて、小さな子供たちは父親に肩車されていた。

「ねえ、パパ。わたしにも肩車をして」

画家を見上げて、わたしは言ってみた。また顔が赤くなるのがわかった。

「肩車？」

「そうよ。みんなしてもらってるわ。肩車がダメなら、おんぶでもいいけど」

「してあげてもいいけど……ミニスカートでそんなことをしたら……あの……パンツが丸見えになっちゃうよ」

確かに、その人の言う通りだった。ママのスカートはとても丈が短い上に、とてもタイトなので、おんぶや肩車には不向きだった。

わたしは彼におんぶや肩車をしてもらうのを諦《あきら》めた。そして、ジーパンやショートパンツで来なかったことをひどく後悔した。

夕方が近づいて、影が長くなって来ると、わたしは寂しくなった。楽しいことはいつだって、あっと言う間に終わってしまうんだと思った。

「さて……そろそろ帰ろうか？」

その人がそう言った時は、悲鳴を上げたいほどだった。

だけど、帰らないわけにはいかなかった。園内には閉園を告げるアナウンスが響き、

『遠き山に日は落ちて』が繰り返し流れていた。

わたしは寂しい気持ちを抱えて、その人のあとについて動物園の出口に向かった。

動物園の出口のところには大きな売店があって、子供たちはみんな、そこでいろいろなお土産を買ってもらっていた。動物の形をしたお菓子や、動物のヌイグルミや、小さな動物の付いたキーホルダーや、動物の絵が描かれた文房具とかだ。

「あの……ロー」

売店の中を歩いている時、画家がわたしに言った。「もし、欲しいものがあったら、買ってあげるよ」

「えっ、いいの？」

「うん。あの……ローのお陰で絵が描けたんだから……あの……そのお礼だよ」

実はその売店には、わたしの興味を引くようなものは何もなかった。わたしは、そういう子供っぽいものは好きじゃないのだ。だけど、その人の言葉は嬉しかった。わたしのママは絶対にそんなことは言わなかったから。

わたしはその人の言葉に甘えることにした。そして、白くて大きなアザラシのヌイグルミと、缶にコアラの絵が描かれたクッキーの詰め合わせと、チンパンジーのイラストの付いたマグカップと、ゴリラの携帯ストラップを買ってもらうことにした（『そんなガラクタ、どこに置くつもり？』とママが言うことはわかっていたけれど）。

「ありがとう、パパ」

白くて大きなアザラシを抱えてわたしは言った。

「どういたしまして」

照れ臭そうに画家が笑った。

そして、わたしは、この楽しい時間はいよいよ終わってしまうんだ、と思った。

8.

でも、楽しい時間は終わりにならなかった。わたしたちの自宅のある湘南の駅に着いた時、その人が「お腹が空《す》いていない?」と、わたしに訊《き》いたのだ。

「お腹? ペコペコよ」

わたしが答えると、その人が「もし、時間があったら、何か食べて行こうか?」と提案した。

わたしに異論があるはずがなかった。ママの帰宅は今夜も真夜中のはずだった。

「あの……ロー……何か食べたいものがある?」

その人が訊き、わたしはママが時々連れて行ってくれる中華料理のファミレスのことを思いながら、「そうね……中華が食べたいな」と答えた。

「中華か……いいね」

その人が笑った。とても嬉《うれ》しそうな顔だった。

そんなわけで、わたしたちは駅の近くの中国料理店に行った。それはファミレスではなく、本格的な中国料理店で、とても高そうなお店だった。

以前から、そこにそのお店があることは知っていた。だけど、ママがわたしを連れて来てくれたことはなかった。前に「あのお店に行ってみたい」と言ったことはあったのだけれど、ママは「あんな高そうなところ、ダメよ」と相手にしてくれなかったのだ。

「いいの？　何だか、高そうだけど……」

心配してわたしは訊いた。その人がお金持ちではないことはわかっていた。

「大丈夫だよ。おいしいものを食べようよ」

画家が笑顔で言った。それでわたしは安心して、思い切り食べることにした。

黒いチャイナドレスを着たスタイルのいい女の人が、わたしたちを街の夜景を見下ろす素敵な席に案内してくれた。その女の人はわたしが抱えた大きなヌイグルミを見て、「あらっ、可愛い。お父さんに買ってもらったの？」と訊いた。

「ええ。そうなんです」

画家の顔をチラリと見てわたしは答えた。「パパに買ってもらったんです」

案の定、彼は少し赤くなっていた。

わたしたちはテーブルに載り切らないほどたくさんの料理を注文した。それらはどれも、とてもおいしかった。

「ロー、こぼしたよ」「口の横に御飯粒が付いてるよ」「熱いから気をつけて」「野菜もちゃんと食べなきゃダメだよ」

ママが言ったら、きっとわたしは腹を立てただろう。だけど、その人に言われても腹は立たなかった。それどころか、嬉しかった。


わたしたちが中国料理店を出た時には、もう9時半になっていた。

荷物が多いし、夜道をひとりで歩いて帰るのは危ないからと、その人がわたしのマンションまで送ってくれた。

「パパ。ごちそうさま」

マンションのエントランスホールのところでわたしは言った。

「どういたしまして」

「あの……よかったら、うちでお茶でも飲んでいかない？　ビールもあるわよ」

わたしは訊いた。ぜひ、そうしてもらいたかった。

「ありがとう。でも、遠慮しておくよ。お母さんもいないみたいだしね」

その人が言い、わたしはがっかりした。

「それじゃあ、パパ、また明日ね」

そう。翌日もわたしはまたその人の絵のモデルをすることになっていた。それだけが心の救いだった。

「うん。また明日ね」

その人が言った。


その晩、帰宅したママにわたしはきょうの報告をした。

「ふーん。よかったわね」

そう言ってママは、わたしが抱いた大きなヌイグルミをチラリと見た。けれどママはとても疲れているみたいで、何となく上の空だった。

たぶん本当に疲れていたのだろう。今夜のママは濃くお化粧をしたままで、お店で着ている派手な服のままだった。だからもし、マンションの誰かに見られたら、ママが水商売をしているというのは一目瞭然《りょうぜん》のはずだった。

「ところで、きょうの分のモデル料は、本当に大丈夫なんでしょうね？　ごまかされないように、ちゃんと確かめないとね」

洗面所の鏡の前で、クレンジングをしながらママが言った。ママが気にしているのは、そのことだけみたいだった。

考えてみれば、ママはわたしの絵を描いている画家については何も訊かなかったし、彼がわたしをどんなふうに描いているのかにも関心がないようだった。ママの関心は、それでいくらのお金が我が家に入って来るかだけだった。きっとママは、その人の名前も知らなかったと思う。

わたしはもっときょうの報告を続けていたかった。だけど、ママは「疲れてるから、またにして」と言って、さっさとお化粧を落とすと、お風呂《ふろ》に入りに行ってしまった。

お風呂に入りに行く前に、ブラとショーツだけになったママが、わたしが抱いていたヌイグルミを指さして言った。

「ところで、ロー、そんなガラクタ、どこに置くつもり？」

それは、わたしが思っていた通りのセリフだった。

9.

その晩、わたしは買ってもらったばかりの大きなアザラシのヌイグルミを抱いてベッドに入った。ヌイグルミを抱いて寝るなんて、覚えている限り初めてだった。だけど、それは思っていたよりずっと心地がよかった。

そんなふうにして、わたしは絵のモデルを続けた。

翌日からはわたしはもう、その人のことを『パパ』と呼ばなかったし、その人もまた、わたしを『ロー』とは呼ばなかった。

ゴールデンウィークが終わると、じめじめとした梅雨の季節がやって来た。

その頃には、わたしがモデルをする時のファッションと、その時のわたしのポーズとは、あの太った画商が指定するようになっていた。

画商が指定する服はたいてい、うんざりするほど少女趣味なものだったし（画家とわたしは、画商が指定した洋服を買うために、しばしば一緒にデパートに行った）、画商が要求するポーズも恥ずかしくなるほど子供っぽいものだった。

ある時、画商は『赤いレインコートと赤い長靴と赤い雨傘の女の子を』と指定した。それで、わたしはそんなバカみたいな恰好《かっこう》で、バカな女の子みたいに首を傾げ、バカな女の子みたいに人差し指の先を頬に当ててカンバスの前に立つことになった。

1度、テニスウェアを買いにデパートのスポーツ用品売り場に行った時、試着室で着替えをしていたわたしに若い女性店員が小声で訊いた。

「あの人、本当にあなたのお父さんなの？」

わたしは、「そうよ。わたしのパパよ」と答えたけど、女性店員が怪しんでいるのは明白だった。きっと画家のことを、小さな女の子が好きな変態だと思ったのだろう。

そういえば、こんなこともあった。

ある晴れた土曜日の午後、わたしたちは近くの公園に行った。あの画商が、『公園のベンチに座った女の子の絵を』と要求したからだ。

わたしは木漏れ日に照らされたベンチに座ってポーズをとり、画家はその前にイーゼルを立てた。わたしは白いミニ丈のノースリーブのワンピースに、ツバの大きな白い帽子というファッションだった（画商は白い服の女の子の絵を多く要求した）。

どれくらいたった頃だったろう？　飽きたわたしが「先生、まだですかーっ？」と言って、もじもじと動き始めた頃、制服を着た警察官がふたり、わたしたちのところに近づいて来た。

警察官のひとりは中年で太っていて、ゴリラみたいな顔をしていたけれど、もうひとりは若くて背が高くて、わたしの好きな歌手のひとりによく似ていた。

「ちょっとお尋ねしたいんですが」

太った中年の警察官が太い声で画家に言った。それは横柄な口調で、わたしはちょっとカッとした。

「はい。あの……何でしょう？」

画家がおどおどとした声を出し、わたしはそれにもカッとした。悪いことは何もしていないんだから、もっと堂々としていてほしかったのだ。

「失礼ですが、そのお嬢さんはあなたの娘さんですか？」

中年の警察官の言葉遣いは丁寧ではあったけど、すごく高圧的で、威嚇しているみたいな感じだった。

「そうよ。この人はわたしのパパよ。何か文句があるの？」

画家が口を開く前にわたしは言った。自分でもわかっていたけれど、その口調は喧嘩腰《けんかごし》だった。

「何か、おふたりが親子だと証明できるものはありますか？」

中年の警察官が疑わしげにわたしたちを見た。その目付きが、わたしをさらにカッとさせた。

「そんなこと、どうしてあなたたちに証明しなきゃならないんですか？　いったい何の権利があって、そんなことを言うんですか？」

わたしは警察官に食ってかかった。

そんなわたしを画家が「鈴木さん、ダメだよ」と言って制した。

鈴木さん？

その言葉に、わたしはよりいっそうカッとした。わたしが親子だと言い張っているのだから、彼にはそれに合わせてもらいたかったのだ。

「すみません。親子じゃないんです」

困ったように画家が言った。「僕は画家で、この子は絵のモデルなんですよ」

わたしには、なぜ、彼がわたしの味方をしてくれないのか、わからなかった。裏切られたと思った。

「いいえ。本当は違うんです」

大声でわたしは言った。「この人は画家なんかじゃなく、ただの変態で、わたしは無理やり、こんなことをさせられてるんです。ほかにもいろいろと、嫌らしいことをたくさんされているんです。無理やりエッチなことをさせられたり、裸の写真を撮られたりもしているんです」

わたしの発言により、大変な騒ぎになってしまった。

彼は自分が画家で、わたしがモデルだと証明するために画商に電話をしなくてはならなかったし、わたしたちはパトカーで警察署に行かなくてはならなかったし、画商とプロダクションの社長は（ママはすでに出勤したあとだった）、警察署まで事情を説明しに来なくてはならなかった。

「長澤先生……ごめんなさい」

すべてが終わって、ふたりきりになった時、わたしは画家に謝った。

「鈴木さん、今度から、こういうことはやめてね」

画家は呆《あき》れたようにわたしを見た。だけど、怒っているふうではなくて、わたしは安心した。

別のある日、アトリエでモデルをしながら、わたしは画家に言った。

「ねえ、先生」

「何だい？」

絵筆を動かす手を止めて、画家がカンバスの向こうから顔をのぞかせた。その右の頬のところには、焦げ茶色の絵の具が大きなホクロみたいに付いていた。

「わたしの水着姿を描いてみたくないですか？」

特別な意味があって言ったわけではなかった。ただ、夏のプールの授業のために新しいスクール水着を買ったから、それでそんなことを思いついただけだった。

画家は一瞬、驚いたような顔になった。それから、「いや、別に……」と言って、カンバスの向こうに引っ込んでしまった。

わたしには、そのぎこちない態度が何だか、すごくおかしかった。


梅雨が終わると、急にものすごく暑くなった。

わたしの絵はよく売れているみたいで、画家はとても忙しそうだった。

「明日か明後日《あさって》、学校が終わってからでも来てくれると助かるんだけど……」

画家がわたしに、そう頼むことも少なくなかった。

ママはもちろん、わたしがモデルをする回数が増えることに大賛成だった。夏休みには、わたしはほとんど毎日のようにモデルの仕事をすることになっていた(画家は週に1度はみんなには内緒で遊びに行こうと提案してくれた)。

そんなある日、ママのところに芸能プロダクションの社長から、大切な相談があるのでぜひ会って話をしたいという電話が入った。

「わざわざ会いたいだなんて、いったい何の話かしら?」

電話を切ったあとで、ママは目を輝かせてわたしを見つめた。「もしかしたら、映画の主演とか、テレビドラマの主役とか、そういうすごい話かもしれないわよ」

だけど、わたしは、あまり期待しないようにした。期待はいつだって裏切られるものだから。

それに、もし、そういう話だったら、わたしも一緒に呼ばれるはずだった。

その日、ママはわざわざ仕事を休み、美容室に行って髪を整えてもらい、お化粧をしてもらい、イミテーションのアクセサリーをたっぷりと身につけてプロダクションの事務所に出かけて行った。

「今夜は遅くなるかもしれないわ」

ママはそう言っていた。だけど、1時間もしないうちに戻って来た。

「何の話だったの?」

ママがまだハイヒールを脱ぎ終わらないうちに、わたしは訊《き》いた。

「うん。それがね……」

ママは少し困ったような顔をしていた。それでわたしは、プロダクションの社長の話が、そんなにいいものではなかったのだとわかった。

「どうしたの？　何を言われたの？」

ドキドキした。もしかしたら、わたしには芸能人になれる可能性はないから、もうプロダクションを辞めるように言われたのかもしれないと思った。

「うん。実はね、ロー……」

言いにくそうにママが口を開いた。そんなママを見るのは久しぶりだった。「プロダクションの社長が、あんたにヌードにならないかっていうのよ」

「ヌード？」

さしものわたしもびっくりした。

「そうなの。何でも、画家があなたのヌードを描きたがってるみたいなのよ」

困惑したような顔でママが言った。

「それで……あの……ママは何て答えてきたの？」

「少し考えさせてくださいって、そう答えたわよ。だって……わたしにとっては大切なひとり娘ですもの」

大切なひとり娘？

ママの口からそんな言葉が出たことに、わたしは驚いた。

「ふうん。で……ママはわたしにどうしてもらいたいの？　裸になってもらいたいの？　それとも、やめてほしいの？」

「ママはって……これは、ロー、あなたの問題でしょう？　ヌードになるのは、わたしじゃなくて、あなたなんだから」

そう。つまりそういうことなのだ。

普通の親だったら、そんな話、すぐに断るに決まっている。それを断らずに帰って来たというのは、ママがわたしにやらせたがっている何よりの証拠だった。

そうだ。ママは普通ではないのだ。ママはわたしにヌードのモデルをさせたがっているのだ。

「子供のヌードを描きたがるなんて、その画家、いったいどんな人なのかしら？」

相変わらず困ったような口調でママは言った。

もちろん、ママが困っているわけではないことはわかっていた。

「すごくいい人よ」

わたしはママに言った。「わたし、あの人、好きよ」

「でも、11歳の子供がヌードなんて、ちょっとねえ……その画家の人、どういうつもりなのかしら？」

なおもしつこく困ったフリをしながら、ママが言った。

もちろん、画家がわたしのヌードを描きたがっているのではなく、画商がその絵を欲しがっているのだ、ということもわたしにはわかっていた。

「わたしは別にかまわないわよ。ヌードになったら、今よりもっとたくさんお金がもらえるんでしょう？　ママだって、本当はわたしにそうしてもらいたいんでしょう？」

わたしが言い、ママは「わたしは別に……」と言いながら、腕組みして天井をじっと見つめた。

ママが何を考えているかはわかっている。ママはヌードになった時のわたしのモデル料のことを考えているのだ。

第5章

1.

画商によれば、僕が鈴木楼蘭をモデルにして描いた絵の評判は彼が想像していた以上のもので、新たな注文が次々と舞い込んで来ているようだった。

「長澤くん、君には少女の絵を描く才能があったんだよ。わたしがもっと早くそれに気づいていればと後悔しているんだ」

才能だなんて……僕は思わず、赤面してしまった。

「あの……それはたぶん、女の子の絵が求められていただけで……誰が描いても、女の子の絵なら売れたんですよ」

「いや、違う。長澤くんだから売れたんだ」

画商は力強く断言した。「今回の成功は長澤くんの功績なんだ。君の柔らかくて繊細な筆遣いは、大人になる前の女の子を描くのにぴったりだったんだよ」

「僕にはそうは思えませんが……」

「いや、間違いない。君には女の子を描く才能があるんだ」

画商は再び力強く断言した。

けれど……もちろん、そうではない。自分の才能については、僕がいちばんよく知っている。辛《つら》いことだが、その事実から目を逸《そ》らすわけにはいかない。

「長澤くん……いや、長澤先生、これからも、よろしく頼むよ」

画商は僕に深々と頭を下げた。

「やめてくださいよ。そんな……こちらこそ、これからもよろしくお願いします」

最近の画商はとても機嫌がよかったし、彼が喜んでいるのを見るのは、僕も嫌ではなかった。何といっても、僕がきょうまで絵を描いてこられたのは、彼のお陰だったから。

画商は僕が描いた少女の絵のすべてを大喜びで画廊に持ち帰った（それまでに僕は鈴木楼蘭をモデルにして10枚ほどの油絵を仕上げていた）。画商はその大半を固定客などに売ったようだったが、数枚はまだ売らずに自分で保管しているらしかった。

少女の絵の評判が非常にいいおかげで、僕に入って来るお金も、花や静物や風景を描いていた頃とは比べものにならないくらい多くなった。

細々とでも食べていければ、それでいいとは思っていた。望みなど何もないと、ずっと考えていた。その考えは今でも変わらないし、少女の絵が売れたからといって、画家としての僕に光が当たるわけではない。

けれど、お金が入って来るというのは悪いことではなかった。おかげで僕は、新しい冷蔵庫と新しいベッドと新しいソファを買うことができた（それらはどれも15年近く前に、美大を中退して帰郷した先輩から譲り受けたものだった）。使い古した絵の道具のいくつかを買い替えることもできたし、飲んでいるウィスキーをワンランク上のものにすることもできた。

少女の絵は、僕の生活にさまざまなものを与えてくれた。だが、その中でいちばん大きかったものは、11歳の少女の存在、それ自体だった。

そう。花や静物や風景とは違い、少女は生き、動き、話をした。笑い、怒り、泣いた。

そして……11歳の少女は僕の暮らしに大きな影響を与えた。

週末ごとにやって来る少女と、取り留めのない話をしながら絵を描く。夕方には少女とキッチンに並んで食事を作り、テーブルに向かい合ってそれを一緒に食べる。食後はいつもふたりで食器や鍋《なべ》を洗う。時にはふたりで気晴らしに散歩に出かけたり、画商が指定した彼女の洋服を買いに行ったりする。時々、画商に内緒でオフの日を作り、ふたりで水族館やテーマパークに遊びに行く。

それらはどれも、今までの僕の人生からは考えられないような体験だった。

こんな暮らしがずっと続くといいな。

少女はすぐに大人になってしまうのだから、そんなことがあるはずもなかったが……それでも僕は、ぼんやりとそんなことを願っていた。

こんな時間がずっと続くといい。こんな平穏がずっと続くといい。

けれど、その平穏は、ある日、突然、崩れてしまった。

梅雨が明けたばかりのある日の午後、僕の部屋を訪れた画商が、少女のヌードを描いてみないかと言ったのだ。

「ヌードですか？」

僕は驚いて訊《き》き返した。美大を卒業してから、裸婦を描いたことはなかった。

「うん。今回、長澤くんの絵を売っているうちに、女の子のヌードの絵を欲しいっていうお客が多いことに気がついたんだ。わたしの勘に狂いがなければ、ヌードの絵は今よりもっと売れるはずだよ」

額に噴き出した汗をハンカチでしきりに拭《ぬぐ》いながら画商が言った。僕はあまり冷房温度を下げないので、きっと彼には暑すぎるのだろう。

「でも、あの……ヌードモデルをしてくれるような女の子はいるんですか？」

「ああ。楼蘭ちゃんがしてくれるようだよ」

あっさりと画商が言った。

「えっ、彼女がですか？」

僕はさらに驚いた。同時に、心臓が高鳴り始めたのを感じた。

「うん。楼蘭ちゃんの親もプロダクションも了承してくれているからね。問題はないと思うよ」

「もう確認したんですか？　気が早いですね」

「ビジネスにはスピードは欠かせないよ」

「でも……あの……彼女はまだ11歳ですよ」

「うん。ちょうどそれぐらいの女の子のヌードが欲しいんだよ」

事もなげに画商が言った。

「でも、鈴木さんはちょっと……」

僕は言葉を濁した。ひどく戸惑っていたのだ。

「長澤くん、楼蘭ちゃんは嫌かい？　モデルとして扱いにくいかい？　だったら、ほかの女の子を探そうか？」

「いえ……あの……」

「プロダクションに相談すれば、すぐに別の子を用意してくれると思うけど……そうするかい？」

「そういうことじゃなくて……あの……鈴木さんも、あの……ヌードになることを了解しているんですか？」

「わたしはそう聞いてるけど」

相変わらずハンカチで汗を拭いながら画商が言った。

「そうですか……」

「もしかしたら、これは楼蘭ちゃん自身が望んでいることかもしれないんだよ。だって、その絵が売れれば、彼女にも何かチャンスが訪れるかもしれないんだからね」

本当なのだろうか？　彼女は本当に、僕に裸の絵を描かれることを望んでいるのだろうか？

僕には信じられなかった。


その晩、僕はウィスキーのグラスを持ってベランダに出た。

まもなく日付が変わろうとしているというのに、窓の外にはまだムッとするほどの熱気が立ち込めていた。

海のほうから熱を帯びた湿った風が吹いていた。遠くのほうで江ノ島の灯台がキラッ、キラッと規則正しく光を放つのが見えた。国道沿いにあるラブホテルの屋上に取り付けられた探照灯が、夜空に浮かんだ雲を下から強く照らしていた。

暗い海面では今夜もまた、地震観測用のブイが赤い光を点滅させながら、ゆっくりとした上下運動を繰り返していた。

『あのブイって、地震観測用なのよ』

『どうして知ってるの？』

『そんなの常識です。みんな知ってますよ』

濃いウィスキーを口に含む。赤いブイを見つめながら、少女との会話を思い浮かべる。

その笑顔や、澄ました顔や、怒った顔を思い浮かべる。それから……少女の体を思い浮かべ、そして……まだ見たことのない少女の裸体を思い浮かべてみる。

大丈夫なのだろうか?

僕は少女のことではなく、自分のことを心配した。

そう。僕は幼い裸体を僕の目の前にさらすことになる少女のことではなく、その裸体を見つめることになる自分自身のことを心配していたのだ。

美大に在学中は、何度となく、全裸の女性を目の前に置いて絵を描いたものだった。そんな時、モデルの女性に特別な感情を抱いたことはなかった。彼女たちはあくまで女性の肉体を観察するためのモデルであり、僕の目には石膏像《せっこう》と同じように映った。

彼女たちは僕の欲望の対象にはならなかった。けれど……。

しっとりと汗をかいたグラスを手にしたまま、僕は唇を嚙《か》み締めた。

2.

その週末の午後――少女のヌードを描き始めることになっている日――鈴木楼蘭はいつもの時間に僕の部屋にやって来た。

少女は鮮やかなオレンジ色のタンクトップに、ローライズの真っ白なショートパンツというスタイルで、とても踵《かかと》の高い華奢《きゃしゃ》なサンダルを履いていた。きっとまた母親のサンダルを無断で履いてきたのだろう。

「こんにちは、長澤先生」

「こんにちは、鈴木さん」

先週から始まったという学校のプールの授業のせいだろう。ほっそりとした腕や骨張った肩は、淡い小麦色に日焼けしていた。タンクトップの短い裾《すそ》からは、小さな臍《へそ》がのぞいていた。

いつも少女はふだん着でやって来て、ここで画商が指定した洋服に着替えてからモデルをする。けれど、きょうは画商が指定した洋服などなかった。

そうだ。少女がきょう、着るべき服はないのだ。

「あの……鈴木さん……何か飲む？」

部屋に入って来た少女に僕は訊いた。けれど、どこに目をやっていいのかが、わからなかった。

これから僕はこの少女を裸にし、その絵を描くのだ。いったい、どんな顔をすればいいというのだろう？

「それじゃあ……コーラをください」

僕のほうは見ずに少女が言った。

彼女も少し緊張しているようだった。その声にはいつものような元気がなかったし、態度もぎこちなくて、何となくよそよそしかった。

「あの……鈴木さん」

キッチンのテーブルで冷たいコーラを飲んでいる少女に僕は言った。少女はじっと壁を見つめていた。

「はい。何でしょう？」

僕のほうは見ずに少女が言った。相変わらず、よそよそしい口調だった。

「あの……聞いてるとは思うけど……あの……きょうから、君の裸を描くことになってるんだけど……」

「はい。そうですね」

素っ気ない口調で少女が言った。やはり、僕には視線を向けなかった。

「あの……鈴木さんは、いいの？……本当は嫌なんじゃない？」

僕が訊き、少女はようやくこちらに顔を向けた。

少し痩《や》せたのだろうか？　それとも、日に焼けたせいだろうか？　その日の少女はいつもよりさらに華奢に感じられた。

「いえ……嫌じゃないです」

小さな声で少女が答えた。

「本当に？」

「ええ。大丈夫です」

少女が言い、僕は無言で頷《うなず》いた。ほかに、かける言葉を思いつかなかったのだ。

しばらく沈黙があった。

いつものように部屋の中は静かだった。時折、少女がグラスのコーラを飲んだ。少女が液体を飲み下す音が、僕の耳に届いた。窓は閉めてあったけれど、海水浴客で賑《にぎ》わっているはずの海岸のほうから、微《かす》かな騒音が聞こえて来た。

沈黙の重さに耐え切れなくなった僕が椅子から腰を浮かせかけた時、少女が「あの……長澤先生」と小声で言った。

「何だい？」

「あの……わたし……」

そこまで言って、少女は言い淀《よど》んだ。

「なあに？」

「あの……ほかの男の人がわたしの裸を描くんだったら嫌だけど……それは絶対に嫌だけど……でも……長澤先生に描かれるんだったらいいんです」

「そう？」

「あの……長澤先生が描いてくれるんだったら……わたしは……大丈夫です」

僕は少女を見つめて頷いた。そして……僕自身は大丈夫なのだろうか、と思った。

少女が服を脱ぐあいだ、僕はアトリエ兼リビングルームのソファに座り、夏の太陽に輝く海を見つめていた。

いよいよ本格的な夏だった。砂浜には色とりどりのビーチパラソルがびっしりと林立し、大きな幟《のぼり》を立てた海の家がいくつも建ち並んでいた。それらの海の家の前ではアルバイトの少女たちが大声で客を呼び込み、波打ち際ではカラフルな水着をまとった人々が戯れていた。

「先生……あの……用意ができました」

背後からの声に僕は振り向いた。

光の溢《あふ》れる戸外を眺めていたせいで、部屋の中は随分と暗く感じられた。

シャワーを終えたあとのように、少女は華奢な体に白いバスタオルを巻いていた。ほっそりとした腕を交差させるようにして胸の辺りを押さえ、部屋の中央に立っていた。柔らかくウェイブした明るい色の髪が、尖《とが》った肩をふんわりと覆っていた。

「あの……それじゃあ、鈴木さん……きょうはそのソファに横になってください」

僕は言った。なぜか、敬語になっていた。

「はい……」

消え入りそうな小声で少女が答え、ソファに向かってゆっくりと移動した。

「あの……頭をこちら側にしてソファに横になって……体をこちらに向けて……脚を真っすぐに伸ばして……片手でこう……頭を支えるようにして……」

機械的に僕は説明を続け、少女は体にバスタオルを巻き付けたまま、ゆっくりとした動作で僕の指示に従った。

「あの……こうですか？」

「うん。体はもう少しこちら側に向けて……首をもう少しだけ起こして……髪はこう、片側に垂らして……」

ポーズを整えるために、僕はバスタオルの上から少女に触れた。

冷房の温度は高く設定してあるというのに、少女の体は細かく震えていた。

「鈴木さん……寒い？　寒かったら冷房を止めるよ」

「いえ。大丈夫です。あの……視線はどうしたらいいんですか？」

体を強《こわ》ばらせたまま少女が言った。

「ああ、視線ね。ええっと……視線は壁の下のほう、あの辺りをぼんやりと、物憂げに見つめる感じで……」

僕は機械的に少女への指示を続けた。

「こうですか？」

「うん。そうだね。それでいいよ」

「それじゃあ、あの……バスタオルを取りましょうか？」

少女が僕を見つめて訊《き》いた。けれど、僕はその目を見つめ返せなかった。

「うん。お願いします」

僕は彼女から顔を背けた。なぜか、そうするべきだと思ったのだ。

僕は再び窓の外を見つめた。

そこには相変わらず、暴力的なまでの光が溢れていた。遥《はる》か遠く、水平線の近くで、2艘《そう》の船が今まさに擦れ違おうとしているのが見えた。青い空にはぽっかりと、白くて柔らかそうな雲が浮かんでいた。

バスタオルが床に落ちる音が背後から聞こえた。

「あの……長澤先生」

少女が小声で僕を呼んだ。

「何だい？」

窓の外を見つめたまま僕は答えた。

「バスタオルを取りました」

僕は唇をなめた。それから……恐る恐る振り向いた。

ああっ。

瞬間、僕は心の中で声を上げた。

3.

わたしを見つめた画家が息を飲んだ。

それがわたしにはわかった。

すぐに画家の視線は、ソファに横になっていたわたしの上を通り過ぎ、その向こう側に流れていった。それから、画家は……恐る恐るわたしに視線を戻し……再びわたしの体をぼんやりと眺め……それから……今度はしっかりと、強く見つめた。

まるで懐中電灯の光に照らされているみたいに、彼の視線が自分の体の上を動いていくのをわたしは感じた。

恥ずかしさに体が震え、胸や股間《こかん》を隠すために腕が動きかけた。だけど、わたしはそうしなかった。体を隠したり、騒いだりしたら、余計に恥ずかしくなるだけだと思ったから。

「あの……先生……これでいいですか？」

とにかく何かを話したくて、わたしは訊いた。声が震えていた。体も震えていた。皮膚には鳥肌が立っていた。

「うん……いいよ……いい……」

画家が言った。苦しそうな声だった。画家は唇を噛《か》み締め、わたしの体をじっと見つめ続けていた。

わたしと同じクラスの女の子の中には、もう大人っぽい体つきをしている子たちもいた。生理の始まった子も少なくなかったし、大人の女みたいな胸をしている子も何人かいた。股間に毛の生え始めた子もいたし、腋毛《わきげ》を気にしている子もいた。

だけど、クラスではいちばん遅く生まれたということもあってか、わたしの体には、そういう大人の兆候は、まだほんの少ししか現れていなかった。大人の徴《しるし》の毛は、まだ1本も生えていなかったし、胸もほとんど膨らんではいなかった。わたしには、それがありがたかった。

もし今、わたしが大人の女の人のような体つきをしていたとしたら……そうしたら、こんなことには耐えられなかっただろう。たとえママが何と言っても、ヌードの話は絶対に断っただろう。

ソファに横になった裸のわたしを、画家は見つめ続けていた。じっと動かず、ほとんど瞬《まばた》きさえせず……だけど、それは嫌らしい視線ではなかった。

画家のそれは、親が自分の子供に向けるような優しげな視線だった。あるいは、何かとても大切なものでも見つめているかのような、何か素晴らしい芸術作品でも見ているかのような……そういう視線だった。

ああっ、この人は、わたしのことを大切に思っているんだ。何か……弱くて、脆《もろ》くて、壊れやすい……でも、とても綺麗《きれい》で、大切な……たとえば、ガラスで作られたクジャクの置物みたいに思っているんだ。

わたしは、それを感じた。

「先生……いつまでも見ていないで、早く描き始めてください」

わたしは言った。その声はもう震えていなかった。そのことに、わたしは安心した。

そう。とても不思議なことだったけれど、画家に見つめられているうちに、最初の恥ずかしさが急速に薄らいでいった。体の震えも、少しずつ治まっていった。

「ああ、そうだね……」

わたしを見つめたまま、画家が頷《うなず》いた。今では、わたしより彼のほうが緊張しているように見えた。そのことが、わたしの緊張をさらにほぐした。

やがて画家はいつものように、イーゼルに載せたカンバスの向こう側に行った。そして、小さな椅子に腰を下ろし、いつものようにカンバスに下絵を描き始めた。

「先生、アザは描かないでね」

わたしの左の太腿《ふともも》の内側には、ママにつねられた内出血がまだ少し残っていた。

「うん。わかってるよ」

カンバスの向こうで画家が答えた。その声は少し強ばっているように聞こえた。

「可愛く描いてくださいね」

「うん。可愛く描くよ」

カンバスの向こうで、画家が答えた。やはり声が強ばり、上ずっていた。

彼がわたしを可愛く描いてくれるということはわかっていた。彼が描くわたしの絵はいつも、わたし自身が家に持って帰りたくなるほど素敵だった。

画家は時々、カンバスの脇から顔を出して裸のわたしを見た。そのたびに、わたしの体はハッとなったように強ばった。

だけど、わたしが裸であるということを除けば、それはいつもの週末と何も変わらなかった。油絵の具の匂いが充満した部屋の中は、いつものように静かだったし、いつものように心地よかった。窓の外はいつものように眩《まぶ》しいくらいに明るかった。

これが終わったらふたりで食事の支度をし、いつものようにふたりでそれを食べることになるのだ。そして、わたしはいつものように、彼に取り留めのない話をするのだ。

大丈夫。それだけのことだ。何ていうことはない。

画家に気づかれないように、わたしはそっと深呼吸をした。強ばっていた体から、すーっと力が抜けていくのがわかった。


あんなに何日も前から思い悩み、夜もよく眠れず、きょう、ここに来る時には息苦しくなるほどに緊張していたというのに……1時間もたたないうちに、わたしは自分がいつものようにリラックスし始めていることに気づいた。

石川県のおばあちゃんがよく言っている『案ずるより産むが易し』とは、きっとこういうことなんだろう。

今ではカンバスの向こうから画家が顔を出し、わたしの裸の体に視線を送っても最初の頃のように体が震えるということはなくなっていた。

人はどんなことにも慣れてしまうんだ。

わたしは、つくづくそう思った。

「先生、今度のオフの日には、どこに連れて行ってくれるんですか？」

裸でソファに横たわったまま、わたしは訊《き》いた。

「うーん。まだ考えてないけど……どこか行きたいところはあるの？」

カンバスの向こうで手を動かしながら、画家が訊き返した。

「わたし、泳ぎに行きたいな」

「海？　それともプール？」

「どっちでもいいけど……プールのほうがいいかな？」

「そう？　それじゃあ、今度のオフにはふたりでプールに行こうね」

「嬉《うれ》しいな。実はね、わたし、新しい水着を買ってもらったんです。すごくセクシーで、かっこいいビキニなんですよ」

「へー、小学生でもビキニを着るんだ？」

「着る子は着ますよ。先生、わたしのビキニ見たいですか？」

言ったあとですぐに、わたしは自分がおかしな質問をしたと思った。だってもう彼はわたしの裸を見ているのだ。今さらビキニなんて見たいはずがない。

けれど、彼は「見たいな」と答えた。そして、少し顔を赤くした。

やがて、画家が下絵を描き終え、絵の具を使い始めた。下絵が終わるまでは動けないけれど、それさえ済めば、多少は動いてもいいということになっていた。

わたしは急に、喉《のど》が渇いていることに気づいた。

ソファから体を起こしてわたしは言った。「下絵は終わりましたよね？　だったら、喉が渇いたんで、休憩させてください」

カンバスの向こうから画家が顔をのぞかせ、ソファに身を起こしたわたしを見た。

その瞬間、画家がハッとしたような顔になった。

「先生、どうかしました？」

「いや。何でもないんだ……あの……下絵はできたから、休憩していいよ」

画家は相変わらず不思議そうにわたしの顔を見つめていた。それは、何かを思い出そうとしているみたいにも見えた。

「どうしたんです？　わたしの顔に何か付いてます？」

「いや……そうじゃないんだ。何でもないよ」

画家が笑顔になって言った。「あの……冷蔵庫に冷たいものがあるから、好きなものを飲んでいいよ」

裸の女の子が目の前にいるから、まだドキドキしているのかもしれない。わたしはそれ以上は気にしないことにした。

「それじゃあ、コーラを飲んで来ます」

背中に視線を感じながら、わたしは裸のままキッチンの冷蔵庫に向かった。あれだけ徹底的に見られてしまったんだから、今さらバスタオルで隠す必要なんてなかった。

「先生……」

4.

まるで熱にでも浮かされているかのように……僕は全裸でソファに横たわった11歳の少女の姿をカンバスに描き写した。

もう何日も前から、僕は自分がこれから描くことになる少女の裸体を想像していた。服を脱いだ鈴木楼蘭は、たぶんこんな体をしているのだろう、と。

少なくとも、僕は絵を描くという仕事をしているのだから、写生の対象となる物を見る目の正確さには少し自信があった。

けれど、その自信は完全に打ち砕かれた。

彼女の絵を描き続けてきたにもかかわらず、僕には何も見えていなかったのだ。実際に僕の目の前に横たわった少女の裸体は、僕が想像していたものとはあまりに掛け離れて美しかったのだ。

少女の裸体は僕の想像を遥《はる》かに超えて美しかった。それは神々しいまでだった。

もちろん、鈴木楼蘭は男ではない。けれど彼女は女でもなかった。子供でもなかったし、大人でもなかった。鈴木楼蘭という少女は、男と女の、子供と大人の、きわどいギリギリのバランスの縁に、奇跡のように存在していた。男と女と子供と大人の、それぞれのいいところ、美しいところ、優れたところだけを凝縮した姿をして……少女はそこに、かろうじて存在していた。

ほんの一時……奇跡のように……かろうじて……。

奇跡の瞬間がもたらした少女の肉体を、僕は夢中になってカンバスに写し続けた。今この瞬間を逃したら、もうそのギリギリの美しさは霧のように消えてしまうのではないかとさえ思った。

描かなければ……この奇跡をカンバスの中に封印しておかなくては……。

その強迫的な思いに、僕は駆られた。

早く描かなくては……奇跡が終わる前に描いてしまわなくては……。

不器用な右手は、思うようには動いてくれなかった。それでも僕は描き続けた。必死で描き続けた。それほど必死で描いたことはないと思えるほどだった。

僕は神も仏も信じない。けれど、今、僕は、この奇跡をもたらしてくれた何者かに感謝したい気持ちだった。

うっすらと下着の跡が残った少女の肉体には、余分なものが何ひとつなかった。付け加えなければならないものも、何ひとつなかった。それは完全な肉体だった。

少女の裸体に欲情した？

いや、欲情はしなかった。人は完全なものに対しては欲情しないものなのだ。

ただ僕は、その完全さを崇《あが》め、讃《たた》え、慈しんだだけだった。

ようやく下絵を描き終えた僕が、油絵の具でカンバスに色を付け始めた時、ソファに横たわった奇跡の少女が言った。

「先生……」

奇跡の少女は、その奇跡の肉体をソファから起こした。「下絵は終わりましたよね？　だったら、喉が渇いたんで、休憩させてください」

おののきながら、僕は奇跡の少女に目をやった。

その瞬間だった。

えっ？

その瞬間、不思議な既視感が僕を襲った。

そう。既視感。昔……どこかで……僕は彼女を見たことがある——。

昔？　どこかで？

いや、そんなことがあるはずはなかった。彼女はたったの11歳だった。そんな昔から、僕が彼女を知っているはずがなかった。

「先生、どうかしました？」

奇跡の少女が不思議そうに訊いた。

「いや。何でもないんだ……あの……下絵はできたから、休憩していいよ」

「どうしたんです？　わたしの顔に何か付いてます？」

「いや……そうじゃないんだ。何でもないよ。あの……冷蔵庫に冷たいものがあるから、好きなものを飲んでいいよ」

「それじゃあ、コーラを飲んで来ます」

奇跡の少女はソファから立ち上がり、全裸のままキッチンへと向かって行った。そんな少女のほっそりとした背や、骨張った小さな尻《しり》を、僕はじっと見つめた。


キッチンから少女が冷蔵庫を開ける音がした。僕は奥歯を嚙《か》み締め、たった今まで少女が裸の肉体を横たえていたソファに目をやった。

僕は彼女を見たことがある――。

実は、そう感じたのは、これが初めてではなかった。まだ鈴木楼蘭がここに来るようになったばかりの頃も、何度かそんなふうに感じたことがあった。

彼女の絵を描いている時に、何か……遠くて、懐かしい記憶の断片のようなものが……途切れ途切れに僕の脳裏に訪れて、次から次へとシャボン玉のように弾《はじ》けて消えていったことが――。

何なのだろう？　僕はいったい、何を覚えているというのだろう？

けれど、僕は何も思い出すことができなかった。ただ、さっきまでは僕の中に存在しなかった感情が……性的な欲望に近い感情が……自分の体内に滲《にじ》むように広がっていくのを感じただけだった。

5.

その晩は仕事のあとで、ベランダにホットプレートを出して（そのホットプレートも僕が最近になって購入したもののひとつだった）、海からの暖かな風に吹かれながら、ふたりでお好み焼きを作って食べた。

少女はすでに、鮮やかなオレンジ色のタンクトップをまとい、白いショートパンツを穿《は》いていた。

豚肉とキャベツとネギと紅ショウガと桜海老《えび》をたっぷりと入れたお好み焼きに、少女は青海苔《のり》と鰹節《かつおぶし》と驚くくらい大量のマヨネーズをかけた。

「わたしの家にはマヨネーズがないんですよ」

口の周りをマヨネーズでベトベトにした少女が言った。小さな前歯に、たくさんの青海苔が付いていた。

「お母さんがマヨネーズを嫌いなの？」

「違うんです。ママも本当はマヨネーズが大好きなんです。でも、太るからって言って、買わないんですよ」

「ふーん」

「わたしのママ、いつもダイエットしてるんです。それにわたしまで付き合わされて、いい迷惑なんです」

少女の話に頷《うなず》きながら、僕は熱いお好み焼きを頬張り、冷たいビールを飲んだ。

お好み焼きだなんて、何十年ぶりだろう？　もし、きょう、少女が「お好み焼きが食べたい」と言い出さなければ、もう永久に食べることもなかったかもしれない。

「あの絵、どんな人が買うのかしら？」

右手に持った箸《はし》の先で、部屋の中のイーゼルに載った絵を指して少女が言った。「もう買う人は決まってるんですか？」

「どうなんだろう？　僕もよく知らないんだ」

僕も振り向いて描きかけの絵を見た。

その絵は、芸術というものからは程遠いできだった。けれど、それでも……絵の中の裸の少女は美しかった。手放してしまうのがもったいないと思えるほどだった。

「先生が描いた絵は、みんなあの太った画商の人が持って帰るんでしょう？」

「うん。今はそうだね」

「嫌だなあ」

「何が嫌なの？」

「わたしのことを知らない人があの絵を見る分にはかまわないけど……あの画商の人が見ると思うと複雑な気分です」

「そう？」

「あの人、今度わたしを見たら、きっとわたしの裸を想像しますよ」

「そうかな？」

「そうですよ。絶対ですよ。あの人、きっとロリコンなんですよ」

少女が頬を膨らませ、マヨネーズで光る唇を尖《とが》らせた。その顔は息苦しくなるほど可愛らしかった。

夏の夜のベランダは心地よかった。暗い海面には今夜も赤いブイが規則正しく上下していた。白っぽい月が、夜空の低いところで光っていた。ベランダの片隅では、虫が鳴く声がした。

「これから先生は何枚もわたしの裸を描くんでしょう？」

引っ切りなしにお好み焼きを口に運びながら少女が訊《き》いた。

「そうなるのかもしれないね」

「もし、その絵が有名になって、美術館に飾られたり、学校の教科書に載るようになったら、みんなはわたしがモデルだって気づくかしら？」

「有名になんかならないよ」

「そんなこと、わからないじゃないですか？」

「まあ、その可能性も少しはあるかもしれないけれど……」

もちろん、僕にはわかっている。その可能性はまったくない。

「でも、わたしの裸の絵がものすごく有名になったら、みんなにモデルがわたしだってわかってもいいや」

動かしていた箸を急に止め、夜の空に浮かんだ丸い月を見つめて少女が言った。

「そうなの？」

「だって、絵はいつまでも残るでしょう？　わたしが大人になっても、おばあさんになっても、絵の中のわたしはいつまでも年を取らないし……わたしが死んでも、絵はなくならないし……」

少女の横顔を見つめて、僕は無言で頷いた。

そして、その時、僕は——自分がその少女を好いているということに気づいた。

「それじゃあ、また明日ね」

玄関で母親の踵《かかと》の高いサンダルを履きながら、少女が言った。

「うん。また明日」

「先生、今度はいつオフにして遊びに行く予定ですか？」

「そうだな……いつにしよう？」

「明日はダメですか？」

「明日？」

「ダメですか？」

少女が僕の顔をのぞき込んだ。

「いいよ。それじゃあ、明日はオフにしてプールに行こう」

「やったー！」

大声で叫ぶと、少女が両手を突き上げた。白い腋《わき》の下が、汗ばんでいるのが見えた。

抱き締めたい——。

その欲望を、僕は今夜もすんでのところで抑えた。

6.

翌日、僕は仕事をオフにして、鈴木楼蘭とふたりでプールに行った。

少女が僕に「連れて行ってほしい」と頼んだのは、大磯の海岸沿いに建てられたホテルのプールで、ホテルそのものよりも、そこに併設された1周400メートルの流れるプールや、人工の波が打ち寄せるプールなどで有名なところだった。

それは夏休み前の最後の日曜日で、巨大なプールは若者や家族連れでごった返していた。子供たちの歓声が、プール全体を覆っているように感じられた。

更衣室で水着になった僕がプールサイドにマットを敷いていると、そこに大きなバスタオルをまとった少女がやって来た。

「パパ、お待たせ」

そう。オフの日の外出の時には、少女は必ず僕を『パパ』と呼んだ。

パパだなんて……最初は違和感があった。けれどいつの間にか、その違和感は薄らいでいた。それどころか今では、そう呼ばれることに僕は心地よささえ感じ始めていた。

「マットを敷く場所なんだけど……ここでいいかい？」

「うん。いいわよ……ねえ、パパ、見て」

少女は体に巻き付けていたバスタオルを取った。

瞬間、僕は息を飲んだ。

少女は母親に買ってもらったばかりだというショッキングピンクの水着姿だった。それは三角形の小さな布を細い紐《ひも》で繋《つな》いだだけの、シンプルで華奢《きゃしゃ》だけれど、とてもセクシーな形のビキニだった。

「どう、パパ？　似合う？」

少女は少し恥ずかしそうな顔をしながら、僕の前でクルクルと回ってみせた。ふわふわとした長い髪が、頭の周りに柔らかく広がった。

「うん。似合うよ」

「本当？　変じゃない？」

回るのを止め、ブラジャーのカップを押さえながら少女が訊いた。どうやらカップの中に分厚いパッドを入れているらしかった。乳房はまだほとんど膨らんでいないはずなのに、水着になった少女の胸は大きく前方に突き出していた。

「変じゃない。すごく似合う。素敵だよ」

それは嘘でも、お世辞でもなかった。そこに立った未成熟な肉体をした少女は、輝くばかりに美しかった。

神々しい——。

その言葉がまた脳裏に浮かんだ。


その夏の日、11歳の少女と僕は、夕方までプールで水と戯れた。

ショッキングピンクのビキニを着た少女は、何度も僕を『パパ』と呼んだ。僕も何度か、遠慮がちに、彼女を『ロー』と呼んだ。

僕たちは400メートルプールをぐるぐると泳いでまわったり、大きなゴムボートを借りて人工の波間を漂ったり、飛び込み板から交替でプールに飛び込んだりした。

「パパ、おんぶして！」

少女に頼まれ、若い恋人たちがしているように、少女を背負ってプールを歩きまわったりもした。

僕の背で、少女は嬉《うれ》しそうな声を上げた。両腕で僕の上半身にしがみつき、両脚で挟んだ僕の腰をギュッと強く締め付けた。分厚いパッドを詰め込んだ胸や、飛び出した恥骨が僕の皮膚を官能的に圧迫した。

そんな時、僕は意識して頭を空っぽにしようとした。そうしなければ、自分が少女に、何か、とてつもなくおぞましいことをしてしまいそうに思われたから。

昼には売店で、焼きそばとタコ焼きと焼きトウモロコシと、コーラとビールを買って食事をした。デザートにはソフトクリームとかき氷を食べた（少女が両方とも食べると言ってきかなかったのだ）。午後からはプールサイドに寝そべって日光浴をした。

日光浴の前に、少女はそのほっそりとした体に日焼け止めのオイルを塗った。

「準備がいいんだね」

「これ、ママのオイルなの。あれっ……背中まで手が届かないや。パパ、塗って」

「僕が？」

「だって、自分じゃ塗れないもん」

それで僕は少女から受け取った日焼け止めオイルを自分の掌《てのひら》に出し、それを少女の背中にまんべんなく塗りつけた。そんなふうに彼女に触れたのは初めてだった。

オイルを塗りつける僕の掌の下――皮下脂肪のない少女の背中はとても硬く、それぞれの骨が、その形が明確にわかるほどくっきりと浮き上がっていた。よく見ると、少女の皮膚は柔らかな産毛《うぶげ》に覆われていた。剝《む》き出しになった部分の皮膚と、小さな水着の下になっていた部分の皮膚とでは、すでに日焼けによる色の違いができていた。

「くすぐったいっ！」

大声で笑いながら少女が体をひねり、オイルを塗る僕の指から逃れようとした。皮膚の下で小さな筋肉がピクリと動き、くびれたウェストに皺《しわ》が寄った。

それは僕に、目眩《めまい》がするほどの強い官能を与えた。

ふと顔を上げると、そばにいた何人かが僕たちのほうに視線を送っていた。

ビキニの少女を見ているのだろうか？　それとも、僕たちの関係を怪しんでいるのだろうか？

怪しまれるのは当たり前だった。こんなに親密にしている父親と娘など、プールのどこにもいなかった。

けれど、僕にはもう、他人の目など、どうでもよく思えた。

日焼け止めオイルを全身に塗り込めた少女の肉体は、磨き上げたピアノのようにピカピカに光っていた。

それは相変わらず神々しかった。けれど、僕はその肉体に欲望も感じていた。

「ありがとう、パパ」

少女が無邪気に言った。

そう。少女は本当に無邪気だった。僕の中にうごめく邪《よこしま》な欲望には、まったく気づいていないふうだった。

「今度はわたしがパパにオイルを塗ってあげるよ」

少女が申し出たが、僕はそれを断った。そんなことをされたら、本当に、どうなってしまうか、わからなかったから……。

7.

夏休みが始まった。鈴木楼蘭は毎日のように僕の部屋にやって来た。部屋に入ると、少女は着ていたものをすべて脱ぎ捨て（たいていはTシャツやタンクトップに、デニムのショートパンツやミニスカートという服装だった）、僕の前でさまざまなポーズをとった。

全裸で佇《たたず》む少女、全裸で床にうずくまった少女、全裸でベッドに寝転んだ少女、胸に花束を抱いた全裸の少女、椅子に座って脚を組んだ全裸の少女、壁にもたれた全裸の少女、テーブルで頬杖《ほおづえ》をつく全裸の少女……。

少女はもう、最初の頃のようにためらったりはしなかったし、恥ずかしがっているようにも感じられなかった。忙しいファッションモデルのようにさっさと服を脱ぎ捨て、僕の前に平然とその裸体をさらした。休憩の時にも、ローブやバスタオルをまとったりはしなかった。裸のままベランダに出てコーラを飲んでいることもあったし（東側には高い建物がなかったから、誰かにのぞかれる心配はなかった）、僕のすぐ前で、裸のまま、あぐらをかくことさえあった。

今では少女は以前と同じように、くつろいでいるように見えた。けれど、そんな少女の態度とは裏腹に、僕の心の底には、相変わらず邪な欲望が沸騰していた。いや、裸の少女を見るたびに、その欲望はさらに激しく沸き上がり、心の底に厚く堆積《たいせき》していった。けれど、僕は努めて冷静になろうとした。33歳の男が11歳の少女に性的な欲望を抱くことなど、許されるはずがなかった。

裸の少女を描いた最初の絵が仕上がると、絵の具が乾く前に僕は画商に電話を入れた。画商はその日のうちにやって来た。

「いやあ、長澤くん……何ていうか……素晴らしいよ……」

絵の前に立った画商は、名画でも見ているかのように身を震わせた。そして、当分は少女のヌードを描き続けてもらいたいと依頼した。

1度、鈴木楼蘭が裸でポーズをとっている時に、急に画商がやって来た。すると少女は露骨に顔をしかめ、そばにあったバスタオルを体に巻き付け、舌打ちをしながら寝室に逃げ込んでしまった。

「ローラちゃんに嫌われちゃったのかな?」

少し残念そうに画商が言った。

「角田さんがあの絵を見ているから、顔を合わせるのが恥ずかしいんでしょう」

「でも、長澤くんは毎日、あの子の裸を目にしてるんだろう?」

「まあ、そうですが……」

「羨《うらや》ましいね、まったく……」

画商は少女に挨拶《あいさつ》をしたそうだった。だが、少女は画商が帰るまで寝室から出て来なかった。

「あの人の顔は2度と見たくないんです」

画商が帰ったあと、体にバスタオルを巻き付けて寝室から出て来た少女が言った。「あの人がわたしの絵を売っているかと思うと、腹立たしいわ」

毎日のように少女がやって来たので、僕は毎日のように少女とふたりで夕食の支度をし、少女とテーブルに向かい合って食事をした。食後はいつも、ふたりで後片付けをした。

「それじゃあ、先生、また明日ね」

帰りに少女はいつも、玄関のところでそう言った。

また明日——。

その言葉はとても楽しく僕の耳に届いた。

そうだ。明日もまた、少女がここにやって来るのだ。

僕は夏休みがいつまでも続けばいいと願った。

少女が帰ったあとも、僕は毎晩、絵の具の匂いの充満した部屋で、遅くまで絵を描き続けた。目を閉じると、いつもたちまちにして裸の少女の姿が脳裏に浮かんだ。その姿をしっかりと見つめて、僕はカンバスに絵の具を乗せていった。

絵の中の少女の皮膚を絵筆の先でなぞっていると、僕はしばしば、掌で少女の体を愛撫《あいぶ》しているような錯覚に陥った。

来る夜も来る夜も……僕は、柔らかな絵筆に絵の具を含ませ、少女の体をいとおしむかのように愛撫した。鋭角に尖《とが》った少女の肩を、ほっそりとした腕を、まだほとんど膨らんでいない乳房を、脂肪のまったくない腹部を、翼のような形をした肩甲骨を、ツルリとした股間《こかん》を、小さくて丸い尻《しり》を、柔らかな筋肉が付いた太腿《ふともも》やふくら脛《はぎ》を、うっすらと血管が透けて見える足の甲を……。

そう。僕は毎夜のように、少女の全身を愛撫していたのだ。僕にとって、少女の裸体を描くという行為は、裸の少女を愛撫するという性的な行為に等しかったのだ。


そんなある晩、仕事を終え、入浴を済ませた僕が、ベッドで雑誌を眺めながらウィスキーを飲んでいると、インターフォンが鳴った。

サイドテーブルに置いた腕時計を見ると、まもなく午前2時になろうとしていた。

こんな時間に誰だろう？

「はい？」

『先生……わたしです。ローです』

インターフォンから聞こえたのは、聞き慣れた鈴木楼蘭の声だった。

「鈴木さん、こんな時間に、どうしたの?」

『先生……』

少女が呻《うめ》くように繰り返した。その声は泣いているようにも聞こえた。

8.

ママは男の人にふられた。

それは珍しいことではなく、とてもありきたりなことだった。ママは男の人にふられてばかりいたのだ。

ここ何週間か、いつもママはある男の人の話をしていた。その人はママが働いているお店の常連さんのひとりで、ママより少し年上で、横浜のクリニックに勤務する不妊治療の専門医だということだった。ママの話によると、その人は背が高くてハンサムで、上品で知的で、サーフィンと車が趣味で、とてもお金持ちらしかった。

つまり、その人は、ママの理想の男性だったのだ。

「その人、ママにぞっこんみたいなのよ」

夜中に家に戻って来たママは、ベッドに横になっているわたしの枕元で、いつも夢中になってその人の話をした。

「きっと近いうちにママに結婚を申し込むはずよ」「今夜も彼、わたしに、あなたみたいな人と結婚していればよかったって言っていたのよ」「ああっ、わたしたち、どうしてもっと早く出会わなかったのかしら？　運命の神様を恨むわ」

寝ようとしているわたしにお酒の臭いのする息を吐きかけながら、夢見る少女みたいに、いつもママはうっとりとなって言った。

わたしには、『ぞっこん』なのはその人ではなく、ママのほうみたいに思えたけど。

「だったら、そのお医者さんと結婚すれば？　わたしは反対しないわよ」

素っ気なくわたしは言った。

「そうね……でも、その人の奥さんがねえ……」

「そのお医者さん、奥さんがいるの？」

「そう。それに、子供も3人もいるのよ。男の子がふたりと、女の子がひとり」

「それじゃあ、バツイチ同士ね」

「何言ってるの、ロー？　わたしは未婚よ」

ママが結婚しようと、しまいと、わたしはどちらでもよかった。わたしはもう、ママには何も期待していなかった。

その不妊治療専門医が奥さんと別れ、3人の子供たちは奥さんに押し付け、ママと結婚してわたしと3人で暮らすことをママは夢見ていた。ここ数週間、ずっとその夢ばかり見ていた。

「奥さんへの慰謝料を払わなくちゃならないし、月々の養育費もあるから、そんなには贅《ぜい》沢《たく》に暮らせないかもしれないけれど……でも、彼、横浜港のそばのマンションを人に貸しているから、とりあえずそこで3人で暮らせばいいわ。窓から横浜港を見下ろしながら3人で静かに生活するの。どう、ロー？　素敵じゃない？　間取りは4LDKだっていうから、あなたの部屋もちゃんとできるわよ」

ママはもうその医者と何回か、体の関係を持ってしまったようだった。この数週間、ママはしばしば外泊していた。時には2日も3日も続けて帰って来ないこともあった。

「もうすぐあの人は奥さんと別れるわ。そうしたら、わたしたちにも横浜での新しい生活が訪れるのよ。ローは転校することになるかもしれないけど、我慢してね。あなたは可愛いから、横浜でもすぐに友達ができるわよ」

ママは言った。けれど、わたしには、そんな日は来ないとわかっていた。

だから、今夜、ひどく酔っ払ったママが、帰宅するなり「あの人に騙《だま》された」と言った時も、少しも意外には思わなかった。むしろ、『やっぱり』と思ったぐらいだった。

ママはたいていお酒の臭いをさせて帰って来るのだけれど、今夜は特にひどかった。ママがまだ玄関にいるうちから、その臭いがリビングにまで漂って来たほどだった。

わたしは今夜はもうママは帰って来ないものだと思って、リビングのローテーブルの脇に寝転んで、コーラを飲みながらビデオゲームをしていた。まだ、画家のマンションから戻って来た時の、白いタンクトップにデニムのショートパンツという恰好《かっこう》のままだった。真夜中になっているのはわかっていたし、早くお風呂《ふろ》に入って寝なければとは思っていたのだけれど、ゲームをやめることができなかったのだ。

「ロー、あんた、まだ起きてるの？」

ママの声には、すでにヒステリックな響きがあったから、わたしは警戒した。酔っ払ったママにからまれるなんて、うんざりだった。

リビングに入って来たママは、信じられないほど濃いお化粧をし、安物のアクセサリーを全身にぎっしりとまとっていた。ものすごくスカートが短い白いスーツを着ていて、ジャケットの前に縦に並んだボタンが、金貨みたいに眩《まぶ》しく光っていた。

「そんな服で帰って来ると、近所の人に水商売をしていることがバレるわよ」

ビデオゲームのコントローラーを操作しながら、わたしは言った。もちろん、わたしには、ママがどう思われようと知ったことではなかった。

「水商売のどこがいけないのよ」

わたしの脇に仁王立ちになったママが食ってかかって来た。わたしは床に寝転んでいたから、ミニスカートの中のママの下着がよく見えた。

「もう、嫌っ」

呻くようにそう言うと、ママはわたしの脇に崩れ落ちるようにしゃがみ込んだ。そして、ローテーブルに顔を突っ伏し、両手で顔を覆って泣き始めた。

「どうかしたの?」

相変わらずコントローラーの操作を続けながら、わたしは訊《き》いた。心配していたわけではない。ただ、ママに早くどこかに行ってもらいたかっただけだ。

「あの人に騙されたのよ」

相変わらず両手で顔を覆いながら、ママが答えた。「あの人、わたしと結婚するつもりなんて、最初からなかったのよ」

ママが顔を覆った手を離した。濃いお化粧が涙で流れ落ちた顔は、見るも無残なことになっていた。

「そりゃあ、そうでしょう。そんなこと、最初からわかってるじゃない?」

ママの顔を見て、わたしは笑った。

ママはものすごい形相でわたしを一瞥《いちべつ》すると、ブランド物のハンドバッグ(もちろんイミテーションだ)から煙草を取り出すと、ライターで無造作に火を点《つ》けた(ママは時々、ベランダに出て煙草を吸った)。

「ちょっと……煙草を吸うならベランダに行ってよ」

わたしは抗議した。わたしが部屋の中で線香花火をした時はヒステリーを起こしたくせに、自分が煙草を吸うなんて信じられなかった。

「あんた、ママが泣いているのに平気なのね？」

「だって、わたしには関係ないことだもん」

「関係ない？　どうして関係ないのよ？」

ママの声が変わった。それはヒステリーが始まる前兆だった。

「だって、これはママの恋愛問題で、わたしの問題じゃないもん」

素っ気ない口調でわたしは言った。相変わらず床に寝そべってコントローラーの操作を続けてはいたけれど、ママのヒステリーが始まったら即座に逃げ出すつもりだった。

「何言ってるの？　わたしはローのパパを見つけてあげるために頑張ってるんじゃない？　そのくらい、あなたにだって、わかってるでしょ？　わたしは何もかも、あなたのためにやっているのよ」

「わたし、そんなこと頼んでないもん」

「何ですって？」

「ママが勝手に好きになって、勝手に遊ばれて、勝手にふられただけじゃない？　いつもと同じじゃない？　人のせいにしないでよ」

わたしは言った。そして、この場から逃げ出すために、ゲームを終えることにした。

「生意気なこと言うんじゃないよっ！」

怒りに震えるママの声がした。「このクソガキっ！」

次の瞬間、わたしは右肩に凄《すさ》まじい痛みを感じた。尖《とが》ったもので突き刺されたみたいな、ものすごい痛みだった。

「ひっ！」

コントローラーを投げ捨てて、わたしは身を起こした。そして、その時になってようやく、自分の身に何が起きたのかを知った。

そう。剝《む》き出しになっていたわたしの肩に、ママが煙草の火を押し付けたのだ。

悲鳴を上げながら身を起こしたわたしを見ると、ママはローテーブルにあった飲みかけのコーラのグラスを手に取った。そして、それを勢いよくわたしの顔にぶちまけた。

コーラはまともにわたしの顔に引っ掛かった。一瞬、目が見えなくなり、タンクトップの襟元から流れ込んだ冷たい液体が、胸やお腹を濡《ぬ》らすのがわかった。

「何すんのよっ！」

叫びながら、わたしは手の甲で目を拭《ぬぐ》った。その瞬間、今度はママの平手打ちがわたしの左頰を襲った。

顔が真横を向き、一瞬、目の前が真っ暗になった。左の耳がキーンと鳴って、何も聞こえなかった。口の中に温かい血が溢《あふ》れた。

「このガキっ！　口の利き方を教えてやろうかっ！」

そう怒鳴ったかと思うと、ママはわたしに摑《つか》み掛かって来た。

「いやーっ！　やめてーっ！」

わたしより背は低かったけれど、ママはわたしより腕力と体重があった。おまけにわたしは、強くぶたれたせいで頭がふらふらになっていた。必死で抵抗したけれど、わたしはたちまち床にねじ伏せられ、ママに馬乗りになられてしまった。

ママのスカートは超ミニだったから、下着が丸見えだった。だけど、ママは手加減はしなかった。

「いい気になるんじゃないよっ！　このガキっ！」

叫びながら、ママはわたしの髪を上から両手で鷲掴《わしづか》みにした。そして、フローリングの床に後頭部を力任せに打ち付けた。

ガツン……ガツン……ガツン……ガツン……。

ママがわたしを折檻《せっかん》するのは珍しいことではなかった。けれど、それほどひどい暴力は初めてだった。

「いやっ！　痛いっ！　やめてっ！　やめてっ！」

わたしの訴えにもかかわらず、ママは力を緩めなかった。両手でぐっと髪を鷲掴みにし、体重をかけてわたしの頭を床に叩《たた》きつけ続けた。

殺されるっ！

薄れかけた意識の中でわたしは直感した。

むざむざ殺されるわけにはいかなかった。お腹にママに馬乗りになられながらも、わたしは夢中で手を伸ばした。ついさっきまでわたしが握っていたゲームのコントローラーが右手の先に触れた。わたしはそれを握り締め、無我夢中でママの顔に叩きつけた。

「いっ！」

コントローラーが顎《あご》を直撃し、ママはわたしから手を放して顔を覆った。朦朧《もうろう》となっていたにもかかわらず、わたしはその隙を逃さなかった。

次の瞬間、わたしはママの下から脱出した。そして、玄関に向かって夢中で走った。頭がふらふらし、耳がほとんど聞こえず、脚がひどくもつれ、溢れる涙で目もよく見えなかったけれど、立ち止まりはしなかった。

何とか玄関にたどり着くと、わたしは靴も履かずに外に飛び出した。

9・

海のほうから温かくて湿った風が吹いていた。街には潮の香りが立ち込めていた。

街灯に照らされた夜の住宅街を、わたしは裸足《はだし》で歩いた。ザラザラとしたアスファルトには、まだ昼間の熱が残っていて、裸足でも冷たくはなかった。泣きやもうとしているのに、次々と涙が溢れた。

そんな真夜中だというのに、何人もの人と擦れ違った。泣きながら裸足で歩いているわたしを、みんなが驚いたように見ていた。

どこかで、何か尖った、ガラスの破片みたいなものを踏んだらしかった。左足の親指がすごく痛かった。

けれど、今は足の指の痛みなんてまったく気にならなかった。ほかのところが、もっともっと痛かったからだ。

煙草の火を押し付けられた肩は燃えるように激しく疼《うず》いていたし、床に何度も叩きつけられた後頭部には大きなコブができていてズキズキした。頭は相変わらずぼーっとしていたし、ぶたれた左の頰は熱く火照っていた。左の耳はまだよく聞こえなかった。

どうしてわたしだけが……。

街灯に照らされた夜の道を歩きながら、わたしは思った。そして、自分のことを世界でいちばん可哀想な子供だと思った。

わたしが着ている白いタンクトップは、胸のところがコーラでひどく汚れていた。デニムのショートパンツにもコーラの染みができていた。わたしには、裸足でいることより、そっちのほうが恥ずかしかった。お腹はコーラでベトベトしていたし、下着も濡れていて気持ちが悪かった。

許せない……許せない……。

そう。許せなかった。今夜、ママがしたことは、わたしの我慢の限界を超えていた。許せなかった。2度とママのところに戻るつもりはなかった。

ついにわたしは、みなしごになっちゃったんだ。

そう思ったけれど、寂しさは感じなかった。泣いていたけれど、寂しくはなかった。それどころかホッとしていた。あんなママは、こちらから願い下げだった。

これからどこに行こう?

ぼんやりと思った。

だけど本当は、自分がどこに向かって歩いているかは、わかっていた。こんな時間に行ける場所は、たったひとつしかなかった……。


毎日そうしているように、わたしはそのマンションの自動ドアを通り抜けた。ありがたいことに、管理人室の窓にはカーテンが掛かっていた。エントランスホールも廊下も、しんと静まり返っていて、人の姿はどこにもなかった。

毎日そうしているように、わたしはエレベーターに乗った。そして、毎日そうしているように、『12』という階数ボタンを押した。

12階の廊下にも人の姿はなかった。床を蛍光灯が冷たく照らしているだけだった。

毎日そうしているように、わたしは廊下を真っすぐに進み、あの人の部屋の前に立った。

そして、毎日そうしているように、ドアの横に付いたインターフォンを押した。

ピンポーン。

少しだけ間があった。

わたしは急に、誰かがいたらどうしよう、と思った。

誰か……たとえば若い女の人の声がインターフォンから聞こえたら、どうしよう?

『はい？』

インターフォンから訝《いぶか》しげな声がした。それは聞き慣れたあの人の声だった。

「先生……わたしです。ローです」

言った瞬間、止まりかけていた涙が一気に溢れ出た。

『鈴木さん、こんな時間に、どうしたの？』

あの人が怪訝《けげん》そうに訊《き》き、わたしは事情を説明しようとした。

けれど、わたしの口から出たのは「先生……」という呻《うめ》くような声だけだった。


ドアを開けた画家は、わたしを見てひどく驚いた。

驚くのは当然だろう。わたしは裸足で、ぶたれて顔が腫《は》れ上がっていて、顔も服もコーラで汚れていて、その上、泣いてひどい顔をしているはずだったから。

「いったい、どうしたの？」

画家はわたしを玄関に招き入れ、廊下の様子をうかがってからドアを閉めた。

わたしはまた事情を説明しようとした。だけど、できなかった。わたしは泣きじゃくりながら、黙ったまま画家に抱き着いた。

わたしの全身はコーラでベタベタだった。でも、画家はわたしを両手で強く抱き締めてくれた。男の人からそんなふうにされたのは初めてだった。

わたしはさらに泣いた。彼の体はとても温かくて、それでわたしは、自分の体が冷えきっていたことを知った。

もしかしたら寝ていたのかもしれない。画家はストライプ模様の木綿のパジャマ姿だった。その薄いパジャマの胸のところに、わたしは顔を押し付けて泣いた。涙が彼のパジャマにどんどん吸い込まれていくのがわかった。

10.

画家はすぐに、わたしの火傷《やけど》を見つけた。そして、そこに軟膏《なんこう》みたいな薬を塗ってくれた。その薬はものすごく染みて、体が震えるくらいに痛かった。だけど……わたしはそれを快く感じた。

急に昔のことを思い出した。

昔、外で遊んでいて転んで膝《ひざ》を擦り剝《む》いた時、家に戻ったら、ママが傷口に薬を塗ってくれたこと。その薬はすごく染みたけれど、それが何だか心地よく感じられたこと。

なぜだか、急に、そんなことを思い出して、また悲しくなった。

火傷に薬を塗ったあとで、画家は傷ついたわたしの足の手当てをした。それから、熱いお湯に浸《つ》けたタオルを絞り、それでわたしの顔を優しく、丁寧に拭《ふ》いてくれた。顔ぐらい自分で拭けたのだけれど、わたしは目を閉じて、されるがままになっていた。

うに画家が訊いた。

わたしの涙が止まり、コーラでベトベトになっていた顔が綺麗《きれい》になった頃、言いにくそうに画家が訊いた。

「何があったの？」

わたしは無言で画家の顔を見つめた。口を開くとまた涙が出てきそうだった。

「あの……もしかしたら……お母さんと何かあったの？」

わたしは唇を噛《か》み締め、黙って頷《うなず》いた。

「お母さんは、あの……鈴木さんが今、ここに来ていることは知ってるの？」

わたしは黙ったまま首を左右に振った。

画家はしばらく、わたしの顔を見つめていた。それから言った。

「それじゃあ、お母さんに連絡しないと。きっと心配してるよ」

「心配なんてしてないわよ」

わたしは言った。そうしたら、やっぱり涙が出て来てしまった。

「そんなことない。きっと心配してるよ」

「してない。絶対に心配なんかしてない」

ボロボロと涙をこぼして、わたしは断言した。

「でも、お母さんに居場所だけは知らせておかないと……僕が電話をするから、鈴木さんの家の電話番号を教えてくれないかな？」

「いや……教えない」

大粒の涙を流し続けながら、わたしは首を振った。「電話なんかしないで」

「でも……そういうわけにはいかないよ」

優しく、でも、きっぱりと画家が言った。「さあ、ロー、電話番号を教えて」

「いやっ。教えない」

わたしは駄々っ子のように首を振り続けたけれど、彼がわたしを『ロー』と呼んだことは嬉《うれ》しかった。

「教えてくれないなら、今夜はここに泊まらせるわけにはいかないよ」

「それじゃあ、教えたら、泊まっていってもいいの？」

「うーん」

画家は困ったような顔をした。「まあ……鈴木さんのお母さんの許可が出ればね」

「電話番号を教えたら泊まらせてくれる？　約束する？」

「だから、鈴木さんのお母さんがいいって言えば……泊まっていっていいよ」

相変わらず困ったような顔で画家が言い、わたしは手の甲で涙を拭《ぬぐ》って笑った。


アトリエ兼リビングの片隅にあった電話で、画家はママに電話をした。わたしは彼のすぐ脇に座り、イーゼルにあった描きかけのわたしの裸の絵を眺めていた。

「あの……わたしは長澤といいます。楼蘭さんの絵を描いている画家です……はい。お世話になります……あの……実はさっき、楼蘭さんがここにやって来たんですけれど……ええ。そうです……はい。何だか、少し興奮して、感情的になっているみたいで……」

わたしは画家を睨《にら》みつけ、彼の肘《ひじ》をつついた。余計なことを言わないで欲しかった。わたしは興奮なんかしていないし、感情的にもなっていなかった。

「いえ、ほかには連絡していません……警察ですか？……いいえ、警察には電話していません」

そうなのだ。ママはわたしのことより、自分が児童虐待や育児放棄で逮捕されることのほうを心配していたのだ。ママはそういう人なのだ。

「それで、あの……楼蘭さんなんですけど、今夜はここに泊まらせてもよろしいでしょうか？……ええ。一晩寝たら、きっと興奮も冷めて、落ち着くと思うんですが……」

わたしはまた画家を睨みつけて、彼の肘をつついた。悪いのはママなんだから、もっと強く言えばいいのに、彼はペコペコしているばかりで情けなかった。

「ええ。そうします……いいえ。大丈夫です……はい。明日は帰宅させます……それでは、おやすみなさい」

「余計なことは言わないでっ！」

画家が電話を切った瞬間、わたしは食ってかかった。「それに、わたしはもう、絶対に家《うち》には帰らないからね」

画家はわたしを優しく見つめた。それから、静かに頷いた。

ママに電話をしたあと、画家とわたしは近くのコンビニに行った（わたしは油絵の具の付いた画家のジャケットを羽織り、ブカブカの彼のサンダルを履いていった）。そして、そこで、わたしは下着と歯ブラシと可愛いビーチサンダルを買ってもらった。

「ほかに欲しいものはあるかい？」

画家が優しい口調でそう訊いたので、店でいちばん高級なアイスクリームをいくつかと、ヨーグルトドリンクとコーラを何本かと、ガムとスナック菓子とチョコレートとプリンと、いつも読んでるマンガ雑誌と、好きな歌手のCDと、キャラクターの付いた手鏡とヘアブラシと、オレンジの香りがするリップグロスと、付け睫毛《まつげ》とマスカラと、ラメ入りのマニキュアと、ネイル用のラインストーンと、小さなハートが付いたお揃いのブレスレットとアンクレットと、ヘアバンドとヘアピンとお風呂《ふろ》用のビニールのキャップと、旅行用のヘアシャンプーとヘアトリートメントとボディソープのセットと、小さなビンに入った携帯用のオーデコロンと、腋《わき》の下用のデオドラントのスプレーと、化粧水とボディーローションと、綿棒とコットンとベビーパウダーと、ペンギンの絵が描かれたマグカップと、ミニーマウスの腕時計と、レンズ付きフィルムと、小さな液晶画面の付いた携帯用のゲーム機と、膨らますと1メートルになるビーチボールと、花火のセットを買ってもらうことにした。

わたしがカゴに放り込んだ商品の数々を見て、画家は何か言いたそうだったが、結局は何も言わなかった。ただ、溜《た》め息をついただけだった。

部屋に戻ると、わたしはシャワーを浴び、買ってもらったばかりのシャンプーで、コーラの匂いのする髪を洗った。後頭部にはたくさんのコブができていて、指が触れるだけですごく痛かった。煙草の火を押し付けられた肩は、相変わらずズキズキしていた。わたしはママを憎んだ。

浴室から出たわたしが頭にバスタオルを巻き、体にタオル地のバスローブを羽織ってアトリエ兼リビングに戻ると、画家はソファに毛布を敷いているところだった。

「あの……そこには、わたしが寝るの？」

「ああ。そうだよ」

せっせと毛布を整えながら画家が言った。

「あの……先生」

「ん？　何だい？」

毛布を敷く手を止めて、画家が顔を上げた。

「あの……迷惑かけて、ごめんなさい……いろいろと、ありがとうございます」

わたしが言い、画家はわたしを見つめて微笑んだ。

11.

いつもわたしは寝付きがよかった。だけど、その夜は眠れなかった。いろいろな思いが、頭の中をグルグル回り、狭いソファの上で何度も寝返りを打った。肩の火傷《やけど》の痛みは、今ではだいぶよくなっていたけれど、上を向いて寝ると、コブができた後頭部がズキズキした。

これから、どうやって生きていけばいいんだろう？

その晩、何度も繰り返し考えたことを、わたしはまた考えた。

先生はいつまでわたしを、ここに置いてくれるんだろう？　ママはいったい、どうするつもりでいるんだろう？

でも、ママのことは意識して考えないようにした。考えると、悔しくて腹が立つだけだったから。

部屋の中はすごく静かだった。わたしが息をする音とエアコンの微《かす》かな音のほかには、ほとんど何も聞こえなかった。

石川県のおばあちゃんの家で暮らすことになるのかな？

わたしはそれを想像してみた。

夏休みや冬休みにおばあちゃんの家に行くのは楽しみだった。だけど、わたしにはあんな田舎での暮らしは耐えられそうになかった。

首をもたげて、見慣れているはずの部屋のあちこちを見まわす。薄暗がりの中で、わたしの裸の絵がイーゼルの上に載っているのが見えた。

ひとりでいるのには慣れているはずだった。ママはしばしば帰宅しなかったから。けれど……わたしは急に、どうしようもなく心細くなってしまった。

わたしはひとりぼっちだった。まだたった11歳だというのに、頼る人もなく、ひとりきりだった。

ああっ、どうして、わたしだけが……。

やがてわたしは、自分が泣いていることに気づいた。

そう。わたしはめったに泣かないというのに、その夜は泣いてばかりいた。

寂しかった。寂しくて、不安で、心細くて……気が狂いそうだった。

毛布を払いのけて、わたしはソファに身を起こした。わたしは上半身にブカブカとした画家のTシャツをまとっているだけだった。

強く唇を嚙《か》み締めて、わたしは立ち上がった。涙が頰を流れていた。

わたしは画家が眠っているはずの寝室に向かった。

寝室のドアは閉まっていた。わたしはノックはせずに、そのドアを開けた。

彼は眠ってはいなかった。

「鈴木さん……どうしたの？」

画家が枕から首をもたげて訊《き》いた。

わたしは何も言わなかった。ただ、彼が横たわるベッドに潜り込んだだけだった。

わたしはただ、画家の体温を身近に感じながら寝たかっただけだった。

わたしは彼を父親のように感じていたから、ただ一緒に寝て、安心したいだけだった。

本当にただ、それだけのつもりだった。

だけど、そうはならなかった。

自分の隣に潜り込んで来たわたしを、画家は狂おしく抱き締めた。

狂おしく？

そう。それはまさしく『狂おしい』という言葉がぴったりで、今までの彼からは考えられない行為だった。

彼がわたしをどうしようとしているのか、わたしにもすぐにわかった。未経験だったけれど、知識はあった。そして、そんなに遠くない未来に、自分がそれをすることになるのだろうという予想もしていた。

急な出来事に、わたしは驚いた。怖くもあった。でも、抵抗はしなかった。そして、抵抗する代わりに、彼の体を抱き締め返した。

なぜ？

たぶん……自分がいつかそれをすることになるのなら、今、彼にされてもかまわないと思ったから……。

この人だったら、いいや。

わたしはそう思った。

彼はわたしをよく知っていた。少なくともわたしの体の表面のことについては、彼は誰よりもよく知っていた。

画家はわたしに身を重ねた。そして、それをした。

瞬間、ものすごい痛みにわたしは悲鳴を上げた。

その行為には痛みが伴うということは、何となく知っていた。だけど、それが、これほどまでとは思わなかった。

体が引き裂かれるかのような猛烈な痛みの中で、わたしは必死で布団を蹴《け》り、彼の下から逃れようとした。

だけど、できなかった。

彼は両手でわたしをベッドに押さえ付けた。そして、ゆっくりと、少しずつわたしの中に入って来た。

頭がおかしくなってしまうほどの痛みが、わたしを徐々に押し開き……そして、ついに、わたしを貫いた。

わたしは両手で彼の体にしがみつき、後頭部を枕に擦《こす》り付けて悲鳴を上げた。

第2部

第1章

1.

それは決して越えることの許されぬ一線だった。

絶対に……たとえ何があっても、越えてはならない……。

それはわかっているはずだった。

それにもかかわらず……その晩、僕はその一線を越えてしまった。

ああっ、何ということをしてしまったのだろう！　僕は人として、許されない領域に足を踏み入れてしまったのだ。


僕のベッドに、少女が突然、潜り込んで来た時は驚いた。

驚いた？

確かに僕は驚いていた。けれど……その場面は、これまで何度も心に思い描き、望んでいたことでもあった。

そうだ。僕は望んでいたのだ。もうずっと前から熱望していたのだ。

もちろん、少女があんなことをしなければ、僕もあんなことはしなかっただろう。決してしなかっただろう。

だが、それは少女の責任ではない。

これだけは、はっきりさせておかなくてはならない。

許されない領域に足を踏み入れてしまったのは僕だけであり、少女には何の罪も、何の責任もない。

彼女はまだ小学校の6年生なのだ。たったの11歳なのだ。おまけにその晩の彼女の精神状態は、普通ではなかったのだ。

言い訳は許されない。すべては、僕ひとりの責任なのだ。僕は加害者で、彼女は被害者なのだ。

踏みとどまろうとすれば、踏みとどまることはできたはずなのに……それなのに……僕は自らの意思で、越えることの許されぬ一線を越えたのだ。

そうだ。僕は自ら望んで、それをしたのだ。そして、その瞬間、僕の心と体は、凄《すさ》まじい喜びと快楽に震えたのだ。

毛布をめくり上げ、僕のベッドに身を滑り込ませて来た時、少女は泣いていた。

そう記憶している。

けれど僕は、少女に涙の理由を尋ねたりはしなかった。その瞬間、僕がしたことは、少女の体を骨が軋《きし》むほど強く抱き締めることだった。

少女は驚いたに違いない。たぶん彼女は僕に、そっと抱いていてもらいたかっただけなのだ。あるいは、優しい慰めの言葉をかけてもらいたかっただけなのだ。父を知らない少女は、僕に父親のように振る舞ってもらいたかったに違いないのだ。

けれど、僕は少女が望んだことをしなかった。

少女が望んだことをする代わりに、僕は、華奢《きゃしゃ》で骨張った少女の体に身を重ね、その長い髪を狂おしく掻《か》き抱き、その可憐《かれん》な唇を夢中で貪《むさぼ》り……そして、その未成熟な肉体を忌まわしい男性器で貫いたのだ。たった11歳の少女の肉体を凌辱《りょうじょく》したのだ。

できるだけゆっくりと、できるだけ優しくしたつもりだった。だが、その瞬間、少女は凄まじい悲鳴を上げ、僕の拘束から逃れようとした。

そう。少女は明らかにそうされることを望んでいなかった。けれど、僕は行為を中断しはしなかった。

悲鳴を上げながら逃れようとする少女を、僕はベッドに強く押さえ付け……まだ初潮さえ始まっていない少女の肉体を、忌まわしい男性器で強引に押し開き……彼女の悲鳴を無視して、それを引き裂き……深々と貫き……何度も突き入れ……そして、かつて誰からも汚されたことのなかった少女の中に、忌まわしい液体を注ぎ入れたのだ。

2.

少女は出血し、涙を流していた。

それを見て、僕は自分がしてしまったことを激しく悔いた。

ああっ、僕は何て取り返しのつかないことをしてしまったのだろう！

時間を巻き戻すことができれば……。

行為の直後に、僕はそんなことを夢想した。

けれど……たとえ時間を巻き戻すことができたとしても、その過ちを繰り返さずに済むという自信はなかった。

くちゃくちゃに乱れたシーツの上に、少女はその華奢な裸体をぐったりと横たえていた。汗ばんだ肩を大きく喘《あえ》がせてはいたけれど、身動きはしなかった。その細い指では枕の隅を、いまだにしっかりと握り締めていた。そして……僕は、ベッドに上半身だけを起こし、そんな少女を呆然《ぼうぜん》と見つめていた。

「痛かった？」

僕は少女にそんなバヵなことを訊いた。

薄暗がりに裸の体を横たえたまま、少女は僕を見つめた。いっぱいに見開かれた大きな目は、溢《あふ》れる涙で潤んでいた。

「痛かった……すごく痛かった……死ぬかと思った……今だってズキズキしてるんだから……」

少女が瞬《まばた》きをし、溢れた涙が目の脇をすーっと流れ落ちた。

「あの……ごめんね……」

自分が何を言っているのか、よく認識もせずに、僕は謝罪の言葉を口にした。

「どうして謝るの？　やめてよ」

強い視線で僕を見つめて少女が言った。「謝るようなことなら、最初からしなければいいじゃない？」

「あの……そうだね……でも……ごめん……」

僕はバカみたいに謝罪の言葉を繰り返した。自分がしてしまったことに、打ちのめされていたのだ。

それにしても、なぜ、こんなことをしてしまったのだろう？　僕はこれまで、たったひとりの女性としか性的な関係をもったことがなかったというのに……それなのに、いったい、なぜ、こんな年端もいかない少女と……。

しばらくの沈黙があった。乱れたベッドに身を横たえたまま、少女は挑むような視線で僕を見つめ続けていた。少女の額には汗が滲《にじ》み、そこに何本かの髪が張り付いていた。

やがて少女が口を開いた。

「いいよ。許してあげる。わたし……先生が好きだから」

少女は手の甲で涙を拭《ぬぐ》った。そして、ほっそりとした腕を伸ばして僕の体に触れ、それから、にっこりと微笑んだ。


その晩、裸のままベッドに並んで横になり、少女と僕はいろいろな話をした。

僕の腕を枕にした少女は、数時間前に自分と母親とのあいだに起きた諍《いさか》いの話をしてくれた。その話によって僕は、少女の母親がもはや国際電話のオペレーターはしておらず、今は水商売によって生計を立てているということを初めて知った。

「わたしのママ、すごく見栄《みえ》っ張りで、すごく嘘つきなの。それに非常識だし、ヒステリーだし……悲しくなるわ」

薄暗がりの中でも、少女の顔はよく見えた。狂おしくなるほどに愛らしい顔だった。

「でも、鈴木さんのお母さん、綺麗《きれい》で、若々しいんだよね？」

「まあね。だけど、男の人にはふられてばかりなの。きっと男の人たちもすぐにママの本性に気づくのよ。あんなママと長くいられるのなんて、世界中でわたしだけよ」

腕枕をするなんて、いつ以来だろう？　少女が可愛らしい声を出すたびに、その響きが心地よく僕の腕に伝わって来た。

僕は時折、腕を伸ばし、ふわふわとした少女の髪を撫《な》でた。時折、少女の額にキスをし、時折、その細い体を両手で抱き寄せ、抱き締めた。

ああっ、こんな時が、本当に訪れるだなんてっ！

その晩、少女は本当にいろいろなことを話した。それまでは、僕のことなんて何も訊《き》かなかったのに、その晩は、僕にもいろいろな質問をした。

僕がどこで生まれたのか、どんな子供だったのか、いつから絵が好きだったのか、画家になろうと思ったのはいつだったのか、好きな人はいたのか、どんな絵を描くのが好きなのか、そして……少女のことをどう思っているのか。

「僕は、あの……鈴木さんが好きだよ」

「どのくらい好きなの？」

「あの……すごく……好きだよ」

僕はまた少女を抱き寄せた。

「ふーん。わたしのこと、いつから好きなの？」

僕に抱きすくめられたまま少女が訊いた。

「さあ？　いつからだろう？　でも……随分と前から……」

「22歳も年下なのに？」

「うん。でも……それは、しかたがないことだろう？　人を好きになるっていう気持ちは、どうすることもできないんだよ」

「ふーん」

僕の腕の中で少女が少し微笑んだ。「それで、先生は前からわたしに、ああいうことをしようと思っていたの？」

「いや……あの……それは違うんだよ……あの……今夜は、たまたま……」

「それじゃあ、もう、ああいうことは2度としないつもりなの？」

悪戯《いたずら》っぽく微笑みながら少女が訊き、僕は口をつぐんだ。

僕に抱き締められたまま、少女は僕を見つめた。その顔があまりに可愛らしくて、僕はまた、自分の中に激しい欲望が沸き上がって来るのを感じた。

「これからもまた、ああいうことをするつもりなんでしょう？」

相変わらず悪戯っぽく微笑みながら少女が言った。

「あの……鈴木さんは……あの……嫌かい？」

「わたし？　うーん。ものすごく痛かったけど……でも……先生がしたいんだったら……これからも、していいよ」

心地よい欲望が全身に広がっていくのを感じながら、僕は裸の少女をさらに強く抱き締めた。そして、その小さな唇に、自分の唇をそっと重ね合わせた。

3.

翌朝、同じベッドで目を覚ました少女と僕は交替でシャワーを浴びた。少女がシャワーを使っているあいだに、僕は少女の服を洗濯してベランダに干し（一晩浸《つ》け置きしていたおかげで、コーラの染みは綺麗に落ちた）、ふたりの朝食の用意をした。

少女がシャワーを終えると、僕たちは素肌にタオル地のバスローブを羽織ったまま、明るいアトリエ兼リビングルームで、夏の朝日に輝く海を眺めながら食事をした。

その日の朝食は、トーストにコーヒーに冷たい牛乳、夏野菜のコンソメスープ、目玉焼きと炒めたソーセージ、レタスとトマトとキュウリのサラダ、それにヨーグルトというメニューで、少女はコーヒーの代わりにコーラを飲んだ。

洗ったばかりの少女の髪は、まだしっとりと濡《ぬ》れていて、ほのかなシャンプーの香りを漂わせていた。

「あの……鈴木さん」

「なあに？」

スープを口に運んでいた少女が物憂げに顔を上げた。まだ出血が続いていて、寝不足のせいもあって、少しだるそうな様子だった。

「あの……きょうは仕事をオフにしようか？」

「どうして？」

「あの……鈴木さんも疲れてるだろうし……だから……食事が済んだら、僕が家に送って行くよ。お母さんと仲直りする必要があるだろう？」

「嫌よ。ママと仲直りなんて絶対にしないわ」

少女がバターに光る唇を尖《とが》らせた。

「でも……お母さんといつまでも喧嘩《けんか》をしているわけにはいかないだろう？」

「嫌っ！　わたし、もう、絶対にママを許さない。あんなことされて、許せるわけがないでしょう？　わたし、ママに殺されかけたのよ」

「そんなこと言っても……」

「とにかく……しばらく、わたしはここにいることにします」

少女が断言し、僕はしかたなく頷《うなず》いた。


その日も、絵のモデルをするために、少女はいつものように僕の前で裸になった。

「先生、きょうはどこで、どんなポーズをとったらいいんですか？」

その少女の様子は、いつもとまったく変わらなく見えた。

「ああ。そうだね。ええっと……きょうは、あの……そのソファに座って、脚を組んでもらおうと思ってるんだ」

けれど……僕のほうは、そうではなかった。僕にはとても、いつものようにしていることはできなかったのだ。

目の前にいる少女はもはや、絵を描くためのモデルではなかった。彼女は僕の愛人だった。

「こんな感じでいいんですか？」

「うん。あの……」

僕は裸でソファに腰を下ろした幼い愛人に歩み寄り、その脇に腰を下ろした。

「あれっ？　どうしたんですか？　描かないんですか？」

不思議そうに首を傾げる少女の華奢《きやしや》な体を、僕は抱き締め、その豊かな髪や、肩甲骨の浮き上がった背中を撫で、唇を重ね合わせ、それから……ソファに押し倒した。

僕の中にはまだわずかに罪悪感が残っていたと思う。けれど、その罪悪感の強さは、最初の時とは比べものにならないほど小さなものになっていた。

最初にそれをした時と同じように、僕は少女をソファに強く押さえ付け……最初にそれをした時と同じように、汗ばんだ指先で少女の皮膚を隈《くま》なく愛撫《あいぶ》し……少女の肉体を強引に押し開いた。

「痛いっ……先生、痛いっ……ああっ、痛いっ……」

最初にそれをした時と同じように、幼い愛人はまた、強い痛みを訴えた。けれど、僕は途中で行為を中断したりはしなかった。

少女の悲鳴を聞きながら、出血の続くそれをまたしても引き裂き……またしても深く貫き……繰り返し突き入れ……そして、最初にそれをした時と同じように、少女の中に熱い多量の体液を注ぎ入れた。

幼い愛人との2度目の性交を果たしたあとで、僕はカンバスに向かい、いつものように裸の少女の絵を描いた。

いつものように？

そう。いつものように描いているつもりだった。けれど、カンバスに残った僕の筆のタッチは、どことなくいつもとは違うように感じられた。

そう。僕が描いているのは、もはや、ただの少女の肉体を写生するためのモデルではなかった。

少女を見る僕の目は、きのうまでとは明らかに変わっていた。僕の前にいるのはただのモデルではなく、僕の愛する女性だった。ほかに代わりのいない、この世界でたったひとりの少女だった。

その日も、絵を描き終えたあとで、僕たちは一緒に夕食を作って食べた。それから、いつものように、一緒に後片付けをした。

「先生……」

「えっ、何だい？」

「あの……わたし、やっぱり、今夜は帰ることにします」

僕の洗った皿を布巾《ふきん》で拭《ふ》きながら少女が言った時、僕は少し落胆した。

そうだ。僕はその晩もまた、幼い愛人の肉体を貪《むさぼ》るつもりでいたのだ。

「うん。よく考えてみたら、いつまでもここにいるわけにはいかないし……着替えとかもないし……だから、帰ります」

反対する理由はなかった。幼い子供は母親の元に戻るべきだった。

「そうだね。そのほうがいいよ」

幼い愛人を見つめて僕は同意した。「あの……もしかしたら、お母さんはまだ怒ってるかもしれないから……だから、僕が家まで送っていくよ」

「いいえ、ひとりで大丈夫です」

微笑みながら、幼い愛人は首を左右に振った。「もうママは家にいないはずだし……ママと喧嘩したのは、これが初めてじゃないし……もしママが家にいて、もしまだ興奮してたら、よほど先生には見られたくないし……だから、わたしひとりで帰ります」

少女が言い、僕は頷いた。

「いろいろとお世話になりました……それじゃあ、また明日ね」

玄関のところで、少女がペコリと頭を下げた。その姿はけなげで、心細そうで、不安げで……今すぐにでも抱き締めたくなるほど可憐《かれん》だった。

「うん。また明日……あの……待ってるよ」

玄関のドアから出て行こうとする少女に僕は微笑んだ。

もしかしたら、彼女はもう来ないかもしれない……。

廊下を歩いて行く少女の後ろ姿を見送りながら、ふと、そんなことを思った。

少女はおぼつかない足取りで廊下を歩き続け、ただの1度も振り向かないまま、廊下の角を曲がって消えた。


少女が帰ったあとで、僕は再びカンバスに向かった。そして、少女との性行為を思い浮かべながら、夢中で絵筆を動かした。

そうだ。たっぷりと絵の具を含ませた筆の先で、絵の中の少女の肩や腰や太腿《ふともも》やふくら脛《はぎ》をなぞりながら、僕は彼女との性行為の記憶を脳裏に狂おしく蘇《よみがえ》らせていたのだ。

柔らかな絵筆で絵の中の少女の肉体を愛撫するかのようになぞりながら、僕は……性行為の最中の苦痛に歪《ゆが》んだ少女の顔を思った。男性器が突き入れられるたびに苦しげな喘《あえ》ぎ声を漏らし続けていた少女の唇を思った。枕の向こうにクジャクの羽のように広がっていた少女の豊かな髪を思った。僕の背に突き立てられていた少女の爪を思った。僕の掌《てのひら》が揉《も》みしだいていた少女の貧弱な乳房を思った。少女が身をのけ反らした瞬間の、体が浮き上がるような感触を思った。

今も少女と性交を続けているかのような錯覚に浸りながら、僕は時間が経つのも忘れて絵筆を動かし続けた。

すでに罪悪感はなかった。僕の中にあったのは、少女の未成熟な肉体に対する強烈な愛だけだった。

愛だって？

いや、それは欲望と呼ばれる類《たぐ》いのものなのかもしれない。

4.

もしかしたら、もう少女はここにはやって来ないかもしれない……。

そんな僕の不安とは裏腹に、11歳の少女は翌日も僕の部屋にやって来た。その翌日も、そのまた翌日もやって来た。そして、その夏のあいだ、ほとんど毎日のように、少女と僕は性交を繰り返した。

1度やってしまえば、2度目からは簡単だった。僕たちは毎日のようにそれをした。来る日も、来る日も、それをした。

　絵のモデルをするために少女が服を脱ぎ捨てると、僕は絵を描く前にほとんどいつも少女を抱いた。絵を描いている途中で、その日2度目の性交を少女に求めることもあったし、夕食の前に抱き寄せて2度目の性交をすることもあった。時には1日に3度も、少女に性交の相手をさせることさえあった。

「えっ、またするの?」

　少女が呆《あき》れたような顔で僕を見ることもあった。けれど幼い愛人は、それを拒みはしなかった。

　寝室のベッドで、アトリエ兼リビングルームのソファで、ひんやりとした床の上で、キッチンのテーブルの下で、玄関マットの上で、浴室のタイルの上で、黒光りする廊下で……少女と僕はそれをした。

　やめることはできなかった。欲望は次から次へと僕の中に湧いて出て、止《とど》まることを知らなかった。そんな経験は初めてのことだった。

　その夏のあいだに、何も知らなかった11歳の少女はたちまちにしてベテランになった。そして、顔を歪めて苦痛を訴える代わりに、淫《みだ》らな快楽の声を上げるようになった。

「ねえ、今度はわたしが上になるわ」

　行為の途中で、少女がそんな提案をすることも珍しくはなくなった。

　ベテランになったのは少女だけではなかった。それまでは、たったひとりの女性を相手にわずかばかりの経験しかなかった僕もまた、同じようにその行為のベテランになった。そして、それまではしたことのなかった様々なことを、僕は11歳の少女にさせた。

僕の幼い愛人は今、全裸でベッドに四つん這《ば》いになっている。両方の肘《ひじ》を突き、両膝《ひざ》を左右に大きく広げ、背筋を弓なりに反らした姿勢で、骨張った小さな尻《しり》を高く突き上げている。

その姿は僕に、身を低くして獲物を狙う猫を思わせる。

四つん這いの少女を僕はうっとりとなって見つめる。

4日に1度か3日に1度仕事をオフにして、ふたりで大磯のホテルのプールに通っているせいで、小麦色に焼けた少女の肌には小さなビキニの水着の跡がくっきりと残っている。それはまるで、裸になった今も、白いビキニを着けているかのようだった。

まだ大人になる前の少女は、本当に野生の生き物ようだ。とてつもなく滑らかで、とてつもなくしなやかで、とてつもなく洗練されていて、そして……とてつもなく淫らだ。

僕は喉《のど》を鳴らし、口の中に溜《た》まった唾液《だえき》を飲み込む。それから……幼い愛人に背後から近づく。

少女の尻のすぐ後ろにひざまずく。滑らかな皮膚をした少女の尻を両手で摑《つか》む。それを左右に広げる。

「あっ……」

少女が微《かす》かな声を漏らす。小豆《あずき》色をした花の蕾《つぼみ》のような肛門《こうもん》が、ヒクヒクと震えるのが見える。

少女の尻は本当に小さくて、僕の両手でそのほとんどが隠れてしまうほどだ。その割れ目の部分は、先ほどまでの執拗《しつよう》な愛撫《あいぶ》によって、すでに充分に潤んでいる。

「いいかい？」

呟《つぶや》くように僕が訊《き》く。だが、少女の答えを待っているわけではない。

少女が唾《つば》を飲み込む音がする。尖《とが》った肩と、飛び出した肩甲骨が震える。豊かな髪が、顔の脇にパサリと垂れ下がる。

僕は少女の尻の割れ目に、硬直した男性器の先端を宛てがう。そして、少女の尻をしっかりと抱えたまま、自分の腰をゆっくりと突き出す。11歳の少女の肉体に、黒々とした男性器が沈み込んでいくのが見える。

「ああっ……」

少女の口から苦しげな声が漏れ、まるで電流に打たれたかのように全身が痙攣《けいれん》する。ほっそりとした背中に筋肉が美しく浮き上がる。

男性器が少女の中に完全に沈み込んだのを確かめてから、僕はゆっくりと腰を引く。少女の中に埋没していた男性器が、再びその忌まわしい姿を現す。さっきまで乾燥していたその表面は、今では濡《ぬ》れて、黒光りしている。

僕は骨張った少女の尻を強く掴み、今度は暴力的に腰を強く突き出す。太くグロテスクな男性器が、今度はズブリと、一瞬にして少女の中に埋没して消える。

「あうっ……」

皺《しわ》の寄ったシーツを華奢《きゃしゃ》な指で握り締めて、少女が低い呻《うめ》き声を漏らす。細い体が弓なりに反り、長く豊かな髪が美しく乱れる。

僕は少女の上半身に手を伸ばす。そして、その胸のわずかな膨らみを両手でこねるように揉みしだく。

「ああっ……いやっ……いやっ……」

首を左右に振りながら少女が切なげな声を出す。豊かな髪が乱れて、舞い広がる。

僕は少女の胸から手を放す。再び少女の尻を支え、またゆっくりと腰を引く。そして、また勢いよく腰を突き出す。

「うっ……ああっ……」

ベッドマットの中のスプリングが鋭く軋《きし》み、少女がシーツに顔を押し付けて呻く。

そんな少女の髪を、僕は背後から鷲掴《わしづか》みにして顔を上げさせる。そして、僕のほうに顔を向けさせようとする。

「あっ、いやっ……」

シーツから顔を上げた少女が、窮屈に体をひねって振り向く。汗が噴き出した細くて長い首に、くっきりと筋が浮き上がる。

ああっ、何て可愛らしい顔なのだろう！　何て淫らな顔なのだろう！

振り向いた少女の唇は、唾液で濡れて光っている。その唇に、僕は自分の唇を重ね合わせる。舌の先で少女の口をこじ開け、そこに縮こまっていた柔らかな舌を夢中で貪《むさぼ》る。同時にまた腰を引き、また強く突き出す。

「むむっ……むうっ……」

少女が僕の口の中にくぐもった呻き声を漏らす。ふたりの歯がぶつかり合う。

「むむうっ……むうっ……むうっ……」

少女が呻き続ける。僕はすべてを忘れ、夢中で少女の唇を貪り続ける。

5.

11歳の少女と淫らな関係を続けながらも、僕はそれまでにないほど精力的に絵を描いた。少女が帰宅したあとも、毎夜のように夜明け近くまで描き続けた。

そうだ。僕は少女が帰宅したあと、今度は少女の絵と、夜明け近くまで性交を続けていたのだ。

「長澤くん、最近、絵のタッチが変わってきたね」

僕の絵を見た画商が言った。

「そうですか？　あの……どう変わったんでしょう？」

僕は訊いた。けれど、筆遣いが変わり始めていることは、僕自身にもわかっていた。

「うん。リアリティが増したというか……女の子が生々しくなったというか……」

「あの……それは悪くなったということでしょうか？」

自分の絵が明らかに変わって来たことはわかっていた。けれど、それがいいほうへの変化なのか、悪いほうへの変化なのかは、僕自身にはわからなかった。

「悪くなった？　いや、そうじゃないよ。すごくよくなったんだよ」

僕を見つめて、画商がにっこりと微笑んだ。

「本当ですか？」

「うん。よくなった。背筋がゾクゾクするほど、よくなった」

嬉《うれ》しそうに画商が断言した。

「そうですか。それならよかった」

「ところで、どうしてこんなにまで絵のタッチが変化したんだい？　何か心境の変化でもあったのかい？　それとも……モデルをしてる……ええっと、楼蘭ちゃんだっけ？　彼女とのあいだに何かあったのかな？」

「あの……何かって？」

「だから、あれさ」

中年の太った画商が好色な目付きで僕を見た。

「いや……あの……別にそういうことはないんですが……」

しどろもどろになって僕は言った。顔が赤らむのが自分でもわかった。

けれど、画商は何かを気づいたふうではなかった。彼の関心事は絵の売れ行きだけだった。

「とにかく、長澤くん、これからも頑張ってくれ。よろしく頼むよ」

満面の笑みで言うと、画商は僕の肩をポンと勢いよく叩《たた》いた。


ある日、ベッドでの性交のあとで、僕の腕に頭を乗せた少女が言った。

「実はね……」

「何だい？」

「わたしのママが先生に会いたがってるのよ」

「僕に？　どうして？」

僕はドキッとした。少女の母親に何かを気づかれたのかと思ったのだ。

「ママ、先生に挨拶《あいさつ》をしたいんだって」

「僕に挨拶を？」

「最近はモデル料がすごく上がったみたいだから、ママ、機嫌がいいのよ」

少女が骨張った膝《ひざ》を、剝《む》き出しになった僕の腰に乗せる。そんな少女の尻を、僕は強く抱き寄せる。まだ濡れた女性器が、僕の皮膚にヌルリと触れる。

「モデル料が上がったの？」

「そうみたい……わたしたちの絵、すごく評判がいいみたいね」

わたしたちの絵——その言葉が、僕には嬉しかった。

そうなのだ。画商が持ち帰っている絵の数々は、どれも少女と僕とが共同で作り上げたものなのだ。僕たちふたりの共同制作なのだ。

「鈴木さんのお陰だよ。君がいるから、僕は絵が描けるんだ」

僕は汗ばんだ少女の体をさらに抱き寄せた。たった今、少女の中に射精したばかりだというのに、また欲望が頭をもたげるのがわかった。

「でも、わたしには関係ないの。だって、お金は全部、ママがもらうんだもん」

僕の体に濡れた女性器を押し付けたまま、大きな目で僕を見つめて少女が言った。そんな少女の豊かな髪を僕は静かに撫《な》でた。柔らかく波打った髪が、汗ばんだ指のあいだを心地よく擦り抜けていった。

「ママに会わせたくないな」

少女は目を閉じた。薄い瞼《まぶた》がひくひくと震えた。

「どうして？」

「だって、わたしのママって、すごく恥ずかしい人なんだもん」

相変わらず僕の腰に片方の膝を乗せ、目を閉じたまま少女が言った。

「あの……鈴木さんのお母さんは、あの……僕たちがこういうことをしていることは知らないんだよね」

「そんなの、当たり前じゃない」

目を開いた少女が笑い、僕は彼女を一段と強く抱き寄せた。そして、まだ笑っている少女の唇に自分の唇を重ね合わせた。

少女の舌からは微《かす》かに、コーラの味がした。

6.

数日後、僕の幼い愛人と一緒に彼女の母親が僕の部屋にやって来た。

少女の母親は少しきつい顔立ちをしていたが、少女が言っていたように若々しかったし、美しかった。11歳の娘がいるようには、とても見えなかった。

母親は娘と同じように豊かな髪を明るい色に染め、毛先に柔らかなウェイブをかけていた。だが、顔立ち自体は娘とはあまり似ているようには見えなかった。

あれっ？

少女の母親を見た瞬間、僕の中を何か、記憶の断片のようなものが横切った。

「楼蘭の母親でございます」

玄関のたたきに立った女が頭を下げ、豊かな髪がはらりと垂れ下がった。「いつも娘がお世話になっております」

少女の母親はぴったりとした黒いミニ丈のノースリーブのワンピース姿で、少女が言っていたようにとても小柄だった。恐ろしく踵《かかと》の高いサンダルを履いているにもかかわらず、隣に立った娘とほとんど背丈が変わらないほどだった。

「いえ。あの……こちらこそ、あの……娘さんにはとてもお世話になってるんです」

僕もそう言って頭を下げた。母親の隣で少女が笑いを堪《こら》えているのが見えた。

僕たちはアトリエ兼リビングルームのソファに向かい合って座った。僕の幼い愛人は、少しだけ迷ったあと、僕の隣ではなく、自分の母親の隣に腰を下ろした。

「素敵なお部屋っ！……娘から聞いてはいたんですけど、本当に素晴らしい眺めですね。羨《うらや》ましいですわ」

窓の外に目をやった少女の母親が、大袈裟《おおげさ》に両手を広げて甲高い声を上げた。母親の隣で娘が、さらに大袈裟に顔をしかめるのが見えた。

少女の母親は整った顔に濃く化粧を施し、長く伸ばした爪をエナメルで派手な色に光らせていた。全身にたくさんのアクセサリーをまとい、甘い香水の香りを強く漂わせていた。娘に比べると遥《はる》かに肉付きはよかったが、太っているというほどではなかった。

僕はキッチンでコーヒーをいれた。娘にはいつものように、グラスに注いだコーラに氷を浮かせて出してやった。

「素敵な香り……」

コーヒーカップに鼻先を寄せた母親が言った。「何ていう銘柄なんですの？」

「あの……それは、ええっと……キリマンジャロだったかな?」

僕の言葉に頷《うなず》きながら、母親がコーヒーをすすった。コーヒーカップの縁に鮮やかなルージュが残ったが、彼女はそれを持参したハンカチで素早く拭《ぬぐ》った。

「あらっ、あの絵のモデルが楼蘭なのね」

カップをテーブルに置いたあと、少女の母親がイーゼルに載った絵を指さした。それは床に敷いたマットの上で、猫のように体を丸めてうずくまる裸の少女の絵だった。

「ええ。そうなんです」

ためらいがちに僕は言った。親としては、見ず知らずの男に娘の全裸を見られるのは、気分のいいものではないだろうと思ったから。

「長澤先生って、本当に絵がじょうずなんですね……すごく可愛く描けてるわ」

少女の母親が言い、隣に座った娘が「プロなんだから、当たり前でしょ? 失礼なことを言わないでよ」と冷たく言い放った。

母親は娘を睨《にら》みつけ、それから顔を上げて僕に微笑みかけた。そして、その瞬間、ハッとしたような表情になった。

母親の表情の変化を僕は見た。だが、隣にいた娘はそれに気づかなかった。

「あの……失礼ですけど……長澤先生、お名前は何ておっしゃるんですか?」

僕の顔をじっと見つめて鈴木楼蘭の母親が言い、娘が「どうしてそんなこと訊《き》くのよ?」と憎々しげに言った。

けれど、その瞬間、少女の母親はそれに気づいたのだ。そして、ほぼ同時に、僕も気づいたのだ。

「あの……長澤……俊介といいます」

僕が言い、アイラインに縁取られた目で僕を見つめて少女の母親が頷いた。その時の女は、さっきまでとはまったく違う表情をしていた。

少女の母親は僕が絵を描くところを見たがった。けれど、娘はそれを許さなかった。

「もう帰ってよ」

娘は母親に冷たく言った。「ママがいたら裸になれないじゃない」

「あら、どうして？　ローの裸なんて、もう11年も前から見てるじゃないの？」

「そういう問題じゃないのよ。先生とわたしは、これから仕事をするんだから。とにかく、もう帰って」

娘はそう言って、母親を追い返した。

「ごめんね、先生」

母親が部屋を出て行ったあとで少女が言った。「わたしのママ、本当に変な人なのよ。気にしないでね」

僕は少女を見つめて微笑んだ。けれど、考えていたのは、母親のことだった。

7.

その翌日の午前中、僕は東海道線の駅前のコーヒーショップで鈴木楼蘭の母親と、今度はふたりきりで会った。前日の夜、少女が帰宅したあとで、彼女のほうから電話があって呼び出されたのだ。

少女の母親は約束の時間より10分ほど遅れてやって来た。前日とは打って変わって、臍《へそ》が見えるような丈の短い白いタンクトップと、ローライズの擦り切れたジーパンというカジュアルなファッションだったが、前日と同じように、恐ろしく踵の高いサンダルを履いていた。

女は昔もいつも、とても踵の高い靴を履いていた。きっと、背が極端に低いことを気にしていたのだろう。

昔も？

そうだ。昔もだ。

「ごめんね、長澤くん。待った？」

テーブルの僕の向かいに座った少女の母親が言った。女は前日と同じように濃く化粧していた。けれど、前日とは違って、もう僕に敬語は使わなかったし、僕を『先生』とも呼ばなかった。

「いや。今来たところだよ」

僕もやはり敬語は使わなかった。

自分に負けないくらい濃く化粧をしたウェイトレスにコーヒーを注文したあとで、女は細巻きの煙草に火を点《つ》けた。それから、僕の顔をまじまじと見つめた。

「でも、驚いたわ。楼蘭の絵を描いていたのが長澤くんだったなんて」

煙草の煙を僕の顔に無遠慮に吹きかけながら女が言った。

「僕も驚いた。こんな偶然、信じられないよ」

煙から顔を背けながら僕が言い、女が「本当ね。世の中って、思っていたより、ずっと狭いのね」と言って微笑んだ。

昼前のコーヒーショップは閑散としていた。窓際の席で幼い子供を連れた母親のグループと、化粧の濃い女子高生の一団が談笑しているだけだった。

「長澤くん、すごく変わったわ」

アイラインに縁取られた目で、女はじっと僕を見つめた。

「そう?」

「うん。変わった。すごく変わった」

「あの……どう変わったの?」

「何ていうか……前よりずっとかっこよくなった。別人みたい」

「ありがとう。お世辞でも、あの……嬉《うれ》しいよ」

「わたしも変わったでしょう？」

「いや、あの……君は変わらないよ」

女を何て呼んだらいいのかわからず、僕は『君』と言った。

「だって、長澤くん、すぐにはわたしのこと、わからなかったじゃない？」

「それは、あの……君が前よりもっと綺麗《きれい》になっていたから……」

「嘘ばっかり」

女は若い女のように笑った。「昔はお世辞なんて言えなかったのに、今は言えるようになったのね」

そして……そして僕は、若かった彼女のことを思い出した。


女の名は鈴木美佳といった。

僕たちが出会ったのは、僕が美大に在学中のことだった。当時、彼女は都内の私立大学の英文科の学生だった。

ある日、裸婦を描く授業に、いつもとは違う小柄な女性がアルバイトのモデルとしてやって来た。それが彼女だった。

そう。あの頃、僕は週に1度、鈴木楼蘭の母親の裸体を描いていたのだ。鈴木楼蘭を描いている時に、時折、僕の脳裏をよぎった記憶の断片のようなものは、おそらく少女の母親の裸体の記憶だったのだ。

裸婦のモデルのアルバイトをしていた頃の鈴木美佳と、彼女の娘の裸体がよく似ているということではない。11歳としては娘は背が高いほうだというが、母親はとても小柄だ。けれど、体のパーツのところどころが……たとえば、尖《とが》った肩から飛び出した骨や、鎖骨の辺りの雰囲気や、尖った顎《あご》のラインや、両腕を上げた時に浮き出る肋骨《ろっこつ》の付き具合が……どことなく似ていた。

何が切っ掛けだったのか、不思議なことに、今ではよく覚えていない。ある頃から、授業のあとで、鈴木美佳と僕は大学の近くの喫茶店で一緒にお茶を飲んだり、食事をしたりするようになった。そして、ある頃から、僕たちは友人として以上に親しく付き合うようになった。

彼女はとても綺麗だった。勝ち気で、生意気で、打算的で……けれど、楽天的で、向上心に溢《あふ》れ、生命力に満ちていた。

そう。彼女は生き生きとしていた。生命《いのち》そのもののように輝いていた。彼女のそんなところに、僕は強く引かれた。それらはどれも、僕が持ち合わせていない特性だった。

僕たちは半年ほど付き合った。僕は彼女といるのが嬉しかったし、自分が彼女を愛していると考えていた。

けれど、その半年間は僕にとって、あまり楽しい日々であるとは言えなかった。

彼女は野生の猫のようで、僕の手には負えなかったのだ。

彼女はとても気まぐれだった。移り気で……情熱的で……感情的で……突拍子もなくて……いつもソワソワと落ち着かなくて……いつも何か新しい期待に胸を膨らませていて……僕とベッドにいる時でさえ、心ここにあらずといった感じがした。そして、僕のほかにも好きな男がいるように感じられた。

そうだ。彼女と付き合っていた半年間、僕は彼女に焼き餅《もち》ばかり焼いていた。自分のそばに彼女がいない時は、誰かほかの男と会っているのではないかと思って、気が気ではなかった。

もうすぐ彼女はいなくなってしまうのではないだろうか？

彼女と付き合っているあいだ、僕はいつもそう感じていた。

こうしている今も、彼女はほかの誰かと楽しげに話をしているのではないだろうか？

いずれ、ほかの誰かのところに行ってしまうのではないだろうか？

そして、その予感は的中した。

「ごめんね。長澤くん。わたし、ほかに好きな人ができたの」

彼女がそう言った日のことは、よく覚えている。あれは、じとじとと雨の降り続く、蒸し暑い梅雨の夜だった。

「何も言わないで別れて……わたし、長澤くんのことは本当に好きだったこともあったし、今まで一緒にいられて楽しかったわ」

僕には何を言うこともできなかった。彼女の大きな目を見つめて頷《うなず》いただけだった。

そんなふうにして、僕は鈴木美佳と別れた。そして、それ以来、女性と付き合ったことは1度もない。

それにしても……こんな偶然があっていいものなのだろうか？

僕はこれまで、たったふたりの女性としか性的な関係をもったことはない。それなのに、よりによって、そのふたりが母親とその娘だとは……。

8.

「あの……何だか、懐かしいね。鈴木さん……その後は幸せにしていたの？」

温《ぬる》くなってしまったコーヒーをすすりながら、さりげなく僕は訊《き》いた。

「幸せ？　どうなんだろう？　でも……どちらかと言えば……あまり幸せとはいえなかったかもしれないわ……いろいろとあったし……」

新しい煙草に火を点けて女が微笑んだ。きのうはカップに残ったルージュをハンカチですぐに拭《ぬぐ》っていたのに、きょうの彼女はそうしなかった。

「いろいろと？……あの……大変なことがあったの？」

「まあね……だって、未婚の母だもん。そりゃあ、いろいろとあるわよ」

「あの……今は水商売をしてるんだって？」

「楼蘭が喋《しゃべ》ったの？　まったく、お喋りな子ね」

「いや……そうじゃなく……あの……僕が無理に訊いたんだよ」

僕は慌てて否定した。そのことでまた、少女が母親に責められるのではないかと心配したのだ。

「わたしだって水商売なんてしたくないのよ。でも、ほかに稼げる仕事もなくて……あの子が生まれたおかげで大学も辞めなきゃならなかったし……女がひとりで子供を育てるのって、すごく大変なのよ」

濃く化粧した女の顔を見つめ、僕は頷いた。そして、その昔、僕の部屋のベッドで淫《みだ》らな声を上げていた女の顔や、小柄だけれど官能的な裸体を思い浮かべた。

目の前にいる女とかつて性的な関係をもち、今はその娘と性的な関係をもっている。

僕はそのことに、下腹部が疼《うず》くような奇妙ななまめかしさを感じた。

背徳感？

きっと、そういうことなのだろう。母親と娘を同時に犯しているような……そんな不思議な錯覚に陥っていたのだ。

「実は長澤くん……きょう長澤くんにわざわざここに来てもらったのは、昔話がしたかったからじゃないのよ」

点《つ》けたばかりの煙草を灰皿に押し潰《つぶ》して、鈴木美佳が言った。その様子は、これから何か特別な話をしようとしているように見えた。

「僕に、あの……何か用事があったの？」

「ええ。実は、長澤くんに大切な話がしたかったの」

「あの……何なの？」

僕は微笑んだ。けれど、嫌な予感がした。

「うん。実は、楼蘭なんだけど……」

「楼蘭さんが、あの……どうかしたの？」

反射的に僕は身構えた。娘と僕との関係に気づいたのではないかと思ったのだ。

けれど、そうではなかった。鈴木美佳の口から出たのは、僕が想像した以上に衝撃的な言葉だった。

「楼蘭は長澤くんの子よ」

「えっ？」

僕は息を飲んだ。目の前にいる女が何を言っているのか、よくわからなかった。

「楼蘭は長澤くんの子なのよ。長澤くんはあの子の父親なのよ」

僕は無意識のうちに首を左右に振った。掌《てのひら》から汗が噴き出したのがわかった。

「まさか……冗談だよね？」

微笑んだつもりだったが、うまくいかなかった。頭の中心がピリピリと痺《しび》れ、すべての音が小さくなっていくように感じられた。

「冗談でこんなこと言わないわよ。楼蘭は間違いなく、長澤くんの子よ」

「でも……あの……どうして、そう思うの？」

喘《あえ》ぐように僕は言った。なおも微笑もうとしていたけれど、どうしても微笑むことができなかった。

「だって、似てるじゃない？」

「似てる？……そんな……似てないよ」

「似てるわよ。長澤くんと楼蘭、そっくりじゃない？　あんなに似てたら、誰が見たって父親と娘だってわかるわよ」

「そんなこと……信じられないよ……」

「わたしもびっくりしたけど、絶対に間違いないわ。きのう長澤くんを見た瞬間に確信したわ」

「そんな……」

僕は視線をさまよわせた。心臓が息苦しいほどに高鳴っていた。

「実はわたしも誰が楼蘭の父親なのか、ずっとわからなかったの。あの頃は、ほらっ……いろいろな人と付き合っていたから……でも、きのう長澤くんと会って、確信したわ。あの子の父親は長澤くんなのよ」

僕はテーブルの下で両手を握り合わせた。その手は、噴き出した汗でぬめっていた。

僕の幼い愛人が、僕の実の娘だなんて……そんな非現実的なことがあっていいのだろうか？

高鳴る心臓の鼓動を聞きながら、鈴木美佳を見つめて唇をなめた。そして、僕は……思い出してしまった。

いつだったか、大磯のホテルのプールサイドで、たまたま隣り合った中年女性に、少女が「あなたって、お父さんにそっくりなのね」と言われていたこと……。

それから、僕は思い出してしまった。

夜中に自宅の洗面所の鏡の前を通り過ぎた時、一瞬、鏡に少女が映っているのかと思ったこと……。

それから、さらに思い出してしまった。

少女の顔を絵に描いていた時、その顔が、かつて僕自身を描いた自画像によく似ているな、と感じたこと……。

それから僕は、さらに、さらに思い出してしまった。

少女とふたりで近くのファミリーレストランに入った時、偶然そこに少女のクラスメイトがいたことがあって、あとで少女が僕に、「ローって、ママじゃなく、パパに似てるのねって、あの子に言われちゃった」と話していたこと……。

それから僕は、さらに、さらに、さらに思い出してしまった。

少女が、「わたしのパパって、先生みたいに背が高い人だと思うの。ママはものすごくチビなのに、わたしは背が低いほうじゃないし……」と言っていたこと……。

頭がズキズキと痛み始め、強い吐き気が込み上げて来た。

「びっくりしたのはわかるけど……あの……大丈夫、長澤くん？」

目の前に座った女が心配そうに言った。

「うん。ああっ……大丈夫」

「顔が真っ青よ」

「それで、あの……もしも……もしも、本当に僕があの子の父親だったとしたら……あの……僕はどうしたらいいんだろう？」

少女の母親を見つめて僕は言った。普通に話したつもりだったのに、その声はひどく震えていた。

「そうね……どうしたらいいのかしら？」

鈴木美佳が新たな煙草に火を点けた。その様子は何だか、他人事《ひとごと》みたいにも見えた。

「あの……彼女は……楼蘭さんは……このことは知っているの？」

そう。僕がもっとも気にしていたのは、そのことだった。

「ううん。知らないはずよ。わたし、何も言ってないから……」

「そう。よかった。だったら、あの……このことは、彼女には言わないでおこうよ。あの……まだ僕があの子の父親だと決まったわけじゃないし……」

しどろもどろになりながらも、僕は言った。

「そうね。こんなに似てるんだから、長澤くんが楼蘭の父親であることは絶対に間違いないとは思うけど……とにかく、科学的にはっきりさせる必要があるわね」

女は腕組みして窓の外を見つめ、ルージュに彩られた唇を前歯で噛《か》んだ。

「科学的にって……あの……どうやって？」

「DNA鑑定よ。長澤くんと楼蘭の血液をDNA鑑定してもらうのよ」

僕はテーブルの下で汗ばんだ両手を握り合わせたまま、女を見つめて頷《うなず》いた。

9.

その日、鈴木美佳と別れて自宅に戻ったあとで、僕はさっき番号を聞いたばかりの彼女の携帯に電話を入れた。

『はい？』

電話の向こうで女が訝《いぶか》しげな声で言った。たぶん、女の携帯電話には、まだ僕の自宅の電話番号が登録されていないのだろう。女の背後からはテレビのものらしい大きな音が響いていた。

「あの……鈴木さん……僕だけど……」

僕は少女を呼ぶ時と同じように、彼女を『鈴木さん』と呼んだ。

『あぁっ……ちょっと待ってね』

女は別の部屋に移動したようだった。テレビの音が急に小さくなり、聞こえなくなった。

もしかしたら、近くに少女がいたのかもしれない。

『ごめん、長澤くん。ところで、どうかしたの？』

軽い口調で女が言った。自分の娘の父親が僕であるかもしれないというのに、女は僕ほど動揺しているようではなかった。

「あの……実は、あれからいろいろと考えたんだけど……もう、楼蘭さんの絵を描くのはやめようかと思って……」

『やめる？　それって、モデルを替えるっていうこと？』

「うん。まあ、そういうことだね。あの……楼蘭さんには、僕のほうで何か適当な理由をつけて、ちゃんと断ることにするよ」

そう。それが僕の出した結論だった。実の娘かもしれない少女と、これ以上、淫《みだ》らな関係を続けるわけにはいかなかった。

本当はコーヒーショップにいる時に言うべきだったのだが、あの時は頭が混乱して、そんなことまで考えが及ばなかったのだ。

『どうしたのよ、急に？』

「だって、あの……自分の娘かもしれない女の子の裸の絵を描くなんて……いくら何でも、そんなことはできないよ」

『ふーん。そういうものかしら？』

「当たり前じゃないか」

『でも、やめることないわよ』

電話の向こうで女が冷静に言った。その言葉は、意外だった。

「そういうわけにはいかないよ。だって、あの子は僕の……」

『大丈夫よ。当分のあいだ、あの子には内緒にしておきましょう』

「そんなこと言ったって……」

『やめる必要はないわ』

僕の言葉を遮って女が言った。『お願い……これまで通り、楼蘭の絵を描き続けて。もし、今、あの子のモデル料がなくなったら、わたしたち、本当に困るのよ』

「だけど、それとこれとは……」

受話器から『ママーっ！』という甲高い声が聞こえた。少女の声だ。瞬間、下腹部が締め付けられるかのように疼《うず》いた。

『何よ、うるさいわね……ママは今、大切な電話の最中なのよ……ああっ、わかったわ。わかったから、あとにして』

手で塞《ふさ》いでいるらしい電話から、くぐもった女の声がした。

『長澤くん、ごめん』

再びクリアな声で女が言った。

「大丈夫なの？　あの……楼蘭さんが呼んでるみたいだけど……」

『いいのよ。気にしないで。まあ、とにかく……しばらくはこのまま、あの子を絵のモデルとして使ってほしいのよ。わたしたちには、あのモデル料が必要なのよ。長澤くんはあの子の父親なんだから、そのくらいのことをする義務があると思うの』

女はすでに僕が父親であると決めつけていた。

「そんなことを言われても……」

『とにかく、お願い』

女は譲らなかった。

思えば、昔もそうだった。僕は彼女と言い合って、勝った記憶がなかった。

「わかったよ。あの……それじゃあ、しばらくは、このまま続けることにするよ」

『ありがとう、長澤くん。それじゃあ、これからもよろしくね』

「あっ、待って……」

電話を切りかけた女を僕は呼び止めた。「あの……ひとつだけ言っておきたいことがあるんだ」

『何よ?』

「あの……楼蘭さんは大切なモデルなんだから……あの……あの子に、暴力を振るうことは2度としないでもらいたいんだ」

『あれは……ただの躾《しつけ》よ。余計な口出しはやめて』

「殴ったり、体に煙草の火を押し付けたり、床に頭を叩《たた》きつけたりするのが躾なわけないじゃないか!」

強い口調で僕が言い、電話の向こうで女が沈黙した。

「聞いてるの？」

『聞いてるわよ』

受話器から、ふて腐れたような女の声が聞こえた。

「あの……もし、今度、楼蘭さんを傷つけるようなことがあったら、もうモデルの仕事は打ち切りにさせてもらうからね。いいね。暴力だけは絶対にやめてくれ」

『いいわ……わかったわ』

不服そうに女が言った。

10.

その日の午後も、少女は僕の部屋にやって来て、いつものように無造作に服を脱ぎ捨てて全裸になった。

けれど僕は、いつものように少女を抱き締めたりはしなかった。

彼女は僕の娘かもしれないのだ。そんなことが、できるはずがなかった。

「先生、きょうは、どこで、どんなポーズをしたらいいんですか？」

全裸になった少女が、あっけらかんとした口調で訊《き》いた。少女は身を屈《かが》めたり、手で隠したりしないので、僕には少女の肉体のすべての部分が見えた。

どうやら、鈴木美佳は娘には何も言っていないようだった。そのことに、とりあえず僕は安堵《あんど》した。

「ああっ、そうか。ポーズか……ええっと、きょうはベッドに、あの……横たわっているところを描くことになっているんだけど……」

「ベッド？　それじゃあ、寝室ですね」

そう言うと、少女は裸のまま、さっさと寝室に向かった。

僕は画材も持たずに、呆然《ぼうぜん》と少女の後を追った。

裸の少女はすでに寝室のベッドの上にいた。半分下ろしたブラインドを通した日の光が、ビキニの水着の跡がくっきりと付いた少女の皮膚に、美しい縞《しま》模様を刻み付けていた。

「見て、見て、先生。ほらっ……わたしの体、シマウマみたい」

自分の体にできた光の縞模様を指さし、少女がはしゃいだ声を上げた。

ブラインド越しの光は、少女の体だけではなく、その可愛らしい顔にも光の縞模様を描いていた。ベッドの脇に立ち尽くし、僕はそんな少女の顔をまじまじと見つめた。

本当なのだろうか？

鈴木美佳が言うように、本当にこの子は僕の遺伝子を受け継いでいるのだろうか？　僕はきょうまで、実の娘を凌辱《りょうじょく》し続けてしまったのだろうか？

「どうしたんですか？　わたしの顔に何か付いてますか？」

ベッドの上に全裸の肉体を横たえた少女が訊いた。

「いや……あの……別に……」

「ああっ、わかった！」

少女が素《す》っ頓狂《とんきょう》な声を出した。「先生、今すぐに、わたしにエッチなことをしようと思ってるんでしょう？」

「いや……違うよ……そうじゃないよ」

「嘘ばっかり。先生の顔を見れば、すぐにわかりますよ」

「違うよ。本当に、そんなんじゃないんだよ」

「わたしはいいですよ。今すぐにエッチしますか？」

相変わらず、あっけらかんとした口調で少女が言った。

「いや……しないよ。あの……仕事をしようよ」

「先生、どうしたんですか？　何だか、きょうは変ですよ」

少女が魅惑的に微笑み、僕は吸い寄せられるかのように、少女が座っているベッドの脇に腰を下ろした。

にこにこと微笑みながら、少女が僕の首に剝《む》き出しの腕をまわす。その細い腕にも美しい縞模様ができている。

少女が僕の膝《ひざ》に跨《また》がり、僕は怖《お》ず怖《お》ずと少女の背中に腕をまわす。少女が僕に顔を近づけ、僕の目をじっと見つめ、それから……目を閉じる。

もう少女を抱くつもりはなかったはずなのに……そんなことは、もう2度とするまいと心に決めていたのに……それなのに……僕にはできなかった。

僕は目の前にある少女の唇に自分の唇を押し当てた。そして、そのまま、実の娘かもしれない少女をベッドに押し倒した。

きょうの少女の口からは、キャラメルみたいな甘い味がした。

その日もいつものように、僕は少女を犯した。

半分だけ下ろしたブラインドが作る縞模様の中で、仰向《あおむ》けにさせたり、俯《うつぶ》せにさせたり、四つん這《ば》いにさせたり、自分の上に乗せたり……自分の娘かもしれない11歳の少女を、いつものように僕は徹底的に凌辱した。

いつものように？

いや、その日、僕を襲った性的な興奮はいつものようではなかった。

そう。いつものようではなかったのだ。

実の娘を犯しているという背徳感がそうさせるのだろうか？　それとも、娘の母親を犯したことがあるという経験がそうさせるのだろうか？

長い髪を振り乱して喘《あえ》ぐ11歳の少女の肉体を、休むことなく貫き続けながら……その日、僕はいつもの何倍もの性的な興奮に震えたのだ。

「ああっ……ダメっ……先生っ……あっ、いやっ……」

後頭部をシーツに擦《こす》り付け、少女が身をのけ反らす。両腕で僕の体にしがみつく。鋭い爪の先が僕の背中の皮膚に食い込む。ベッドのスプリングがやかましく鳴り、ふたりの皮膚のあいだに溜《た》まった汗がピチャピチャと音を立てる。

僕は両手で少女の髪を鷲摑《わしづか》みにし、苦しげに歪《ゆが》んだ少女の顔を見つめる。その顔が、少女の母親の顔に重なる。

僕はこの子の母親とも性交をしたのだ。この子は僕の娘かもしれないのだ。

11歳の少女は、僕の下で苦しげに呻《うめ》き、激しく悶《もだ》え、切なげに喘ぎ、汗まみれになって淫《みだ》らに乱れた。そして僕は、少女の髪を乱暴に鷲摑みにしながら、いとおしいその名を、うわ言のように繰り返した。

やがて、制御できないほどに膨れ上がった快楽が爆発し、僕は声を漏らしながら実の娘かもしれない少女の中に熱い液体を注ぎ入れた。

「わたし、先生と結婚したいな」

長く激しい性交のあとで、僕の腕を枕にした少女が言った。汗ばんだ僕たちの体には、相変わらずブラインドが美しい光の縞模様を描いていた。

「僕と……結婚？」

「うん。先生、優しいし……わたしの言うことは何でもきいてくれるし……先生はわたしと結婚したくないの？」

「したくないことはないけど……でも、ローはまだ子供だし……」

「わたしが16歳になったら結婚できるんでしょう?」

少女が僕の脚に自分の脚を絡ませてきた。それは脚というより、独立した1匹の生き物のようでさえあった。

「まあ……法律上ではね。だけど僕は、おじさんだよ。ローより22歳も年上なんだ」

「わたしはかまわないわよ」

「でも、そのうち、ローはほかの男の子を好きになるかもしれないだろう?」

「うーん。どうなのかしら?」

大きな目をクリクリさせて少女が言った。

「あの……今は好きな男の子はいないのかい?」

「そうね……いいなって思う子はいるけど、でも、好きってほどじゃないかな? 男の子たちって、みんな子供っぽいのよね」

「そう?」

「今は先生がいちばん好き。わたし、先生とずっと一緒にいたい」

「ありがとう。僕もローが好きだよ」

腕枕をしていないほうの手で、僕は少女の髪を撫《な》で、それを指に絡ませた。そして……

こんな時間が、果たしていつまで続くのだろう、と思った。

11.

幼い愛人と僕との愛欲の日々が続いた。

自分の実の娘かもしれない少女が部屋にやって来て服を脱ぎ捨てると、僕はすぐにその未成熟な肉体を抱き寄せ、それを貪《むさぼ》った。

迷いが完全に消えてなくなったというわけではない。けれど、僕はもうためらわなかった。ためらわずに少女を抱き寄せ、ためらわずに押し倒し、ためらわずに凌辱した。

行為のあとでは、ぐったりとした汗まみれの少女にポーズをとらせ、その姿を夢中でカンバスに描き写した。絵を描いている途中で僕はしばしば性的な昂《たか》ぶりを覚え、また少女を抱き寄せて、その肉体を激しく貪った。

繰り返される性交に疲れ果てた少女が、「きょうは、もういやっ」と言って、それを拒むこともあった。けれど、僕は許さなかった。嫌がる少女を力ずくで押さえ付け、その未成熟な肉体を凌辱した。

彼女はまだたったの11歳なのだ。おまけに僕は、彼女の父親であるかもしれないのだ。そんな少女に、性交を無理強いするだなんて……それはとてつもなく自分勝手で、強欲で、淫らで、退廃的で、不道徳なことだった。

なぜ自分が11歳の少女を相手に、そんなひどいことを平気で続けられる男になってしまったのか……それが、僕自身にもわからなかった。

僕には僕自身のことさえ、わからなくなっていた。ただ、わかっていたのは、もうやめられない、ということだけだった。

そう。やめることなどできなかった。少女のすべてが、強烈な麻薬のように僕を引き付けてやまなかった。

皮肉なことではあったが、そういうふうにして描かれた少女の絵は、ますますいい値で売れるようになった。

「最近の長澤くんの絵は素晴らしいね。何ていうか……凄《すご》みさえ感じるよ」

絵を見るたびに、画商は感嘆に堪えないといった口調で言った。

そんなふうにして、僕は自分の実の娘かもしれない少女を相手に、自分勝手で、不道徳な行為を続けた。

いつか破綻《はたん》の時が来るだろうという予感はあった。

そうだ。破綻の時が必ず来るのだ。こんなことが、いつまでも許されるはずがないのだから……。

そして、その綻《ほころ》びは、早くも現れ始めていた。

ふたりが性的な関係に陥ったばかりの頃は、少女は僕の要求を拒まなかった。けれど、回数を重ねるにつれて、時折、拒むような様子を見せるようになった。時にははっきりと、「きょうはしたくない」と言い出すこともあった。

ある日、少女がいつもより頑《かたく》なに性交を拒んだことがあった。それはその日の3度目の性交だった。

「きょうは、もう絶対にいやっ！　もう疲れた！　今度やったら、2度とここには来ないからねっ！」

そんな少女にその日の3度目の性交の相手をさせるために、僕は彼女に小遣いとして金銭を与えた。

その日はそれで、3度目の性交を果たすことができた。けれど、それはとてつもなく大きな失敗だった。

なぜなら……その後はしばしば、少女が性交の報酬として金銭を求めるようになったのだ。さらに、日が経つにつれ、彼女は金銭の報酬なしには性交を受け入れなくなったのだ。そしてついには、金銭欲しさに、自分のほうから僕を性交に誘うようにさえなってしまったのだ。

そうだ。僕は自分の実の娘かもしれない11歳の少女を、金で肉体を売る娼婦《しょうふ》へと変えてしまったのだ。

けれど、どうすることもできなかった。僕にできたのは、そのたびごとに少女に金銭を与え、その代償として、青い果実のような肉体を貪ることだけだった。

経済の力というのは、恐ろしいものだ。

ある時、少女が僕に驚くような提案をした。

「ねえ、口でしてあげたら……いくらくれる？」

少女はピンクの舌で唇をなめながら、硬直しかけた僕の男性器を手に取った。

「口で？」

「そうよ。先生、口でしてほしくない？」

誘うような目付きで僕を見上げ、なおも唇をなめ続けながら少女が淫らに笑った。

かつて少女の母親を相手に、オーラルセックスの経験はあった。けれど、それまで、僕は少女には、それをさせたことはなかった。

「そんなこと……いったい、どこで知ったんだ？」

驚いて僕は訊《き》いた。

すると、少女は「自分で考えたのよ」と言って、また誘うように笑った。

僕は左右に首を振った。けれど、拒んだわけではなかった。

しばらく考えた末に、僕は少女にその行為の報酬の額を提示した。

そうだ。信じられないことに、僕は実の娘かもしれない少女にオーラルセックスの代金を提示したのだ！

「うーん。思ったより安いのね」

少女は不服そうに頬を膨らませた。そのまま少し考える仕草を見せ、それから、「でも、いいわ。サービスよ」と言った。そして、僕の股間《こかん》に無造作に顔を伏せ、硬直した男性器を小さな口に含んだ。

たった11歳の少女に、そんな汚らわしいことはさせたくなかった。けれど、やめさせることはできなかった。

僕がしたのは、自分の股間に顔を伏せた少女の髪を摑《つか》み、押し寄せる快楽に身を震わせることだけだった。

12．

少女との愛欲の日々が続いた。

その日も僕たちは全裸のまま、まるで市場の商人と買い物客のように、唾《つば》を飛ばし合いながら激しく値段の交渉をした。

「どうしてそんなに安いの？　おかしいわよ」

「おかしくないよ」

「だって、よそでしてもらったら、もっともっと高いんでしょう？」

「だって……ローはまだ子供じゃないか？」

「何言ってるのよ。若ければ若いほど高いに決まってるじゃない」

少女は強気で、なかなか値段を下げなかったが、長い交渉の末に、ようやく僕が納得できるところまで価格が下落した。

「もう、いいわ。投げ売りよ。どうせ減るわけじゃないし」

少女の下品な言葉遣いは気に入らなかったが、僕は文句は言わなかった。早く少女にそれをさせたくて、うずうずしていたのだ。

ソファに脚を開いて座った僕の股間に、全裸の少女はいつものようにうずくまった。そして、いつものように、そこに顔を伏せて、男性器を口に深く含んだ。

よく晴れた、蒸し暑い午後だった。少女の喘《あえ》ぎ声が外に漏れないように、性行為をする時にはいつも窓はすべて閉めてあった。だが、それでも、どこからか微《かす》かにセミの鳴き声が聞こえた。

僕は顔を伏せた少女の豊かな髪を両手で掻《か》き上げ、その整った顔を見つめた。硬直した男性器を口いっぱいに頬張った少女は、眉《まゆ》のあいだに皺《しわ》を寄せて目を閉じていた。濡《ぬ》れた唇と男性器が擦《こす》れ合う音と、口を塞《ふさ》がれた少女が苦しげに鼻で呼吸する音が聞こえた。

電話が鳴った。少女に男性器を含ませたまま、僕は腕を伸ばしてローテーブルの上の電話の子機を摑んだ。

『もしもし、わたしよ。今、仕事中？』

電話の声は、僕の股間にひざまずいている少女の母親のものだった。

「いや、大丈夫だよ。どうしたの？」

僕は努めて冷静な声を出した。けれど、心は激しくざわめいた。

冷静でいられるはずがなかった。僕は今、かつての恋人と電話で話しながら、その幼い娘の口に男性器を含ませているのだから。

『それがね、やっぱり、わたしの思った通りだったの』

電話の向こうで少女の母親が言い、僕の心臓が微かに高鳴った。

「思った通りって？」

『だから……楼蘭の父親は長澤くんだったのよ』

女が言い、僕は自分の股間に顔を伏せた全裸の少女を見下ろした。

「それは、あの……間違いないの？」

『間違いないわよ。DNA鑑定なんだから……』

僕は少し前に、少女の母親に言われるがまま、血液の提供に応じていた。

「そうか……やっぱりそうだったのか……」

呟《つぶや》くように言いながら、僕は少女を見つめ続けた。

少女は——僕の娘は——僕たちの会話にはまったく無関心に、規則正しく首を振り続けていた。涎《よだれ》にまみれた唇から、硬直した男性器が出たり入ったりしているのが見えた。

『ねえ、長澤くん。こうなった以上、わたしたち……結婚するべきだと思うの』

「えっ？」

女の言葉は僕には意外だった。

そう。それまで僕は、鈴木美佳という女性は、結婚などという社会制度には無関心な奔放な人間なのだと思っていたのだ。

『わたしもいろいろと考えてみたんだけど、楼蘭は長澤くんとわたしの子なんだし……やっぱり、それがいちばん自然なことだと思うのよ』

「そうだね。あの……少し考えさせてくれないか？」

早く電話を切りたくて、僕はそう言った。

そうだ。僕は早く電話を切り、現在進行中の快楽に没頭したかったのだ。

『何を考える必要があるの？』

「いや、あの……とにかく……少しだけ時間が欲しいんだ。あの……今夜にでも、また電話するよ」

『わかったわ。わたしは今夜も仕事だから、そうね……0時すぎに携帯のほうに電話してもらえるかしら？』

「そうするよ」

『絶対に電話してね』

「うん。わかってる」

僕が言い、女は電話を切った。

「電話、誰から?」

父親の股間から顔を上げた娘が訊いた。大きな目が潤み、顔が紅潮し、濡れた唇が光っている。尖《とが》った顎《あご》の先には、流れ落ちた唾液《だえき》が溜《た》まっている。

「あの……昔の友達だよ」

「女の人の声がしたみたいだったけど……」

「うん。あの……美大の時の同級生なんだ」

「ふーん」

興味なさそうに言うと、僕の娘は再び父親の股間に顔を伏せた。そして、さっきまでと同じように男性器を深く口に含み、規則正しく顔を上下に動かし始めた。

もはや僕は動揺しなかった。

父親によって娼婦《しょうふ》へと変えられた娘の髪を、両手でがっちりと鷲摑《わしづか》みにする。目を閉じる。そして、あえて思う。

この子は僕の娘なのだ。実の娘なのだ。僕は今、実の娘の口を犯しているのだ。

静かな部屋の中に、相変わらず微かにセミの声が聞こえている。11歳の娘の濡れた唇と、33歳の父親の男性器が擦れ合う音がする。娘が鼻で荒々しく呼吸する音がする。僕の中で快楽が徐々に高まっていく。

娘を犯しているのだ。僕は実の娘の口を犯しているのだ。

やがて僕は、背徳的な快楽に身を震わせながら、実の娘の口の中に、彼女をこの世に誕生させる切っ掛けとなった液体を放出した。

第2章

1.

目を覚ます——すると、彼女のことを考えている。

また目を閉じる——やはり彼女の姿を思い浮かべている。

ベッドから出てトイレに向かう——相変わらず彼女のことを思っている。

トイレから戻り、光の差し込む部屋のソファに腰を下ろす。いまだに僕は、彼女のことを考え続けている。

コーヒーをすっていても、食事をしていても、浴槽に体を横たえていても、カンバスに向かって絵筆を握っていても……空に浮かぶ雲を見つめていても、窓の向こうに広がる海を眺めていても、吹き抜ける海風の音を聞いていても……僕は網膜に焼き付いた彼女を見つめている。その声を思っている。

いつも見つめていたい。いつもその甲高い声を聞いていたい。そして、いつも……その華奢《きゃしゃ》な体を抱き締めていたい。

本当に愛する者と——血の繋《つな》がった娘と、肉体的な繋がりを持つ。その快楽の巨大さに、僕は驚き、おののき、そして、それに溺《おぼ》れた。

男が女に抱く愛という感情は、多くの場合において、ほんのつかの間の幻想にすぎない。たとえそれが幻想ではなかったとしても、それは突如として終わりを告げる一時的で、不確かで、気まぐれな感情でしかない。

けれど、僕が今、実の娘である少女に抱いている愛は、決して色褪《あ》せることのない確かな感情なのだ。

およそ人間の感情の中で、これほど確かなものがあろうか？ これほど永続的で、これほど信じられるものがほかにあろうか？

この愛のためにならば、僕は何を失ったとしてもかまわない。

ああっ、楼蘭。僕の楼蘭。

僕の娘。僕の愛。僕の夢。僕の欲望。僕の力。僕の全世界。

そうだ。彼女は僕の全世界なのだ。

2．

真実を知らされないまま、11歳の娘はその夏休みのあいだ、ほとんど毎日のように実の父親に凌辱《りょうじょく》され続けた。

毎日、毎日……来る日も、来る日も……。

いや……娘のほうだって、ただおとなしく凌辱されていたわけではない。その幼い肉体を提供する代償として、彼女は男からしたたかに金銭を受け取り続けたのだ。

そう。娘は1日ごとにしたたかになっていった。今ではもう、キスでさえ、金銭の授受なしにはさせなかった。

そんな娘を僕は憐《あわ》れんだ。

その人間性を築いていく上でもっとも重要な時期だというのに……そして、いつもそばに実の父親がいたというのに……そういう大切な教育は何も施されず、金銭の代償として肉体を売る娼婦に変えられてしまった娘を——僕は憐れんだ。

確かに僕は少女を憐れんだのだ。間違いなく、僕は彼女を可哀想だと思ったのだ。

それなのに……僕はやめなかった。

そう。やめなかった。それどころか、最低の父親である僕は、実の娘との淫《みだ》らで忌まわしい関係を、少しでも長く持続させようとしていたのだ。

ああっ……何という男なのだろう。

鈴木美佳は娘に事実を打ち明けたがっていた。そして、僕と結婚するのが最善だと考えていた。

「やっぱり楼蘭に真実を知らせるべきだと思うの。ちゃんと話せば、楼蘭だってわかってくれると思うのよ。わたしたちが知ってしまった以上、楼蘭にも知らせなくちゃ、フェアじゃないわ」

確かにそうだ。彼女だけがそれを知らないのは、フェアではない。

けれど、僕は「もう少しだけ待ってくれないか？　今はまだ心の準備ができていないんだ」と言って、それを一日延ばしにしていた。

僕にとって、状況は絶望的だった。どれほど引き延ばし工作をしたところで、間もなく少女が真実を知ることになるのは避けられそうになかった。

もし、真実を知ったら……少女は間違いなく僕を嫌悪するだろう。もう僕に身を委《ゆだ》ねることは、絶対にないだろう。それどころか、僕の前に姿を見せることも2度とないだろう。そして、心身に癒《い》やしがたい傷を負って、これからの人生を過ごすことになるのだろう。

おそらく少女は、父親に繰り返し犯されたという事実を母親に告げるだろう。そうしたら母親はどんな行動に出るのだろう？　告訴するのだろうか？　それとも、まったく別の、予期せぬ行動に出るのだろうか？

どちらにしても、そうなったら、すべては終わりだった。そして、その時は刻々と近づいていた。

それにもかかわらず……僕は娘との関係を続けた。いや、間もなく終わってしまうことがわかっているからこそ、僕は執拗《しつよう》に娘の肉体を求め続けたのかもしれない。

娘は毎日のように父親の部屋にやって来た。そして、着ているものをすべて脱ぎ捨て、いくばくかの金銭の代償として実の父親と淫らに交わった。


「明日から、林間学校が始まるの」

ある日、性交のあと、ベッドの中で、僕の腕を枕にした娘が言った。「だから、先生としばらく会えないわね」

もちろん、林間学校のことは知っていた。

「うん。楽しんでおいで」

「ねえ、先生。わたしが来ないと寂しい？」

「そうだね。すごく寂しいよ」

「こういうことができないから？」

「そうじゃなく、あの……ローの顔が見られないから……」

「本当？」

疑わしそうに娘が言った。その様子があまりに可愛らしくて、僕は両手で娘の体を強く抱き締めた。

「えっ？　またしたいの？」

娘が言い、僕は無言で頷《うなず》く。

「今度はいくらくれるの？」

娘が値段の交渉を始めようとする。

「2度目なんだから、安くしてくれるんだよね?」

そう。ふたりのあいだでは、その日の2回目の性交は1回目より安くできるという暗黙の取り決めがあった。回数割り引きみたいなものだ。

「うーん。どうしようかな?」

僕の腕の中で娘が言う。「明日からは林間学校だから、きょうはあんまり疲れたくないしなあ……」

「でも、少しは安くしてよ」

「うーん。でも、やっぱりきょうはダメ。きょうは安くできない」

きっぱりとした口調で娘が宣言した。

「そんな……だって、2回目は割り引きする約束じゃないか?」

「そんな約束してないもん」

「でも、少しぐらい負けてくれても……」

「いやなら、いいよ。もうやらせてあげないから」

裸の娘は僕の腕をスルリと擦り抜けて立ち上がりかけた。

「わかった。いいよ。安くしなくてもいい」

「本当?　最初と同じ値段でいいの?」

「うん。だから、こっちにおいで」

そう言うと、僕は娘を抱き寄せ、その華奢《きゃしゃ》な体に身を重ねた。

3.

それは少女が林間学校に出かけてしまった最初の日だった。

少女を抱けない空しさを紛らわすために、僕は朝からカンバスの前に座り、忙《せわ》しなく絵筆を動かしていた。

そう。その頃の僕は、ひとりで過ごす時間のほとんどを、裸の少女の絵を描くことに費やしていた。

カンバスの中には、いつだって僕の娘がいた。同じ部屋に少女がいない時、僕は絵の中の少女の肉体を筆先で愛撫《あいぶ》することによって寂しさを紛らわせていた。

その日、僕が描いていたのは、ベッドにぐったりと仰向《あおむ》けに横たわった少女の絵で、数日前の性行直後の少女をモデルにしたものだった。

絵の中の少女は濡《ぬ》れた唇を半開きにして、部屋の隅に虚《うつ》ろな視線を投げかけている。直前まで続けられていた激しい性交のせいで、骨が浮き出た皮膚はうっすらと汗ばんでいる。ブラインド越しの光がその未成熟な肉体に——申し訳程度にしか膨らんでいない乳房や、えぐれるほどに凹《へこ》んだ腹部や、柔らかなカーブを描いた毛の生えていない恥丘や、高く飛び出した腰骨や、少年のように筋張った太腿《ふともも》や臑《すね》の上に——美しい縞《しま》模様を刻み付けている。

ああっ、何という美しさなのだろう！

絵の中の少女を見つめ、僕はつくづく思った。

何という可愛らしさなのだろう！　何といういとおしさなのだろう！　これは僕の娘なのだ。僕の遺伝子を受け継いだ、僕の娘なのだ。

ピンポーン。

恍惚《こうこつ》に満たされた僕が絵筆を動かしていると、インターフォンが鳴った。

「はい？」

『わたしよ』

聞こえて来たのは、僕の娘の母親の声だった。少女の絵を描いていたことによって高揚していた気分が、たちまち重く沈んでいくのがわかった。

「ああっ、ちょっと待ってね」

ドアの外に立っているはずの鈴木美佳に言うと、僕は重い足取りで玄関に向かった。

きょうはいったいどんな用なのだろう？　また結婚の話だろうか？

無理に笑顔を作った僕がドアロックを解除した瞬間、女は強い力でぐいっとドアを引き開けた。

ドアのすぐ前に立った女の顔は、凄《すさ》まじい怒りに歪《ゆが》んでいた。

「あんた、何てことすんのよっ！」

そう叫ぶと、女は室内に躍り込み、両手で僕の襟首を摑《つか》んだ。

「あの……どうしたの？」

「とぼけるんじゃないよっ！　この変態野郎っ！」

僕のTシャツの襟首を両手で強く絞め上げながらヒステリックに女が叫び、その瞬間、僕は、彼女が少女と僕との関係に気づいてしまったことを知った。

襟首を強い力で絞め上げながら、女はジーパンの膝《ひざ》で僕の股間《こかん》を蹴《け》り上げようとした。

だが、すんでのところで僕はそれを避《よ》け、女の手を振りほどいた。

「落ち着けよっ。僕の話も聞いてくれっ」

女はひるまなかった。

「聞きたくないっ！　あんたの話なんか、聞くものかっ！」

顔を真っ赤にした女は、唾《つば》を飛ばして今度は僕に殴り掛かってきた。「何てことしたのよっ！　自分の娘なのよっ！　それなのに、何てことしてくれたのよっ！」

僕は今度は、女の拳《こぶし》をかわさなかった。女の蹴りをかわさなかった。

次々と繰り出される女の拳や足は、僕の顎《あご》を、顔を、胸を、腹を、腰を、太腿を、ふくら脛《はぎ》を、鈍い音とともに捉《とら》え続けた。

そう。僕は抵抗しなかった。ただ、女にされるがままになっていた。そんな僕を女は容赦なく殴り続け、容赦なく蹴飛ばし続けた。

罰を受けるつもり？

いや、そんな大袈裟《おおげさ》なものではない。ただ……女には殴る権利があり、僕には殴られる義務があるように感じられたのだ。

それに、実を言えば、女に殴られてもたいした痛みはなかった。彼女は小柄で、とても非力だったから。ただ、指輪に嵌《は》まった石で、頬に小さな傷ができ、唇の端が切れて少量の血が流れただけだった。

「バカ野郎っ！」「この変態っ！」「どういうつもりなんだっ！」「畜生っ！　ふざけたことをしやがって！」

汚い言葉を吐きながら、どのくらい僕を殴り続け、蹴飛ばし続けていただろう？

やがて……女は全身を喘《あえ》がせて、それをやめた。そして、肩で荒い息をしながら、凄まじい形相で僕を睨《にら》みつけた。

「いったい、いつから……あの子と寝てたの？」

女の声は怒りのために震えていた。「教えてちょうだい。あなたたちはいつから、そういう関係になっていたの？」

濃く化粧した女の額には汗が噴き出していた。思う存分に僕を痛め付けたことによって、最初のヒステリックな感情はいくらか治まったようだった。

「あの……君があの子を折檻《せっかん》して……あの子が泣きながらやって来た晩に……」

僕が言い、「ああっ、あの晩ね」と、女は納得したかのように頷いた。

怒りに歪んだ女の顔を、僕はぼんやりと見つめた。そして、綺麗《きれい》だな、と思った。

そう。彼女もまた、かつて僕が愛した女性だった。かつて一日中、僕がその顔を思い浮かべて暮らした女性だった。

「あの……鈴木さんはこのことを……いつ知ったの?」

怖《お》ず怖《お》ずと僕が口を開き、女は怒りに顔を歪めたまま、僕を見つめた。

4・

鈴木美佳が最初に異変に気づいたのは、今から10日ほど前だった。

洗濯カゴの中にあった娘の下着を洗濯乾燥機に放り込もうとした時、その匂いが漂ったのだ。

その匂いについては、よく知っていた。

まさか。何かの間違いだ。

最初はそう思った。娘はまだ、たったの11歳なのだ。

だが、数日後、入浴中の娘が脱ぎ捨てたばかりの下着から同じ匂いがした。その小さなショーツを手に取ってみると、まるで洗濯糊《のり》をつけたかのように、その部分がごわごわと強《こわ》ばっていた。

もはや疑う余地はなかった。娘はたったの11歳だというのに、どこかの男と性的な関係をもっているのだ。

そういうことに関しては、自分は寛容なほうだと彼女は思っていた。どうせ、いつかはすることになるのだから、それが多少早くても、たいした問題はない、と。

けれど、11歳というのは、いくら何でも早すぎる気がした。

いったい、誰が相手なんだろう？

娘を折檻して、問い詰めようかとも思った。けれど、彼女はそうしなかった。そんなことをしても、娘が口を割るとは思えなかった。娘の頑固さを彼女はよく知っていた。

娘を折檻したり、問い詰めたりする代わりに、鈴木美佳は外出する娘のバッグにボイスレコーダーを忍ばせることを思いついた。それは彼女が英会話の勉強のために購入したものので、とても小型だったけれど、6時間にわたって録音が続けられる上に、音質もなかなかのものだった。

昨日も娘は、いつものように画家のマンションで絵のモデルの仕事をすることになっていた。娘が出かける直前に、鈴木美佳は買ったばかりのブランド物のバッグを手にして娘に言った。

「きょうは、わたしのバッグを持って行っていいわよ。これ、イミテーションじゃなく、本物のヴィトンよ。あんた、前から持ちたがっていたでしょ？」

そのバッグの内側に付いたファスナー付きのポケットには、録音ボタンをオンにしたボイスレコーダーが忍ばせてあった。

「ホント？　いいの？」

娘は喜んで彼女のバッグを持って出かけた。

娘が見知らぬ男と密会しているとすれば、モデルの仕事が終わったあと、母親が深夜に帰宅する前の数時間だと思われた。だとしたら、今から6時間の録音では、ふしだらな娘の恋の相手を突き止めることはできない可能性もあった。

だが、それでも、彼女はやってみることにした。ボイスレコーダーの性能も試してみたかったし、娘と画家との会話を盗み聞きしてみたいという好奇心もあった。

娘はまだ知らなかったが、娘と画家とは実の親子なのだ。だから、ふたりきりの部屋で、彼らがどんなことを話しているのかには興味があった。

その晩、水商売の仕事を終えて深夜に帰宅した鈴木美佳は、リビングルームのソファの上に放り出してあったバッグのポケットからボイスレコーダーを回収した。

どうやら娘は、バッグに盗聴器が隠されていたことには気づかなかったようだった。明日から箱根に林間学校に行くので、その晩はすでに自室で眠っていた。

化粧を落とし、入浴を終えたあとで、鈴木美佳は自分の部屋でボイスレコーダーをこっそりと再生した。

あの子、絵のモデルをしながら、あの人とどんな話をしてるんだろう？

再生ボタンを押す瞬間、わずかに胸が高鳴った。そして……その胸の高鳴りは、録音されたものを聞き続けるうちに、どんどん激しくなっていった。

そう。そこには驚くべき音声が録音されていたのだ。

「あなたも聞いてみる？　ものすごい内容よ」

手の中の小さなボイスレコーダーを僕に見せて、鈴木美佳が言った。

女はいつも彼女の娘が裸でポーズを作っているソファに、脚を組んで座っていた。相変わらず怒りに顔を紅潮させ、ローテーブル越しに座った僕を睨むように見つめていた。

「どう？　試しに今、聞いてみる？　本当にすごいのよ」

女がマニキュアの光る指をボイスレコーダーの再生ボタンに乗せ、僕は「やめてくれ」と呻《うめ》くように言って首を左右に振った。

けれど、女は僕の言葉を無視してボイスレコーダーの再生ボタンを押した。

『ああっ、先生っ……あっ、いやっ……ダメっ……』

女が手にした小さな機械から少女の淫《みだ》らな喘ぎ声が流れ、静かな部屋の中に大きく響いた。『あっ……ああっ……ダメっ……いやっ……あっ、いいっ……あああっ……』

「やめてくれっ……頼むから、やめてくれ……」

再び呻くように僕が哀願し、女がストップボタンを押した。夏の日が強く差し込む部屋の中に、再び静けさが戻った。

「どうしてやめるの？　もっと聞きましょうよ」

冷ややかな口調で女が言った。「これからがすごいのよ。あの子、まるで発情した雌の獣ね。11歳の子供にあんなすごい声が出せるなんて、考えてもみなかったわ。わたしだって、あそこまでの声は出せないわよ」

女がまくし立て、僕は無言で唇を噛《か》み締めた。

「それにしても……あなたがここまで変態だとは思ってもみなかったわ。おとなしそうな顔して、いったい、どういうつもりで自分の娘とやってたの？　教えてちょうだい。自分の娘をどうするつもりだったの？」

僕を見つめ、あからさまな軽蔑《けいべつ》の口調で女が訊《き》いた。

「知らなかったんだよ……」

喉《のど》の奥から絞り出すように、ようやく僕はそう言った。「あの子が僕の娘だなんて……そんなこと、思ってもみなかったんだ」

「言い訳はやめてよっ！」

吐き捨てるかのように女が言った。「知ったあとも平気で続けてたくせに。そうでしょう？　あの子が自分の娘だってわかってからも、あなたは毎日、毎日、平気であの子に汚らわしいことを続けてたんでしょう？　あの子はまだ11歳なのよ。しかも自分の娘なのよ……それなのに、あなたっていう人は……」

「それは……しかたなかったんだ」

またしても呻くように僕は言った。

「しかたなかった？」

女が不思議そうな表情で、僕の顔を見つめた。

「しかたなかったんだ……親子だとわかった時に、やめようとしたけれど……やめられなかったんだよ……あの子のことが好きで……いとおしくて……どうすることもできなかったんだ」

絶望に打ちひしがれて、僕は言った。

そうだ。絶望だ。もう、いとおしい少女と2度と会えないという絶望が、僕の全身を満たしていた。

もう、どうでもよかった。少女に会えないのなら……どうなろうとかまわなかった。

女は無言で僕の顔を見つめ続けていた。けれど、不思議なことに、その顔からはさっきまでの怒りや蔑《さげす》みが消えているようにも感じられた。

しばらくの沈黙があった。

海辺の街には、きょうも真夏の太陽が暴力的なほどの光を撒《ま》き散らしていた。湘南の海は、目を細めなくては見つめられないほどに強く照り輝いていた。耳を澄ますと窓の外で、セミたちが喧《やかま》しく鳴いているのが聞こえた。

終わりだ。これで、何もかもが終わりだ。

急に目の奥が熱くなった。

どんな罰を受けることになっても、それはかまわない。ただ、少女に会えなくなるということだけが辛《つら》かった。

沈黙を破ったのは女だった。

「あの子のことが……本当に好きだったの？」

そっと涙を拭《ぬぐ》ったあとで、僕は女の顔を見つめた。そして、無言で頷《うなず》いた。

「これから、どうするつもり？」

女がまた訊いた。その声にはもう、怒りは含まれていないように思われた。

僕は首を左右に振った。これからのことなんて……わかるはずもなかった。

また、しばらくの沈黙があった。

女が無言で煙草に火を点《つ》け、僕は画商のためにいつもローテーブルの上に置いてあるガラス製の灰皿を女のほうに無言で押しやった。

ルージュに彩られた女の唇から吐き出される煙草の煙が、エアコンの風に乗って部屋の中を力なく漂った。まるで生まれて初めて煙を目にする赤ん坊のように、僕は白い煙の行方を目で追った。

終わりなのだ。これで、何もかもが終わりなのだ。もう僕はあの子には、2度と会えないのだ。

沈黙を破ったのは、またしても女だった。

「それじゃあ、これからのことは……楼蘭に決めてもらいましょう」

「えっ、あの子に？」

僕は驚いて女の顔を見た。

「そうよ。これは男と女の問題なんでしょう？　惚《ほ》れた、腫《は》れたの問題なんでしょう？　だったら、これは男であるあなたと、女である楼蘭との問題であって、わたしが口出しすることじゃないわ」

こと恋愛に関しては、女は驚くほど寛容な価値観を持ち合わせているようだった。かつて彼女の娘が、『わたしのママって、恋のためだったら地球の裏側にだって平気で行くような人なのよ』と言っていたことを僕は思い出した。

けれど、彼女の娘に決定権を委《ゆだ》ねるのは、僕には賢明なことには思えなかった。

「あの子に決めてもらうっていうことは……僕たちが親子だということを……あの子に教えるっていうこと？」

僕は怖《お》ず怖《お》ずと口を開いた。それこそが問題だった。

そうなのだ。これは単に、少女と僕の年齢差の問題ではないのだ。それ以上に問題なのは、少女と僕とが、娘と父親だということだった。

「もちろんじゃない？」

女は自信に満ちて宣言した。「あの子には真実を知らせるべきよ。片方だけが事実を知ってて、もう片方が知らないだなんて……そんなのフェアじゃないわ」

女の言葉は正論だった。けれど……。

「でも、それは……あの子を傷つけるだけだよ」

「何言ってんのよ？　傷つけるようなことをしたのは、あなたでしょう？　いつかこうなることは、最初からわかっていたはずなのに……それなのに、あなたはやったのよ」

強い口調で女が言い、僕は膝《ひざ》の上の両手を強く握り合わせた。

女の言葉はまたしても正論だった。けれど……。

けれど、ここまで来てしまったのなら……もう、言葉はどうでもいいのだ。ただ、僕は、少女には知られたくなかったのだ。

そうだ。それを知ってしまったら、少女が僕を許すとは考えられなかった。

いや、許されるとか、許されないとかは関係ない。僕はもう娘を抱こうとは思わなかった。ただもうこれ以上、娘を傷つけたくなかっただけだ。

できることなら、せめてこのまま……娘が真実を知らないまま、すべてを終わりにしたかった。そして、できることなら……娘には、幸せになってもらいたかった。

娘の幸せを祈る？

図々《ずうずう》しくて、勝手なセリフだとはわかっている。それでも、僕は少女に幸せになってもらいたかった。これからの人生を、楽しく、愉快に……せめて不快にではなく、悲しみや苦しみから少しでも離れて、生きてもらいたかった。

「わたしは言うわ」

女が宣言した。「楼蘭が林間学校から戻ったら、わたしはあの子に真実を話すわ。あなたの交尾の相手は、あなたの本当の父親なんだってね」

女が僕を見つめた。その目には再び怒りが蘇《よみがえ》ろうとしていた。

「あなたの父親はあなたが実の娘だっていうことを知った上で、ためらいもせず、あなたを犯しまくったんだってね。それを教えてから……あの子とじっくりと話し合うことにするわ。それで、いいわね？」

灰皿に煙草を押し潰《つぶ》して女が言った。

ためらいもせず？

それは事実ではなかった。けれど……反論する言葉は、僕にはなかった。

どうして反論をすることができるだろう？

僕の娘はたったの11歳で、僕は彼女の父親なのだ。それなのに……それなのに……。

僕は唇を噛み締めた。そして、力なく頷いた。頷くしかなかった。

5.

「それにしても、不思議な因縁ね」

テーブルの上のボイスレコーダーや煙草やライターをバッグに戻しながら、しみじみとした口調で女が言った。「せめて楼蘭が、別の男の人の子だったらよかったのに……」

女の言う通りだった。これまで僕は、たったふたりの女性しか愛したことはないというのに、そのふたりが母と娘だったなんて……それだけではなく、その娘が僕の遺伝子を受け継いでいただなんて……。

「それじゃあ、また、わたしのほうから連絡するわ」

そう言って立ち上がると、女は玄関に向かった。

自分がかつて愛した女の小柄な後ろ姿を、僕はぼんやりと見つめた。

「家に帰ったら、知り合いの弁護士に相談するわ」

途中で女が立ち止まって言った。

「弁護士に？」

「警察に訴えるのか……あなたに損害賠償を請求するのか……そういうことを話し合うつもりよ」

「ああっ、わかったよ」

僕はまた力なく頷いた。

警察に訴えられようと、損害賠償を請求されようと、大きな社会的な制裁を受けることになろうと……そんなことは、もうどうでもよかった。

僕が必要としているのは、あの少女だけだった。もし、少女ともう会えないのなら、すべてはどうでもよかった。

玄関に着いた女が、華奢《きゃしゃ》なハイヒールサンダルを履くために屈《かが》み込む。長く豊かな髪がパサリと垂れ下がり、その顔が隠れる。

もし、今、この女がいなくなれば……ここからの帰り道に、交通事故にでも遭って死んでしまえば……そうしたら……もしかしたら、これからも、少女との日々を続けることができるかもしれないのに……。

サンダルからのぞく女のペディキュアを見つめて、ぼんやりと僕は思った。そして、その瞬間、突然──僕の中に、生まれてから初めて知る感情が芽生えた。

殺意。

そう。それは、殺意だった。

次の瞬間、僕は身を屈めた女に襲いかかった。女の長い髪を背後から鷲掴《わしづか》みにし、小柄な女の体を力任せに床の上に引きずり倒した。

「あっ、いやっ！」

ふいを突かれた女は、もんどり打って床に仰向《あおむ》けに倒れた。大きな音がし、床が震え、壁が震えた。

「何すんのよっ！」

女が叫んだ。だが、僕は返事はしなかった。

女の髪を鷲掴みにしたまま、僕は素早く女の腹部に馬乗りに跨《また》がった。そして、少し前に女が自分の娘にしたように、その後頭部を床にガンガンと力の限り叩《たた》きつけた。

「あっ！　いやっ！　ひっ！」

僕の尻《しり》の下で、女は床をめちゃくちゃに蹴《け》り、僕の腕を摑み、身をよじって抵抗した。

まるで暴れ馬に跨がっているかのように、僕の体は女の上で、上下左右に激しく揺れた。華奢なサンダルが宙を飛び、壁に当たって床を転がった。

「いっ！　やだっ！　うっ！」

女はがむしゃらに暴れ続けた。けれど、彼女はあまりに小柄で、あまりに非力だった。女の抵抗を難なく抑え、僕は彼女の後頭部を床に激しく叩きつけ続けた。

「あっ……うっ……あ………」

やがて……女の肉体から力が抜け、白目を剝《む》いてぐったりと動かなくなった。

その瞬間、僕は我に返った。

やってしまった。僕は……とんでもないことをやってしまった。

女の腹部に跨がったまま、僕は女の髪から手を放し、自分の両手を見つめた。栗色の長い髪が何本も絡みついた指は、自分のものとは思えないほどに震えていた。女の爪が食い込んでいたらしい手首には、小さな傷がいくつもできて、そこから真っ赤な血の粒がふつふつと噴き出していた。

やってしまった。取り返しのつかないことをやってしまった。

柔らかな女の腹から腰を浮かせ、僕はおののきながら女の顔を見つめた。鮮やかなルージュに彩られた女の唇は、わななくように震えていた。少し開いた唇から、真っ白な歯がのぞいていた。顔を近づけると、女の吐き出す湿った息が、僕の髪を揺らした。

ここまできたら、もう後戻りはできない。

僕はそう冷静に思った。

そうだ。自分のしてしまったことに、ひどく驚き、ひどく脅《おび》えてはいたが、僕はすでに冷静さを取り戻していた。

後戻りはできない。だとしたら……行き着くところまで進み続けるしかなかった。

ゆっくりとした上下運動を続ける女の腹に、僕は再び腰を下ろした。そこはとても柔らかで、熱いほどに温かかった。

「うう……」

女の口から、微《かす》かな声が漏れた。

かつて愛した女の顔の上に身を屈め、その首に向かって両腕を伸ばす。震えの治まらない指を、細長い女の首にしっかりとまわす。その腹と同じように、女の首は柔らかくて温かい。

ごめんなさい……。

心の中で呟《つぶや》くと、僕は女の首にまわした指に渾身《こんしん》の力を込めた。

指の1本1本が首の皮膚に深く沈み込み、女の顔は見る見る赤く染まっていった。そんな女の顔を見つめながら、僕はその首を力の限りに絞め上げた。

「ぐぐっ……ぐっ……ぐっ……ぐ……」

白目を剝き出しにした女の口から、言葉にならない声が漏れた。その声を聞くたびに、冷たい戦慄《せんりつ》が背中を這《は》い上がった。

僕は女の首を絞め続けた。女の命を奪い取ること以外には、何も考えていなかった。

指先が女の首の皮膚にさらに深く沈み込む。薄い皮下脂肪の下で、喉《のど》の骨がしなり、軋《きし》むのがわかる。僕は夢中で女の首を絞め続ける。

瞬間、女が大きく目を見開いた。

ひっ。

僕は心の中で悲鳴を上げた。恐怖のため、全身の毛が逆立った。

目を開けた女は、釣り上げられた魚のように口をパクパクと動かした。顔を真っ赤に染めたまま、僕の目を虚《うつ》ろに見つめ、力なく手を動かし、僕の腕を再び摑もうとした。

けれど、女の手が僕の手首を摑むことはなかった。

やがて……女は目を大きく見開いたまま、まったく身動きしなくなった。

6.

動かなくなった女の脇——床の上にうずくまって、どれくらいのあいだ呆然《ぼうぜん》としていたのだろう？
人を殺してしまった……かつて愛した女を殺してしまった……愛する少女の母親を殺し

てしまった……もうこの女は生き返らない……もう絶対に喋《しゃべ》ることはない……。

目を見開いたまま横たわった女を見つめて、僕はそんなことを思い続けた。

本当に死んでしまったのだろうか？　本当に生き返らないのだろうか？

僕は恐る恐る腕を伸ばし、仰向けに横たわった女のタンクトップを、胸の辺りまでぐいっとまくり上げた。

女は肩紐《ひも》のないブラジャーをしていた。娘とは違って、その腹部はうっすらとした皮下脂肪に覆われていた。そして、そこは、今ではまったく動いていなかった。

僕は身を屈めると、女の胸――ブラジャーの左側のカップのすぐ下の部分に耳を押し当てた。

女の皮膚は汗ばんでいて、生きているかのように温かかった。けれど……どれほど耳を澄ませても、心臓の鼓動は聞こえなかった。

そうだ。女は死んでしまったのだ。彼女の心臓はもはや、その肉体に血液を循環させることをやめてしまったのだ。

何度か唇をなめたあとで、僕は女の顔に指を伸ばし、見開いたままになっていた瞼《まぶた》をそっと閉じさせた。

マスカラを施した睫毛《まつげ》が指先を刺激し、その瞬間、強い感情が込み上げて来た。けれど、僕は必死で頭を空っぽにした。

その後、1時間以上にわたって、僕は何度も、かつて愛した女の胸に耳を押し当てた。もしかしたら、女が蘇生《そせい》するのではないかと思ったのだ。

もし、万一、女の心臓が再び動き出すようなことがあったら……その時には、僕はまた、この手で女の首を絞め上げるつもりだった。

けれど、女の心臓が再び動き出すことはなかった。最初は熱いほどだった皮膚も、時間の経過とともに、少しずつ冷えていった。

夏の太陽はゆっくりと西に動いていったが、窓の外はまだ、眩《まぶ》しいほどに明るかった。耳を澄ますと、相変わらず、セミたちの声が響いているのが聞こえた。

もはや女が生き返ることはない。

ようやくそう確信した僕は、今度はその死体を処分することを考えた。

死後硬直というものが、いつから始まるか僕にはわからなかった。だが、たぶん、ぐずぐずしている時間はないはずだった。こんな季節だと、腐敗が始まるのも、それほど先のことではなさそうだった。

まず僕は免許証を持って近所のレンタカー屋に行き、そこで国産のステーションワゴンを借りた。車の運転なんて、もう何年もしていなかったが、何とかぶつけずに自分のマンションの来客用駐車場に停めることができた。

部屋に戻ると、今度は寝室のクローゼットを開き、その奥から古いスーツケースを引っ張り出した。それから、スーツケースを死んだ女の脇に持って行って蓋《ふた》を開き、床の上から女の死体を抱き上げた。

人は死ぬと重くなる。何かの本で読んだことがある。けれど、女の死体は重たくはなかった。ただ、僕の腕の中で、がっくりと首を後ろに反らしただけだった。女の華奢《きゃしゃ》な首には赤黒いアザが、痛々しいほどにくっきりと残っていた。

どうしてこんなことになってしまったんだろう?

腕の中の女を見つめて僕は思った。それは、かつて愛した女だった。同時に、僕の娘の母親でもあった。

けれど、感傷に浸っている時間はないはずだった。

抱き上げた女の死体をスーツケースの中に、横向きにそっと入れる。伸びたままだった死体の脚を折り、腰を丸めさせ、羊水の中の胎児のような姿勢にさせる。

思った通り、小柄な女の体は、スーツケースの中にすっぽりと収まった。少し考えたあとで、僕は床に転がっていた女のサンダルとバッグを拾ってスーツケースに入れた。

さようなら、鈴木さん……。

スーツケースの蓋を閉めようとした時、携帯電話の鳴る音がした。

心の中で僕は再び悲鳴を上げた。

携帯電話は女のバッグの中で鳴っているようだった。

どうしよう?

迷いながらも、僕はバッグを開き、そこで鳴り続ける携帯電話を手に取った。

電話のディスプレイには、『ローレ』という表示が出ていた。林間学校に行っている娘の楼蘭が、自分の携帯電話から母親に電話を入れているのだ。

僕は手の中の小さな電話を見つめた。そして、ついにみなしごになってしまった娘の顔を思い浮かべた。

たった11歳の少女に僕は何てひどいことをしてきたのだろう。これからさらに、どれほどひどいことをするつもりなのだろう。

僕は少女を憐《あわ》れんだ。これまで以上に強く憐れんだ。

娘からの電話はしばらく鳴り続け、それから……死んだように鳴り止んだ。


その日、西の空が夕日に染まり始めた頃――僕は死体を収めたスーツケースを車に積んで、近所のホームセンターに行った。そこで土木作業に使うスコップを買い、そのまま厚木インターから東京へと向かう東名高速道路に乗った。用賀で首都高速道路に乗り継ぎ、その後は東北自動車道へと乗り継いだ。

どこに行こうという当てはなかった。死体入りのスーツケースを積んだまま、ただ遠くへ、遠くへと僕は車を走らせ続けた。

7.

死体を埋めるような場所は簡単に見つかるだろう。そう思っていた。

けれど、そうではなかった。でたらめな出口で東北自動車道を下り、人気のないほうへ、人気のないほうへと、僕は何時間も車を走らせ続けた。それにもかかわらず、どれほど車を走らせても、窓の外の景色から人々の生活の気配が消えることはなかった。

ようやく車を停めたのは、もう真夜中だった。

そこは人里から離れた、細い林道脇の小さな空き地のようなところで、未舗装の細い道のほかには錆《さび》の浮いたガードレールと樹の幹しか見えないような場所だった。

レンタカーにはカーナビが付いていたから、それが何という県の何という地名の場所なのかはわかっていた。けれど、それがどこであるかなど僕には関係のないことだった。

車のライトを消し、エンジンを止める。とたんに闇と静寂が、車の周りのすべての空間を支配した。

闇と静寂――かつて戸外で、それほどの闇や静寂と遭遇したことはなかった。

そう。辺りはそれほどに暗く、それほどに静かだった。どれほど目を凝らしても、どんな小さな人工の光さえ見つからなかったし、どれほど耳を澄ませても、虫の声と木々の枝の触れ合う音以外には何も聞こえなかった。

怖い。

僕は思った。暗闇や静寂を怖いと感じるのは、初めての経験だった。怖《お》じけづいた僕は、長いあいだ運転席でじっと身を硬くしていた。その闇と静寂の中に、死体の入ったスーツケースを持って出て行く勇気はなかった。

車の外から虫の声が続いていた。風が頭上の枝々を揺らす音が絶えず聞こえた。1度、鳥か獣が、甲高い声で長く鳴いた。

運転席のシートの上で、どれくらいのあいだ、そうして闇を見つめていただろう？

やがて、僕は意を決して車を降りた。

車外の空気はひんやりとしていて、少し湿っていた。植物が呼吸する青くさいような匂いがした。頭上に生い茂った木の枝の向こうに、朧《おぼろ》な月が出ているのが見えた。

夜露に濡《ぬ》れた草を踏み締めて車の後方にまわる。ハッチバックのドアを引き開け、そこから重いスーツケースを引っ張り出す。スーツケースを地面に下ろしたあとで、今度は買ったばかりのスコップを取り出す。

急ぐ必要があった。夜が明けたら、何が起きるかわからなかった。

ハッチバックのドアを元通りに閉め、なおもしばらくためらっていたあとで……僕はずっしりと重いスーツケースを手に提げた。そして、スコップを杖《つえ》にして、密生した樹木を搔《か》き分け、厚く堆積《たいせき》した落ち葉を踏み締め、鬱蒼《うっそう》とした森の暗がりに分け入った。

幾層にも堆積した落ち葉の下では、固くて太い植物の根が複雑に絡み合い、ほんの少しの土を掘り起こすことさえ容易ではなかった。おまけに、それまで僕はスコップを使った経験はなかった。作業を始めて5分もたたないうちに、噴き出した汗でシャツが体に気持ち悪く張り付いた。

だが、諦《あきら》めたりはしなかった。僕は汗まみれになりながらも、足元の地面に鋭利なスコップを突き立て、それを足で強く踏み込んで木の根を断ち切り、全体重をかけて土の中に突き入れ、かつて1度も日の光に触れたことのないはずの土や木の根を、少しずつ地上に掘り出していった。

途中で足がガクガクになり、立っていられないほど腰が痛んだ。けれど、ほんの少しの休憩を挟んだだけで、僕はその作業を続けた。

穴を掘りながら僕が考えていたのは、そこに埋めるつもりの女のことではなかった。僕は、その女の娘のことを考えていた。僕の愛人であり、僕の娘でもある11歳の少女のこと……そのことだけを考えていた。

再び彼女の肉体を抱き寄せることができるのだろうか？　再び皮膚を合わせることができるのだろうか？

頭上を覆った木々のあいだからのぞいていた夜空がうっすらと明るくなり、森のあちらこちらから鳥たちの声が響き始めた頃——僕の足元に深い穴ができた。それは、小柄な女の死体を埋めるには充分な大きさに思えた。

痛む腰を伸ばして何度か深呼吸をしたあとで、僕は傍らに置いてあったスーツケースを開いた。茹《ゆ》で卵が腐ったような嫌な臭いが溢《あふ》れ出て、僕は思わず顔を背けた。

かつて僕が愛した女は、スーツケースの中でエビのように体を丸め、窮屈そうに身を縮こまらせていた。

鈴木さん……こんなことをしてしまって、本当にごめんなさい……。

女の死体を見つめ、心の中で僕は呟《つぶや》いた。

そうしているあいだにも、森の中はどんどん明るさを増していった。今では鳥たちの声が、喧《やかま》しいほどに響いていた。もしかしたら、もう日の出が始まっているのかもしれない。

分厚く堆積した落ち葉の絨毯《じゆうたん》や、湿った樹木の幹から、白い湯気がもやもやと立ちのぼっているのが見えた。

急がなくてはならなかった。

僕はスーツケースの脇に屈《かが》み、悪臭を放つ死体を抱き上げた。

話に聞いていた死後硬直が、すでに始まっているらしかった。抱き上げられてもなお、死体は丸めた体を伸ばさなかった。死体の腿《もも》や腕の筋肉は、まるで女が力を入れているかのように硬く強《こわ》ばっていた。

僕は窮屈に身を縮こまらせた女の死体を、掘ったばかりの穴の底にそっと置いた。そんな薄闇の中でさえ、女の美しさははっきりとわかった。

さまざまな感情が波のように込み上げた。頭の中心が激しく痺《しび》れ、その痺れが顔全体に広がっていった。

鈴木さん……ごめんなさい……ごめんなさい……。

穴の底に横たわった女を見下ろし、僕はもう1度、心の中で呟いた。そして、もう何も考えず、穴の脇に高く積み上げてあった土を死体の上に被《かぶ》せていった。

8.

女の死体を森に埋めたあと、空のスーツケースを積んで東京方面に向かって車を走らせながら、僕は自分が殺した女との最後の性交を思い出した。

いや……あれが本当に最後だったのかは、確かではない。けれど、おそらく、そうだったのではないかと思う。

あれは6月の終わりの朝だった。前夜からじとじとと、梅雨の雨が降り続いていた。

帰宅した女が玄関のドアを開けた音を、僕はベッドで聞いた。

付き合い出してすぐに、僕たちは僕のアパートで一緒に暮らし始めた。あの頃にはすでに、女は外泊ばかりするようになっていた。その前の晩も彼女はアパートに戻らず、連絡もよこさず、それで僕はベッドで一晩中、まんじりともせずに朝を迎えたのだ。

帰宅した女は僕がいるはずの寝室には来ず、真っすぐに洗面所に向かうと、顔を洗って化粧を落とし、それから歯を磨いていた。僕が借りていた部屋はとても狭かったので、その音が洗面所からはっきりと聞こえた。

昨夜は何をしていたのか？　誰と一緒だったのか？　どこに泊まったのか？

きょうこそ彼女を問い詰めてやろう。ベッドの中で、僕はそう決意していた。

やがて、女が寝室にやって来た。小柄な女は、丈の短いキャミソールと、小さなショーツを身につけているだけだった。

女は何も言わずに毛布をまくり上げ、僕の隣に身を滑り込ませて来た。女の皮膚はすべすべしていて、柔らかくて、ひんやりと冷たかった。

「ただいま……」

僕の耳元に顔を寄せ、囁《ささや》くように女が言った。その息から微《かす》かに、スペアミントの歯磨きの匂いがした。

「お帰り」

問い詰めるつもりだったにもかかわらず、僕の口から出たのはそんな言葉だった。

ひんやりとした女の体に熱い手を伸ばし、僕は女を抱き寄せた。

「なあに？　今からするの？」

面倒そうに女は顔をしかめた。けれど、拒むことはなかった。「眠いんだから、早く終わらせてね」

そう言うと、女は僕に身をまかせた。

味気ない性交が終わるのに、それほどの時間はかからなかった。

行為が終わると、女はサイドテーブルの上にあったティッシュペーパーで股間《こかん》を拭《ぬぐ》い、それを丸めてゴミ箱に投げ込んだ。それから、全裸のまま、再びベッドに潜り込み、僕に背中を見せてすぐに眠ってしまった。

僕は無言で、枕に乗った女の後頭部を見つめた。そして……この女と性交をするのはこれが最後かもしれない、と思った。


夏の夜明けの高速道路を、東京方面に向かって車を走らせながら、僕はそんな昔のことを思い出した。

それにしても……あの梅雨の日の朝の、あの味気ない性交で、彼女は娘を身ごもったのだろうか？　だとしたら……もし、あの朝、僕が彼女を求めなければ楼蘭は生まれず、すべてが変わっていたのだろうか？

今となっては、確かめるすべはなかった。

車のハンドルを握り締め、僕は今度は自分が殺した女の顔を思い出した。それは僕と最後に性交をした時の女の顔ではなく、昨日、怒り狂って僕の部屋に怒鳴り込んで来た時の顔でもなく……今からほんの少し前、狭い穴の湿った土の上で、窮屈に体を丸めていた時の顔だった。

9.

女の死体を森に埋めて戻った翌々日の夜、僕の部屋の電話が鳴った。

誰だろう？　警察？　まさか……。

鳴り続ける電話の前でしばらくためらっていたあとで、僕は恐る恐る手を伸ばして受話器を取った。

『もしもし、先生？』

電話から聞こえたのは、愛《いと》しい娘の声だった。その声を聞いた瞬間、体のすべての筋肉から力が抜けていった。

「あっ、鈴木さん……あの……どうかしたの？」

声が震えないように気をつけながら、僕はみなしごになってしまった少女に訊《き》いた。

『きょう林間学校から戻って来たんだけど……ママがいないの』

「あの……仕事に出かけたんじゃない？」

僕は白々しいセリフを吐いた。

『でも、きのうも一昨日《おととい》もママの携帯に電話したのに出ないし……横浜のお店に電話したら、一昨日から無断で休んでるっていうし……連絡なしに家に帰って来ないのはいつものことなんだけど、今まではお店を無断で休んだことはなかったみたいだし……いったい、どこに行っちゃったのかしら？』

少女は心細そうだった。僕は受話器を握り締めている娘の姿を思った。

「それじゃあ……あの……鈴木さん……今夜は僕のところに来ないかい？」

『先生のところに？』

「うん。あの……11歳の女の子をひとりきりにしておくのは心配だし……お母さんには、僕のところにいるって書き置きしておけばいいよ」

ひとりきりにしておくのが心配？

いや、おそらく、そうではなかった。おそらく……僕の中に、そんな純粋な気持ちはなかった。

邪《よこしま》な僕は、彼女に会いたかったのだ。いや、それも違う。

僕は……自分の娘でもある少女を、抱きたかったのだ。少女を裸にし、その肌の温《ぬく》もりに浸りたかったのだ。

『それじゃ、そうしようかなあ？　ひとりきりでいるのは、何だか怖いし……』

電話の向こうで娘が呟き、僕は「そうしなよ。ここにおいでよ」と強く言った。そして、拳《こぶし》を握り締めて微笑んだ。

その晩、少女と僕はいつものように、キッチンのテーブルに向かい合って食事をした。少女は楽しそうに林間学校での出来事を僕に話してくれたけれど……時折、「それにしても、ママ、いったい、どうしたんだろう？」と心配そうな顔を見せた。

食事を済ませ、一緒にその後片付けをし、交替で入浴をしたあとで、僕たちはアトリエ兼リビングルームのソファに並んで座り、窓ガラスに映った自分たちの姿を眺めながら冷たい物を飲んだ。少女は冷えたコーラを、僕は氷を浮かべたウィスキーを飲んだ。

それから……一緒に寝室のベッドに向かい、裸になってから毛布の中に潜り込んだ。

「今夜はいくら？」

裸の少女を狂おしく抱き締めて僕は訊いた。その晩の性交の料金のことだった。

「そうね……いくらにしようかなあ？」

僕の腕の中で少女が首を傾げた。「今夜は特別に、ただでいいわ」

「ただで？」

「うん。わたしも先生に会えなくて寂しかったから……だから、今夜は特別よ」

ああっ、何て可愛らしいことを言うのだろう？　それなのに、僕は彼女に、何てひどいことをしているのだろう？

罪悪感？

そう。罪悪感がなかったわけではない。

けれど、少女を抱きたいという性的な欲望が、その罪悪感を吹き飛ばした。

僕はいつものように少女の体への愛撫《あいぶ》を始め、少女の口からいつものように淫《みだ》らな声が漏れ始めた。


ああっ、楼蘭。僕の楼蘭。

僕の娘。僕の愛。僕の夢。僕の欲望。僕の力。僕の全世界。

何度でも繰り返す。

僕はこの愛のためになら、何を失ったとしてもかまわない。

10.

「これからどうする？」

翌朝、キッチンのテーブルに向かい合って朝食をとっている時に僕が訊いた。

たった今、交替でシャワーを終えたばかりで、少女も僕も素肌にタオル地のバスローブをまとっているだけだった。

「これから？」

サンドイッチを口いっぱいに頬張り、唇をマヨネーズで光らせて少女が顔を上げた。その顔は、この世のものとは思えないほど可愛らしくて、愛くるしいものだった。

この子は僕の娘なのだ。僕の実の娘なのだ。それなのに……僕はこの子に父親らしいことは何ひとつしてやらず、その幼い肉体を弄《もてあそ》んでいるだけでなく……たったひとりの母親をこの子から永久に奪い、この子を不幸のどん底に突き落とすようなことばかり続けているのだ。

そう思うと、胸が締め付けられるような気がした。

「警察に……捜索願いを出す？」

僕が言い、口をもぐもぐと動かし続けながら、少女はしばらく考えていた。

朝の光が差し込むキッチンはとても明るかった。そんな光の中で、洗いたての少女の髪の1本1本が、しっとりと、つややかに光っていた。

「うーん。でも、しばらく様子を見てみるわ」

口の中のものを、ようやく飲み下した少女が言った。「たぶん、そのうちママから連絡もあると思うし……きっと新しい彼氏ができたのよ。前にもこういうことがあったから……わたし、キャッシュカードの暗証番号も知ってるから何とかなると思うわ」

僕は無言で頷《うなず》いた。そして、少女の背後の窓から、夏の朝日に輝く海を見つめた。

きょうもいい天気だった。窓の外には光が満ちていて、うんざりするほど気温が上がり始めているのがわかった。

「ママのやつ……帰って来たら、うんと叱ってやんなきゃ」

唇を光らせて少女が言い、僕は少女を見つめてぎこちなく頷いた。

林間学校に行って疲れていると少女が言うので、その日はもう性交の相手はさせず、モデルの仕事もさせずに帰宅させた。

「今夜はどうする？　あの……ここに、ご飯を食べに来る？」

玄関のたたきで、ほっそりとした体を窮屈に屈《かが》めてストラップサンダルを履く少女に僕は訊いた。

そして、その瞬間、少女の母親のことを思い出した。僕に殺される直前に、少女の母親が、そこで同じように窮屈に身を屈めて、華奢《きゃしゃ》なサンダルを履いていたこと――。

「そうね……でも、今夜はやめておく。夏休みの宿題も全然終わってないし……」

サンダルを履き終えた少女が言った。

「宿題……手伝ってあげようか？」

僕は提案した。少女を少しでも長く自分のそばに置いておきたかったのだ。

「うん。でも、いい。自分でやるから」

「食べるものはあるの？」

「コンビニで何か買うわ」

「そう？　あの……何かあったら、電話しておいで」

「うん。そうする。それじゃ、また明日ね」

少女がいつものように、晴れやかな笑顔で言った。


それじゃ、また明日――。

その言葉はいつも、未来を約束する呪文《じゅもん》のように僕の耳に響いた。


「あの……先生……」

ドアノブを回しかけた手をとめて、少女が僕を見上げた。

「何だい？」

「あの……いろいろとありがとう」

そう言うと、少女は急に僕に抱き着き、両腕で僕の体をしっかりと抱き締めた。「先生がいてくれるから、わたし、すごく心強いわ」

僕は目を閉じ、強烈な喜びに全身を震わせた。そして、自分の胸に顔を埋《うず》めた少女の柔らかな髪をそっと、肉体を愛撫するかのように撫《な》でた。

罪悪感はなかった。その瞬間、僕が感じていたのは、喜びだけだった。

指に絡まった少女の髪は、今ではすっかり乾いて、レモンみたいな香りがした。

その日、僕は仕事をしなかった。長い夏の日が暮れるまで何時間も、窓の向こうに広がる海と空と水平線と、空に浮かんだ白い雲と……少女が僕の部屋に残していったさまざまなものを眺めていた。

一緒にコンビニエンスストアやスーパーマーケットに行くたびに、少女はどうでもいいようなガラクタを買い込んでいた。そして、それを自宅に持ち帰らず、この部屋のあちらこちらに放置していた。

「ママの趣味に合わないものは、家に置いておけないのよ」

少女はよくそう言っていた。

仕事をしなければならないのは、わかっていた。3日後には画商に新しい絵を見せる約束になっていた。

けれど、仕事などできる気分ではなかった。

これからどうしたらいいのだろう？

考えるのは、そのことばかりだった。

母親をなくした11歳の少女を、いつまでもひとりにしておくわけにはいかなかった。もちろん、僕がそんな心配をしなくても、周囲の大人たちが黙っているはずはなかった。

もし、今後も母親が帰宅しなければ（帰宅できるはずがないのだが）、おそらく、少女は石川県に住むという祖母の家に引き取られ、そこで暮らすことになるのだろう。あるいは別の親戚《しんせき》が彼女を引き取ることになるのかもしれない。いずれにしても、そうなったら、もう僕と会うことはなくなるだろう。

今後、どういうことになろうと、終わりの時が近づいていることは間違いなかった。

母親を殺して口封じをしたにもかかわらず、少女が僕の前から消えてしまうことになるのだったら……少女の母親を殺したことには何の意味もなかったということになる。

冷静に考えれば、そんなことは最初からわかっていたはずなのだ。僕がたとえ何を企《たくら》もうと、こんなことが続けられるはずはなかったのだ。

終わり。これで、終わり——。

その時が、もうすぐそこに迫っているのを、僕ははっきりと感じた。

西の空を朱に染めていた太陽が伊豆半島の向こうに沈み、夜の波間に地震観測用のブイが赤く点滅を始めた頃——部屋の片隅の電話がふいに鳴った。

『もしもし、先生……』

電話は僕の娘からだった。

「鈴木さん……どうしたの？」

『さっき、ママが働いてるお店のマネージャーから電話が来て……ママ、きょうも仕事に来てないんだって。携帯もずっと繋《つな》がらないし……どうしちゃったんだろう？』

「そうだね……どうしたんだろうね？」

僕は曖昧《あいまい》な返事をした。ほかにどう言っていいのか、わからなかった。

『もし、このままママが戻らなかったら……わたし、本当のみなしごになっちゃう』

少女の声は今にも泣き出しそうだった。

「みなしごだなんて……あの……きっと帰って来るよ」

そんなことはあり得ないのに、僕は無責任にもそう言った。

『先生……わたし、どうしたらいいんだろう？』

半ば悲鳴を上げるかのように少女が言い、僕は手の中の受話器を強く握り締めた。


その晩、ベッドの中で僕は決意した。

みなしごになってしまうと思っている娘に、そうではないのだと告げることを……お前の実の父親は僕なのだと告げることを……僕は決意した。

それがどんな結果を引き起こすことになるのかは、もはや考えなかった。

どんな結果になってもかまわない。明日、絵のモデルをするために少女がやって来たら真実を告げよう。そして、あとは娘の判断に任せよう。

その晩、ベッドの中で、数日前、娘の母親が僕に言ったのと同じことを僕は思った。

『それじゃあ、これからのことは……楼蘭に決めてもらいましょう』『片方だけが事実を知ってて、もう片方が知らないだなんて……そんなのフェアじゃないわ』

そうだ。殺される直前に、少女の母親は僕にそう言ったのだ。

もちろん、少女に告げるのは、僕が実の父親だということだけだ。彼女の母親のことは、あくまでしらを切り通すつもりだった。

11.

けれど、娘に真実を告げることはできなかった。なぜなら、告げられる前に、彼女はそれを知ってしまったのだ。

翌日の午後、いつもの時間より20分ほど遅れて少女は僕の部屋にやって来た。白いショートパンツに、白い薄手のブラウスという恰好《かっこう》で、足には母親のものらしい踵《かかと》の高いサンダルを履いていた。

「こんにちは。鈴木さん、あの……何か飲む？」

玄関のたたきにサンダルを脱いだ少女に僕は訊《き》いた。

「いりません。話があります」

強い口調で少女が言った。

少女には機嫌の悪い日がしばしばあって、そういう時にはよくそんな話し方をした。けれど、その日の少女の口調は、いつにも増して険悪なものだった。

「話って……何なの？」

少女を見下ろし、僕はぎこちなく微笑んだ。

「大切な話です」

少女は微笑みもせずに僕を見つめた。その顔は僕に、自分が数日前に殺した女の顔を思い出させた。

しばしばそうしているように、少女と僕はアトリエ兼リビングルームのソファに向き合って座った。

剝《む》き出しの膝《ひざ》の上の両手を握り締め、少女は挑むような視線を僕に向けた。その姿は、何から話していいのか考えているかのように見えた。

「あの……どうしたの？」

先に口を開いたのは、僕のほうだった。

「はっきり訊きます。先生もはっきり答えてください」

相変わらず挑戦的に僕を見つめて少女が言った。

「ああ……わかった」

少女に気圧《けお》されるように僕は答えた。

「先生はわたしの本当の父親なんですか？　わたしは本当に先生の娘なんですか？」

少女は怒りに身を震わせていた。それにもかかわらず、彼女はなおも可愛らしく、愛くるしかった。

そんな少女の顔を見つめ、僕はふーっと長く息を吐いた。何度か唇をなめ、それを嚙《か》み締め、それから……頷《うなず》いた。

「いつから……知ってたんですか?」

奥歯を強く嚙み締めるようにして発せられた少女の声は、とても小さくて、微《かす》かに震えていて、とても聞き取りづらかった。


昨夜、連絡の取れない母親のことを心配した少女は、何か手掛かりになるようなものはないかと母親の部屋を捜しまわった。そして、ライティングデスクの引き出しから、母親の日記帳を見つけた。

母親が日記をつけていたことは知らなかったが、それを盗み見ることにためらいはなかった。彼女の母親は娘の日記帳があれば(そんなものはなかったが)、それを平気で盗み見るような人だった。

どんなことが書いてあるんだろう?

微かに胸をときめかせながら、少女は母親の日記帳をめくった。そしてそこに、信じられないことが書かれているのを目にしてしまったのだ。

最初は書いてあることがよく理解できなかった。それから、強い吐き気に見舞われ、トイレに駆け込んで嘔吐《おうと》した。あまりのおぞましさに、鳥肌が立った。

昨夜はほとんど眠ることができなかった。

本当なのだろうか？　あの画家は本当に自分の父親なのだろうか？

信じられなかった。日記によれば、画家はすでにその事実を知っているらしかった。

もし、そうなのだとしたら……もし本当に画家が自分の父親で、もし彼が本当にそのことを知っているのだとしたら……自分の娘と肉体的な関係を続けたりするものなのだろうか？　そんなことができるものなのだろうか？

少女の母は嘘をつくのが平気な人だったから、日記にも嘘を書いているのではないかとも思った。それで画家に直接確かめてみることにしたのだ。

「わたしが娘だとわかってからも、あなたは平気でわたしを犯してたのよね？」

娘はもう僕を『先生』とは呼ばなかった。

僕には返す言葉はなかった。ただ、ゆっくりと首を上下に振っただけだった。

「どうして……」

呻《うめ》くように娘が言った。「どうして……そんな汚らわしいことができたの？」

娘の声は怒りに震え、堅く握り締めた両手が膝の上でわなないていた。

「どうしてなの？　わたしは何も知らない、ただの女の子だったのよ……ああいうことを、まだ1度もしたことのない、本当の女の子だったのよ……それなのに……どうして……どうして、あんな……取り返しのつかないことができたの？」

可愛らしい顔を真っ赤に染めて、娘が同じ質問を繰り返した。

「すまない……」

「謝ってなんか欲しくないっ！　わたしは理由が聞きたいのよっ！」

握り締めた拳《こぶし》を振り上げ、叫ぶように娘が言った。

「こんなことを言っても……言い訳でしかないんだけど……」

娘の顔ではなく、その足の爪を見つめて、僕は低く言った。「しかたなかったんだ……君のお母さんから、君と僕とが親子だと聞かされた時には……本当にやめようとしたんだ。本当に……1度はそう思ったんだ。だけど……どうしても、やめられなかったんだ」

「わたしが、あなたの……実の娘なのに？」

一言一言、言葉を区切るように娘が言った。その声は相変わらず、込み上げる怒りに震えていた。

「ああ。そうなんだ。あの……君のことが好きで……いとおしくて……どうすることもできなかったんだ」

それは少女の母親に言ったことと、ほとんど同じだったかもしれない。けれど、ほかには言葉が見つからなかった。

しばらくの沈黙があった。そのあいだずっと、僕は娘の足の指を見つめ続けた。夏休みになって、娘は淡いピンクのペディキュアを塗っていた。

「最低……あなたって、最低の人よ……」

呻くような声がし、娘がソファから立ち上がるのが見えた。そして、次の瞬間、左の頰に強い衝撃を感じ、顔が真横を向いた。娘が僕の頰を張ったのだ。

僕は何かを言おうとした。けれど、やはり……言うべき言葉が見つからなかった。

顔を上げた僕の目に、部屋を飛び出して行く娘の後ろ姿が見えた。ほっそりとした華奢《きゃしゃ》なその背中は、今すぐに抱き締めたくなるほどの可愛らしさだった。

やがて、娘が玄関で慌ただしくサンダルを履く音が聞こえた。ドアが開かれる音がし、閉まる音がした。

そうして……僕たちのすべてが終わった。

少女がいなくなった部屋で、僕がしたのは、涙を流し続けることだけだった。

第3部

1.

長い長い時間が過ぎた。

いや……実際にはたったの5年が経っただけだ。子供たちとは違って、僕のような中年の男にとっては、5年なんてあっと言う間のことだ。

けれど僕には、あれからとてつもなく長い時間が過ぎたように思える。長くて、空しくて、虚《うつ》ろなままに過ぎていった年月――喜びもなければ、楽しみなこともない時間――。

思えば、かつての僕もそうだった。あの少女と出会うまでの僕には、喜びはなかったし、楽しみにしていることもなかった。

そう。かつての僕は喜びも、楽しみも知らなかった。けれど、知らなかったからこそ、それらがなくても耐えられた。

甘いものの味を知らなければ、甘いものを恋しいと思うことはない。日陰の草のように太陽を知らずに生きていれば、その素晴らしさを欲することもない。

だが、僕はすでに、その味を知ってしまった。その光の暖かさを知ってしまった。

そんな僕にとって、5年の歳月は辛《つら》すぎた。


たとえ喜びがなくても、楽しみなことが何もなくても、それでも人は生きていける。たとえば、日の当たらない場所でも草たちが生き延びていくように……。

僕は今も、海を望むアトリエ兼リビングルームで――あの少女が毎日のようにやって来てポーズをとったあの部屋で――カンバスに向かって絵を描き続けている。

金銭的に困ることはないが、僕は相変わらず無名のままで、画商から求められるままに絵を描いている。今も裸の少女の絵を描くように求められることもあるけれど、そんな注文は以前に比べるとずっと減った。

現在、僕の絵のモデルをしてくれているのは12歳の小学6年の女の子で、少しぽっちゃりとした体つきの、肌の色のとても白い子だ。その子はとても可愛らしい顔をしていて、声や仕草も愛らしい。胸はすでにふっくらとし始めているし、股間《こかん》には柔らかな毛も生え始めている。

けれど、もはや僕がその少女に欲情することはない。

そう。あの少女のあと、6人のモデルの少女がここにやって来た。いずれもみんな可愛らしい女の子だった。

けれど、僕が彼女たちに性的な欲望を覚えることは1度としてなかった。

「やっぱりモデルによるのかなあ？」

この5年で一段と太った画商は、僕が描いた少女の絵を見るたびに、その太い首を窮屈そうに傾げる。「いや、決してこの絵が悪いと言ってるわけじゃないんだよ。でも、何ていうか……楼蘭ちゃんがモデルをしていた時みたいな、凄《すご》みみたいなものが、最近の長澤くんの絵からはなくなっちゃったんだよなあ」

楼蘭——画商がその名を口にするだけで、僕の心は震える。

「楼蘭ちゃんを描いてた時の長澤くんは、本当に神がかっていたもんなあ」

画商だけではなく、絵を買おうとする人たちの多くもそう感じているようで、鈴木楼蘭がモデルを辞めてからの僕の少女の絵は、売れ行きが芳しくなかった。

だが、まあ、そんなことはどうでもいい。絵を描いて生活をしていければ、ほかに望むことはない。


望むことはない？

いや、そうではない。望みはある。

たったひとつの、だが強烈な望みがある。

けれど……その望みをかなえることはできない。

かなわぬ望み。そういうことだ。

きっぱりと諦《あきら》めたはずだった。もう思い出さないつもりだった。けれど、ダメだった。ほんの一時だって、忘れてしまうことなどできなかった。

目を覚ますと、僕は今でもすぐに彼女のことを考える。

コーヒーをすすっていても、食事をしていても、浴槽に体を横たえていても、カンバスに向かって絵筆を握っていても……僕はいつも彼女の姿を思い浮かべている。その声を耳に蘇《よみがえ》らせている。

そう。この5年間、毎日毎日……僕は彼女のことだけを思っている。

会いたい。娘に会いたい。もう1度だけ会いたい。会うことがどうしても許されないというのなら、せめて遠くから……一目でいいから……ほんのチラリとでいいから……その姿を見てみたい。

楼蘭はもう16歳、高校の2年生になっているはずだった。

いったいどんな娘になっているのだろう？　幸せにしているのだろうか？　悲しんでいないだろうか？　辛い思いをしていないだろうか？

ああっ、楼蘭。僕の楼蘭。

僕の娘。僕の愛。僕の夢。僕の欲望。僕の力。僕の全世界。

そうだ。彼女は今も僕の全世界なのだ。

2.

その夏の日、僕は早朝に湘南のマンションを出ると、中古のステーションワゴンのハンドルを握り、北陸地方にある小さな町に向かった。調査会社からの報告によれば、僕の娘はその田舎町の片隅で暮らしているはずだった。

『あなたの大切な人を捜します』

5年前、電話帳の広告を見かけて以来——いったい僕は何度、調査会社に電話を入れて、娘の消息を調べてもらおうとしたことか。そして、そのたびに、いったい何度、それを思いとどまってきたことか。

捜すべきではない。会うべきではない。僕にはそんな資格はない。

そうだ。僕には娘に会う資格はない。

僕は父親であるのに、娘を守ろうともせず、逆にその娘を、心身ともに凌辱《りょうじょく》してしまったのだから。娘からすべてを絞り取り、その人生を目茶苦茶にしてしまったのだから。

それは、わかっているはずだった。

けれど……けれど、今回は思いとどまることはできなかった。

1カ月ほど前、僕はついに電話帳を開き、そこに広告の出ていた調査会社のひとつに電話を入れた。そして、僕の娘を捜し出してくれるように依頼した。

調査会社は娘を捜し出すために、彼女について僕にたくさんの質問をした。けれど、僕は彼女について、ほとんど何も知らなかった。

いや……そうではない。

そうではないのだ。僕は知っているのだ。

僕は知っている……彼女がとても素敵な少女だということを、僕は知っている。彼女がとてもほっそりとした体つきをしているということや、豊かで美しい髪を持っているということや、生意気そうだけれど可愛らしい顔をしているということを知っている。

コーラがとても好きだったということを、僕は知っている。トンカツやエビフライやハンバーグが好きだったということを、僕は知っている。化粧やファッションにとても興味を持っていたということや、クールで意地悪なところもあるけれど、とても優しい心を持っていたということを、僕は知っている。

さらに僕は知っている。性交の時に彼女がどんな声を出すかということを、その時にどんな顔をするかということを、その時、彼女の華奢《きゃしゃ》な体はどういうふうに反応するかということを——僕は知っている。

けれど、僕が知っているのは、ほとんどそれだけだった。その居所を突き止めるための大切なことは、何ひとつ知らなかった。

本当に見つけ出すことができるのだろうか?

だが、調査会社は僕の提供したわずかな手掛かりから、ついに僕の娘を捜し出した。10日ほどで調査会社から報告書が届いた。

その内容は僕を驚かせた。

僕の娘は北陸地方の小さな町の賃貸アパートで、男とふたりで暮らしていた。まだたったの16歳だというのに、高校を中退して結婚していたのだ。娘の相手は19歳で、自宅近くのスーパーマーケットでアルバイトの店員として働いているということだった。

さらに僕を驚かせたのは、娘が妊娠していることだった。調査会社の報告書によれば、娘は現在、妊娠8カ月で、お腹の子は女の子のようだった。

僕は娘が16歳で結婚したことや、高校を中退したことや、妊娠したことを嘆いているわけではない。娘がそれを望んでしたことなら、それはそれで、しかたがない。たとえ貧乏であったとしても、それで娘が幸せを感じているのなら、僕としてはそれでいい。

そうだ。僕は嘆いているわけではない。それでも……その報告書を読んでしまった以上、娘に会わずに済ませることはできなかった。


カーナビを頼りに車を走らせ続けた僕がその町に着いたのは、もう太陽が随分と西に傾いた頃だった。その町は、メインストリートを車で走れば、5分もしないうちに通り過ぎてしまうような、本当に小さくて、本当に何もない、町というよりは集落というような土地だった。

娘が暮らすというアパートはすぐに見つかった。それは町外れの畑の脇に建てられたアパートで、1階に4世帯、2階にも4世帯分の部屋がある、古くてみすぼらしくて、今にも崩れ落ちてしまいそうな木造の建物だった。調査会社からの報告書によれば、娘はその薄汚いアパートの2階の一室、204号室に暮らしているということだった。

アパートのすぐそばに車を停めて、その古ぼけた建物を——2階のいちばん左側の部屋のベランダを見つめる。手が汗ばみ、心臓が高鳴る。

鉄製の狭いベランダには、たくさんの洗濯物がはためいている。男物の服もあれば、女物の服もある。

女物の服——かつて少女がまとっていた服とは随分と趣が変わっている。だが、おそらくそれは、僕の娘の服なのだ。

エンジンを止めた車の運転席にうずくまり、僕は5年前の少女の姿を思い出した。その可愛らしくて、生意気そうな顔や、ふわふわとした栗色の巻き髪や、日に焼けて骨張った肩や、ミニスカートから突き出したほっそりとした脚を思い出した。その仕草や、その笑顔や、怒った時の顔を思い出した。込み上げる思いに、全身が震えた。

ああっ、楼蘭。

今、訪ねて行ったら、どんな顔をするのだろう？　懐かしがってくれるのだろうか？　それとも、怒り狂って追い払おうとするのだろうか？

エアコンが止まった車内の温度は急激に上昇した。その暑さから逃れるかのように、僕は車から降りた。

近くに工場か何かがあるのだろうか？　辺りには、鼻をつまみたくなるような嫌なにおいが立ち込めていた。

車の脇に立ち、またアパートのベランダを見上げる。

その時、突然、狭く薄汚いベランダにワンピース姿の若い女が姿を現した。

僕の娘――間違いはなかった。

3．

その朝、いつものように枕元の目覚ましが5時に鳴った。

反射的に隣に敷いた布団を見たけれど、そこに尚之《なおゆき》の姿はなかった。

またしても無断外泊だ。身重の妻をほったらかして、いったい、どこをほっつき歩いているのだろう？

だけど、今ではもう怒る気にもならなかった。それどころか、今朝はお弁当の支度をしなくて済むと思ってホッとした。

わたしはそのまま、再び眠りに落ちた。

次に目を覚ました時には、もうお昼近くになっていた。枕元に置いた携帯には、尚之から『きのうはごめん。今夜は早く帰る。メシを頼む』というメールが届いていた。

早く帰る？

尚之が帰って来ようと、来まいと、どっちだってよかった。夕食の支度なんて、考えるだけで、うんざりだった。

突き出したお腹の重さによろけながら、わたしは汗でじっとりと湿った布団からのろのろと這《は》い出した。

あーあ。また1日が始まるんだ。

そう思うと、心の底からうんざりした。

う・ん・ざ・り。

そう。もう何もかもが、うんざりだった。

うんざりとした気分のまま、ぼんやりと部屋の中を見まわす。狭い部屋の中はいつものように、足の踏み場もないほどに散らかっている。

ママと暮らしていた頃のわたしだったら、こんな散らかった部屋にいることには、5分だって耐えられなかったはずだ。だけど、今のわたしは何とも思わない。トイレも浴室も吐き気がするほど汚れているけれど、それだって別に何も感じない。

そうだ。人はどんなことにでも慣れてしまうものなのだ。どんな嫌なことにだって、すぐに慣れて、平気になってしまうものなのだ。

トイレを済ますと、冷蔵庫から取り出したコーラの缶を手に、わたしはキッチンのテーブルに座った。

「ああっ、やだ、やだ……」

誰にともなく呟《つぶや》く。そこにあった煙草を手に取り、口にくわえて火を点《つ》ける。相変わらずうんざりとした気分で煙を吸い込み、うんざりとした気分でそれを吐き出す。

ぼんやりと窓の外に目をやる。きょうもとても暑そうだ。窓を閉め切っているにもかかわらず、セミの声が喧《やかま》しいほどに響いているのが聞こえる。白っぽい空を、大きな雲がゆっくりと流れて行く。

アパートの前の狭い道を、4、5人の女の子たちが歩いて行くのが見える。きっとみんな、わたしと同じくらいの年、たぶん高校生なのだろう。みんな、目一杯に着飾っていて、とても楽しそうだ。履きなれないハイヒールに、よろけている子もいる。中にひとり、マイクロミニのスカートを穿《は》いた痩《や》せて背の高い子がいて、その子は昔のわたしみたいに、長く伸ばした栗色の髪を柔らかくカールさせている。

これからみんなで映画にでも行くのだろうか？　それとも、男の子たちと待ち合わせなのだろうか？

本当だったら、わたしもあの子たちみたいに楽しくしていられたはずなのに……髪と爪を伸ばして、ハイヒールとミニスカートをはいて、たっぷりとお化粧をして、アクセサリーをいくつも身につけて……毎日毎日、わくわくと胸を弾ませて生きていられたはずなのに……それなのに……どうしてわたしだけが、こんなふうになってしまったのだろう？

いったいわたしは、どこで、何を間違えてしまったのだろう？

考えてもしかたがない。それはわかっている。だけど、考えずにはいられなかった。

煙草を2本、立て続けに吸ったあとで、わたしはのろのろと立ち上がった。何か食べようと思ったのだ。

冷蔵庫を開ける。だけど、その中には簡単に食べられるようなものは何もなかった。

「ああっ、やだ、やだ……」

わたしはまた、誰にともなく呟いた。今では、それがわたしの口癖になっていた。


妊娠したことがわかった時、わたしはひどく驚いた。

だけど、尚之はもっと驚いたようで、おろおろと取り乱し、あげくの果てに、わたしに中絶してくれと哀願した。

わたしには自分が妊娠したことよりも、その尚之の言葉のほうが驚きだった。

それまでわたしは尚之のことを愛していると思っていた。わたしはこの人と会うために生まれて来たんだ、今までのわたしの人生はこの人と出会うためにあったんだ、と。

だけど、中絶して欲しいという尚之の一言で、そんな愛はどこかに消えてしまった。

中絶するつもりなんてなかった。もし、尚之が責任を取らないというのなら、わたしのママがそうしたように、自分ひとりで赤ん坊を育てるつもりだった。

わたしの決意が揺らがないと知った尚之は、相変わらず取り乱しながらも、わたしに結婚しようと言った。わたしは別に結婚なんてしたくなかったけれど、生まれて来る子を、わたしみたいな父親のいない子にしたくなかった。だから、尚之の結婚の申し出を受け入れることにした。

わたしはまだ高校生だっし、尚之は定職についていなかったから、おばあちゃんはわたしたちの結婚にはすごく反対した。それでも、最後はしかたないと諦《あきら》めたようで、わたしにいくらかの持参金を持たせてくれた。

わたしたちは石川県の結婚式場で、ささやかな結婚式を挙げた。両方の親戚《しんせき》が4、5人ずつ出席しただけの、惨めな結婚式だった。尚之の家にはお父さんがいなくて、とても貧乏だったから、式にかかった費用は、わたしのおばあちゃんが負担してくれた。

わたしは高校を中退し(おばあちゃんは卒業させたがっていたけれど、高校に通いながら赤ん坊を育てるなんて無理だった)、わたしたちはこの惨めな田舎町に小さなアパートを借りて、ふたりで暮らし始めた(敷金と礼金も、おばあちゃんが払ってくれた)。本当は海外に新婚旅行に行きたかったのだけれど、わたしたちにはそんなお金はなかった。

わたしたちの新婚生活は、小さな頃からわたしが思い描いていた甘い生活とは、ほど遠いものだった。それは悲しくなるほどつましくて、悲しくなるほど惨めなものだった。

わたしたちは、死にたくなるほど所帯じみた暮らしをしていた。

尚之がスーパーのアルバイトでもらうお給料は、信じられないほど安かった。だから、わたしは新しい服を買えなかった。新しい靴を買えなかった。新しい化粧品を買えなかった。新しいアクセサリーを買えなかった。ママと暮らしている時だって、決して裕福ではなかったけれど、それでも、これほどではなかった。

わたしは美容室に行けなかったし、お化粧をすることも、香水を付けることも、爪を伸ばすこともできなかった。お金がないせいで、どこかに遊びに行くこともできなかったし、外食することもできなかった。我が家の電化製品はどれも中古のオンボロだったし、我が家の夕食はいつも悲しくなるくらいに惨めなものだった。

それなのに……欲しいものは何も買わないというのに……どこにも遊びに行かないというのに……安っぽいファミレスで食事をすることさえしないというのに……わたしたちには、その月を生きていくことさえ容易ではなかった。

我が家ではしばしば携帯電話が使えなくなった。電話料金を払っていないからだ。ドアポストには毎日のように、水道光熱費の督促状が届いていた。

おまけに、わたしが何も買わず、どこにも行かず、ただ家で家事に明け暮れているというのに、尚之はしばしば友人たちと遊び歩いていた。わたしには内緒にしていたが、いくつもの消費者金融に借金をしているらしかった。それが、わたしには腹立たしかった。

いつだったかわたしが尚之に、「出産が終わったら、わたし、水商売でもして働こうかな？」と言ったことがあった。

軽い冗談のつもりだったし、尚之は水商売なんて反対すると思ったのだ。

けれど、そうではなかった。

わたしの言葉を聞いた尚之は「そうだな。でも、水商売より風俗のほうが金になるだろうな」と、真面目な口調で言ったのだ。

「16歳で風俗店が雇ってくれるわけないでしょう?」

「年をごまかせば働けるよ」

相変わらず真剣な口調で尚之が言った。

わたしは驚くと同時に、悲しくなった。そして、そんな男を好きだと思った自分を、つくづくバカだと思った。

何てつまらない生活なんだろう。何てバカバカしい毎日なんだろう。わたしはたったの16歳だというのに……これからがいちばん楽しい時だというのに……。

わたしは甲斐性《かいしょう》のない尚之を恨んだ。それから、わたしを置いて行方をくらましてしまったママを恨んだ。そして……わたしの体を弄《もてあそ》んだあの男を恨んだ。

そうだ。わたしはあの男を、恨まずにはいられなかった。実の父親であるにもかかわらず、わたしから処女を奪い、何度も繰り返しわたしを凌辱《りょうじょく》したあの男を──。

あの男さえ、もっとちゃんとわたしに接してくれていれば……わたしの人生はこんなにも目茶苦茶にならなかったはずなのだ。

ようやく洗濯と買い物と夕食の支度が終わった頃には、夏の日はもう大きく西に傾き始めていた。

だが、まだ家事は終わりではなかった。これから洗濯物を取り込んで、そのいくつかにはアイロンをかけなくてはならなかった。

わたしは大きな溜《た》め息をついた。もう疲れ切っていたし、体は噴き出した汗でベタベタだった。

「ああっ、やだ、やだ……」

また誰にともなく呟くと、洗濯物を取り込むために、わたしはうんざりとした気分でベランダに出た。

もうすぐ夕方だというのに、窓の外には相変わらず猛烈な熱気が満ちていた。いつものように、近くの工場の煙突からつき出される嫌な臭いも漂っていた。

さっきまでは気がつかなかったけれど、ベランダに面した細い道路に、見慣れないワゴン車が停まっていた。車の脇には背の高い痩せた男が立って、じっとわたしを見つめていた。

あっ。

もちろん、わたしには、それが誰だかわかった。

4.

ベランダに立ったワンピース姿の女を、僕はじっと見つめた。

女もまた僕を見つめていた。

僕は微笑もうと思った。

けれど、できなかった。なぜか、急に涙が溢《あふ》れて来た。

次の瞬間、僕は走った。アパートの裏側にまわり、そこにあった錆《さ》びた鉄の階段を駆け上がった。

部屋にいるかもしれない彼女の夫のことを考えなかったわけではない。だが、僕は足を止めなかった。ただ、ただ、彼女に会いたかった。

その部屋のドアの前に立つと、僕はペンキの剝《は》げかかった木製のドアをノックした。

開けてくれ。お願いだから開けてくれ。

そう祈った。生まれてから、初めて祈った。

祈りは……通じた。

ロックの解除される音に続き、薄汚れたドアがこちら側に開いた。そのドアの向こうに、彼女がいた。

そう。そこに、彼女がいた。

ああっ……楼蘭……楼蘭……楼蘭……。

11歳の少女は、今では16歳になっていた。けれど、僕が思っていたほどには変わっていなかった。ただ、少し大人っぽくなっていて、髪が黒く短くなっていただけで、その顔は……相変わらず生意気そうで、相変わらず可愛らしく、相変わらず美しかった。

最後に会った時よりも少女は随分と背が高くなっていた。たぶん165センチ近いだろう。相変わらずほっそりとした体つきをしていたけれど、プリント柄のワンピースに包まれた腹の部分だけは、信じられないほど大きく前方に突き出していた。

「大きくなったなあ……」

目の前に立った女を見つめて、呻《うめ》くように僕は言った。そして、愛《いと》しい女の姿をもっとよく見るために、溢れる涙を手の甲で拭《ぬぐ》った。

「何をしに来たの？」

その大きな目で僕の顔をじっと見つめて娘が言った。それは、すべてを拒絶するような、冷たくて、刺々《とげとげ》しくて、突き放すかのような口調だった。

「お前に会いたくて……」

お前――彼女をそう呼ぶのは、おそらく初めてだった。

「何言ってるの、今さら？」

冷たく僕を見つめ、娘はフンと鼻を鳴らす仕草をした。「わたしは会いたくなかったわ。さっさと帰って」

そう言うと、娘はドアを閉めようとした。僕はその手首を握り締めた。それはかつてと同じようにほっそりとしていて、かつてと同じように骨張っていた。そして、噴き出した汗で少しベタついていた。

「やめてっ！　手を放してっ！」

ヒステリックに娘が叫んだ。「放してっ！　警察を呼ぶわよっ！」

怒りに震える娘の声は、彼女の母親にそっくりだった。

「わかった。帰るよ。だから、叫ばないでくれ」

娘から手を放して僕は言った。「頼む。少しだけでいいんだ。僕の話を聞いてくれ」

「あんたから聞きたい話なんてないわ」

相変わらず強い口調で娘が言った。娘の口から飛んだ唾液《だえき》が、僕の顔にかかった。それも、若かった頃の彼女の母親にそっくりだった。

「わかった。それじゃあ、もう話はしない。だけど、あの……これだけ受け取ってほしいんだ」

僕はポケットから財布を取り出した。そして、そこに入っていた銀行のキャッシュカードを娘に差し出した。

「何よ、それ？」

娘はそれを受け取らなかった。ただ、じっと見つめただけだった。

「銀行のキャッシュカードだよ。あの……今、３００万円ぐらい残高があるから、あの…

…好きなように使ってくれ」

「あなたのカードなの?」

「そうだよ。あの……お前に使って欲しいんだ」

「わたしに?」

「これからも、あの……できるだけたくさんこの口座にお金を入れるようにするから、だから、あの……時々は銀行に行って残高を確認して、入っているお金はみんな使ってくれ。あの……暗証番号は0331だよ。覚えやすいだろう?」

僕が言い、娘は僕の手からキャッシュカードを受け取ってくれた。その左手の薬指にはプラチナみたいな指輪が光っていた。

5.

わたしにプラスティックのカードを突き出して男が言った。

「これからも、あの……できるだけたくさんこの口座にお金を入れるようにするから、だから、あの……時々は銀行に行って残高を確認して、入っているお金はみんな使ってくれ。あの……暗証番号は0331だよ。覚えやすいだろう?」

もちろん、覚えやすい暗証番号だった。わたしの誕生日は3月31日だった。

「本当に300万円も入っているの?」

受け取ったカードを見つめて、半信半疑でわたしは訊《き》いた。３００万円なんて、我が家にとっては宝くじが当たったほどの大金だった。

「うん。今は３００万円ぐらいだけど……今度、お金が入ったら、またこの口座に入れておくよ。今月末に、画商から絵の代金の支払いがあるんだ……あの……子供が生まれるんじゃ、いろいろとお金が必要だろう？」

「どうして、わたしにお金をくれるの？」

わたしは訊いた。もしかしたら彼が、そのお金でわたしの体を買おうとしているのかもしれないと思ったのだ。かつていつも、そうしていたように……。

「どうしてって……僕はお前の父親じゃないか……」

今にも泣き出しそうな顔でわたしを見つめて、男が言った。

お金は人生のすべてではない。世の中にはお金より大切なことがたくさんある。

ずっとわたしはそう思っていたし、今もその考えに変わりはない。だけど、人が生活していく上で、やはりお金は大切なものだ。最近のわたしはつくづくそう思う。

そのお金はわたしたちにとって、涙が出るほどありがたいものだった。それがあるだけで、人生のほとんどの問題が解決するかと思えるほどだった。

ありがとう。

男に言おうとした。だけど、わたしは言わなかった。

お礼を言う必要なんてなかった。その男がわたしに、それぐらいのことをするのは当たり前のことだった。

「ちょっと……中に……入る？」

それでも、わたしはそう言った。

「あの……いいのかい？」

部屋の奥に目をやりながら、男が遠慮がちに言った。そのおどおどとした口調が、わたしには懐かしく感じられた。

部屋の中はいつものように、凄《すさ》まじいほどに散らかっていた。わたしはそれを恥ずかしいと思った。

それでも、その男を、わたしは招き入れたかった。


わたしたちは狭くて散らかったキッチンの、狭くて散らかったテーブルに向き合って冷たい麦茶を飲んだ。

「お前には本当にすまないことをしたと思ってる。許してくれ」

男はわたしに深々と頭を下げた。

何言ってるのよ？　許せるはずがないでしょう？

わたしはそう言いたかった。あなたのせいで、わたしの人生は目茶苦茶になってしまったのよ、と。

だけど、わたしは言わなかった。不思議なことに、あれほど強烈だった男への怒りが、今では信じられないほどに消えていたのだ。

300万円を引き出すことができるという、あのプラスティックのカードのせいだろうか？　わたしの怒りは、そんなにも安っぽいものだったのだろうか？

わたしには、自分の心がわからなかった。

「あの……幸せにしてるのかい？」

かつてと同じように、遠慮がちに男が訊いた。

そう。あれから5年もの時間が過ぎたというのに、目の前にいる男はまったく変わっていなかった。まるで、タイムマシンに乗って来たかのようだった。

「ええ。そうね……まあ、幸せにしてるわ」

そう言ってわたしは微笑んだ。だけど、その言葉が白々しいということは、わたしにもわかっていた。

わたしたちが暮らしているこのアパートはあばら家も同然だった。家の中にあるものはすべてが安っぽくて、すべてが古ぼけていた。わたしが着ているワンピースは薄汚れていて、擦り切れていて、恥ずかしくなるほど安っぽい惨めなものだったし、美容室に行っていない髪はボサボサだった。

そう。わたしは幸せとはいちばん遠いところにいた。そんなことは誰が見てもわかるはずだった。

しばらくの沈黙があった。そのあいだずっと、男は手にした薄汚れたグラスの中の麦茶を見つめていた。

やがて……男が顔を上げた。そして、わたしを見つめて言った。

「なあ、ロー……」

それは低く、呟《つぶや》くような声だった。

「なあに？」

わたしは男を見つめ返した。

誰かから『ロー』と呼ばれるのは5年ぶりだった。

「あの……僕と一緒に……行かないか？」

「えっ？」

一瞬、何を言われたのかわからなかった。

そう。わたしには、男が何を言っているのか、まったくわからなかったのだ。

「僕と一緒に……来てくれないか？」

男が同じような言葉を繰り返し、わたしは惚《ほう》けたように男の顔を見つめ続けた。

6.

「僕の言うことがわかるかい？」

呆然《ぼうぜん》としているわたしを見つめて、男はひどく真剣な口調で言った。「僕と来て欲しいんだ。僕と一緒に……行って欲しいんだ」

数秒が経過して、ようやく、わたしは男が何を伝えようとしているのかを理解した。

ああっ、この人は、わたしをここから連れ去ろうとしているんだ――。

またしばらくの沈黙があった。男はわたしを見つめ続けていた。窓の外では相変わらずセミが喧《やかま》しく鳴いていた。

何を言ってるの？　バカにしないでっ！

きっとわたしは、そう怒鳴るべきだったのだろう。

ふざけたこと言わないでっ！　さっさと出て行ってっ！

きっと、そう叫ぶべきだったのだろう。

けれど、わたしはそうしなかった。ただじっと、男を見つめていただけだった。

どのくらいの時間が過ぎたのだろう？　やがて、わたしは口を開いた。

「いいわ……行くわ……」

わたしは、自分がそう言うのを聞いた。

行く？　この男と行く？

それは、自分自身にも信じられない言葉だった。

「本当なのかい？　僕と一緒に行ってくれるのかい？」

「ええ……行くわ……」

わたしの口は同じ言葉を繰り返していた。

そうだ。行くのだ。わたしは、行くのだ！

「それじゃあ、行こう！　すぐに行こう！」

勢いよく男が立ち上がった。それにつられるように、わたしも立ち上がった。

「あの……荷物を……」

わたしは言った。

「いや、何も持たなくていいよ。あの……欲しいものは何でも買ってあげるから……だから、そのまま行こう」

男が言うのが聞こえた。きっと、わたしの気が変わるのを恐れているのだろう。

「でも……着替えと、お化粧ぐらい……」

「いや、いいんだ。何もいらない……お前さえいてくれれば、何もいらない」

男がせかし、わたしは男と一緒に玄関に向かって歩きだした。

いいのだろうか？　行ってしまって、いいのだろうか？

玄関に向かって歩きながらも、わたしはひどく戸惑っていた。だけど、わたしの体は戸惑ってはいなかった。

そう。わたしの体は戸惑ってはいなかった。わたしの体は男のあとについて、勝手に歩きだしていた。

わたしの意思を無視して、わたしの体が、玄関のたたきにあった汚らしいサンダルをつっかける。ドアを出て、鍵《かぎ》も掛けずに歩き始める。洗濯機が並んだ狭い通路を抜け、錆《さ》びた鉄の階段を降りる。途中でわたしがよろけ、男がわたしをしっかりと抱き締める。

「大丈夫かい、ロー?」

男が言い、わたしは無言で頷《うなず》く。今度は自分自身の意思で、男の体にしっかりとしがみつく。

男に抱えられるようにしてアパートの外の凸凹道を歩く。アパートの脇に停まったワゴン車のところまで来る。男がドアを開ける。そして、わたしはひどく戸惑い続けながらも、車の助手席に乗り込んだ。

7.

運転席に乗り込むとすぐに、男は車を発進させた。そして、凸凹した田舎道を猛スピードで走り始めた。

わたしを閉じ込めていた、うんざりするような田舎町の景色がものすごい勢いで後方に流れて行った。それを見つめながら、わたしは心が晴れ晴れとしていくのを感じた。それはまるで、空を覆っていた厚い雲が、強い風に吹き飛ばされて、抜けるような青空に変わる瞬間みたいな感じだった。

ほんの5分ほど走っただけで、その忌ま忌ましい町は消え去った。完全に消えて、見えなくなった。

わたしはそっと息を吐いた。

「ねえ……今もわたしが好きなの？」

ハンドルを握り締める男の強《こわ》ばった横顔にわたしは訊《き》いた。

「ああ、そうだよ」

わたしのほうには顔を向けずに、強ばった顔のまま、男が答えた。

「ものすごく？」

もう1度、わたしは男に訊いた。

「ああ……ものすごく……世界でいちばん……この世の誰よりも……」

やはりわたしのほうには顔を向けずに、強ばった顔のまま、男が答えた。

ああっ、こんなことをしてよかったのだろうか？

わたしは無言で唇を嚙《か》み締めた。

戻るのだったら、今しかなかった。今だったらまだ、取り返しがつくはずだった。

やっぱり戻る。家に帰して。

何度もそう言いかけた。

やっぱりダメよ。帰るわ。帰してっ！

だけど、わたしは言わなかった。

辺りの景色はたちまち変わり、いつの間にかくねくねと曲がりくねった山道を走っていた。山道に入っても、男は車のスピードを落とさなかった。何度か対向車とぶつかりそうになり、わたしはハッとしたけれど、男はアクセルを緩めはしなかった。

わたしは無意識のうちに、突き出したお腹に手を置いていた。そして、その時になってようやく、自分が尚之の子を妊娠していることを思い出した。

「この子だけど……」

お腹を撫《な》でながら、わたしは言った。「産んでもいいの？」

「ああ……もちろんだよ」

右へ左へとハンドルを切り続けながら男が言った。

「だけど、この子……あなたの子じゃないのよ。ほかの男の子供なのよ」

「それでも、僕の孫だろう？」

わたしのほうにチラリと目をやり、男が笑った。

そうだった。この男はわたしの父親だったのだ。生まれて来る子の祖父だったのだ。わたしはすっかり、それを忘れていた。いつの間にかその男を、わたしの新しい夫のように考えていたのかもしれない。

男がヘッドライトを灯《とも》した。もう、夕方が終わり、夜になっていた。

わたしはそっと手を伸ばし、ハンドルを握り続ける男の左肩に触れた。昔と同じように、そこには余分な肉がまったく付いていなかった。

「パパ……」

遠慮がちに……でも、はっきりと……わたしはそう呼びかけた。そして、昔のことを思い出した。

そう。昔、わたしが絵のモデルをしていた頃、ふたりで仕事をサボって遊びに行った時にはいつも、自分が彼をそう呼んでいたことを。そして、そういう時には、わたしはとても幸せな気持ちでいられたことを。

あの頃は、彼を父親だと思っていたわけではない。ただ、わたしには父親がいなかったから、そう呼んで甘えてみたかっただけだった。

だけど、今は違う。わたしの隣にいるのは、わたしの父なのだ。これからわたしは、実の父と生きていくのだ。たぶん、父を夫にするのだ。

許されない？

きっと、そうなのだろう。こんなことは許されることではないのだろう。

だが、わたしはすでに、そうしようと決意していた。いつの間にか、決意していた。

もし、わたしのママがわたしと同じ立場だったとしたら……たぶんママもそうしただろう。誰に反対されても、そうしただろう。

ママとわたしは、よく似ているのだ。

「パパ……」

わたしはそう繰り返した。男の左肩に自分の右の耳を押し当てた。男がそっと手を伸ばし、膝《ひざ》の上にあったわたしの手を握り締めた。もう何年も覚えたことのなかった安堵《あんど》感が、体の中に暖かく広がるのがわかった。

エピローグ

娘であり、妻でもある女を助手席に乗せて、僕は夜の山道を走り続ける。女の腹の中にいる、娘であり、孫でもある赤ん坊と一緒に走り続ける。

明日のことは、わからない。いや、今夜のことさえ、わからない。けれど、隣にこの女がいれば、恐れることは何もなかった。その女は、僕のすべてだった。僕の全世界だった。

細い道が大きく右にカーブする。対向車線に姿を現した巨大なトレーラーがセンターラインをはみ出して来る。

「怖いわ……」

助手席に座った娘であり、妻でもある女が僕の左腕にしがみつく。

「大丈夫。怖くなんかないさ」

女の父親であり、夫でもある僕が言う。

そう。怖いことなど、何もない。

「こんなことして……大丈夫かなあ？」

僕の腕にしがみついたまま、娘であり、妻でもある女が不安げに言う。「わたしたち……幸せになれるかなあ？」

「わからない。だけど……何とかなると思う」

「そうよね。何とかなるわよね」

女が言い、僕は素早く左を向き、娘の可愛らしい顔を見る。

「ねえ……今もあの部屋に住んでるの？」

「ああ、そうだよ」

「あの部屋の窓からは、今も赤い地震観測用のブイが浮かんでいるのが見えるの？」

「ああ。今も見えるよ」

「あの部屋には……今もテレビはないの？」

「そうだね。テレビはないね」

「テレビ……買ってもいい？」

「ああ。いいよ。明日、一緒に買いに行こう」

そう答えた瞬間、急に目の前がぼやけた。

僕は慌てて、車を路肩の草むらに停めた。

「どうしたの？」

娘であり、妻でもある女が不思議そうに僕を見る。「泣いてるの？」

そう言った女の目からも、見る見る涙が溢《あふ》れ出る。

僕は車のエンジンを止め、ヘッドライトを消し、サイドブレーキを引いた。そして、すぐ左側にいる女のほっそりとした体を、力の限りに抱き寄せた。

「パパ……」

耳元で娘が囁《ささや》いた。

すぐ脇を走り抜ける大型トラックの振動が、僕たちの体を大きく揺らした。

日の当たる場所に生える草があり、日の当たらない場所に生える草がある。日陰の草は動けない。そこで耐えて、生き続けるしかない。けれど……季節が巡れば、いつかそこに、日の光が差すことがあるかもしれない。たとえば、今の僕のように……。

「パパ……」

女の吐き出す湿った息が、僕の耳を優しくくすぐる。ほっそりとしたその腕が、僕の背中をさらに強く抱き締める。

僕は奥歯を嚙《か》み締める。そして、そっと目を閉じる。

ああっ、楼蘭。

僕の娘。僕の愛。僕の夢。僕の欲望。僕の力。僕の全世界——。

僕は今、全世界を手に入れた。

あとがき

子供を産みたい——。

結婚から15年近くが過ぎた何年か前に、妻が突然、そう言い出した。

その言葉は僕には驚きだった。それまで妻は子供が欲しいと言ったことはなかったし、僕自身も、自分がいつか父親になるとは考えたこともなかったから。

僕の妻は思いつきで物を言うタイプの女ではない。だとしたら、その言葉は彼女の心の底から吐き出された切実な叫びであるに違いない。

僕たちは子供を作ることにした。

赤ん坊なんて、簡単にできるのだろう。

実は僕はそう思っていたし、妻もそう考えていたらしい。

けれど、少なくとも僕たちにとっては、子供を作ることは簡単ではなかった。いつまでたっても妻は妊娠しなかったのだ。

その後、僕たち夫婦は不妊治療専門のクリニックに通い始めた。そして、そこで人工受精や体外受精を繰り返した。

男の僕の負担はほとんど金銭的なものだけだ。けれど、実際に子供を産もうとする妻の肉体的・精神的な負担は凄《すさ》まじいものだった。

だが、それほどの犠牲を強いられたにもかかわらず、現在にいたるまで妻は妊娠していない。

そう。いまだに僕たちには子供はいない。

けれど、数年前に妻が「子供を産みたい」と言い出した時に、僕の想像力はすでに自分の娘を産んでいた。

そうなのだ。まさにあの瞬間に、僕は初めて、自分の息子や娘というものについて想像を巡らせたのだ。生まれて初めて、そのことを想像したのだ。

僕は想像をすることによって、自分の娘たちを産み出した。『復讐執行人』に描いた「美由」と「美奈緒」は僕の娘だったし、『人を殺す、という仕事』の「あやめ」と「すみれ」も僕の娘だった。

そして、この本の中で、僕はまたひとり「楼蘭」という娘を産み出した。

「子供を産みたい」という妻の言葉がなければ、おそらく、どの少女も出現することはなかっただろう。

だから、もし万一、僕たちが赤ん坊を授からなかったとしても、妻にはそんなに嘆かないでもらいたい。そんなに悲しまないでもらいたい。

「美由」も「美奈緒」も、「あやめ」も「すみれ」も、そしてこの本の主人公である「楼蘭」も、すべては妻が産んだ娘たちなのだから……。

いちいち断る必要もないとは思うが、この本はウラジミール・ナボコフの『ロリータ』に強い影響を受けて書かれた。主人公の少女の名を「楼蘭」とし、「ロー」と呼ばせたのも、同じく「ロー」と呼ばれたナボコフの『ロリータ』に敬意を表してのことである。
男であり、娘もいない僕が、母と娘の関係を描くにあたっては書物を——特に女性によって書かれた書物を参考にするしかなかった。僕は女流作家によって書かれたたくさんの書物を読んだ。その中でも、マルグリット・デュラスの著書の数々とフランソワーズ・サガンのいくつかの著作、それにモナ・シンプソンの処女長編により多くの影響を受けた。デュラスとサガンはすでにこの世の人ではないが、彼女たちに感謝したい。

最後に……角川書店の佐藤秀樹氏と時岡哲郎氏に感謝する。特に佐藤氏の助言によって、僕のロリータはより生意気で、より憎らしく、より可愛らしい娘になった。
佐藤氏と初めて一緒に仕事をした『アンダー・ユア・ベッド』から七年。いろいろあったようで、あっと言う間でした。これからもぜひ、よろしくお願いします。

二〇〇七年師走《しわす》　　大石　圭

檻《おり》の中《なか》の少女《しようじよ》
大石《おおいし》 圭《けい》

角川ホラー文庫　H78-17　15002

平成20年1月25日　初版発行

発行者――井上伸一郎
発行所――株式会社角川書店
東京都千代田区富士見2-13-3
電話/編集(03)3238-8555
〒102-8078
発売元――株式会社角川グループパブリッシング
東京都千代田区富士見2-13-3
電話/営業(03)3238-8521
〒102-8177
http://www.kadokawa.co.jp
印刷所――旭印刷　製本所――BBC
装幀者――田島照久

ISBN978-4-04-357217-5 C0193

角川文庫発刊に際して

角　川　源　義

第二次世界大戦の敗北は、軍事力の敗北であった以上に、私たちの若い文化力の敗退であった。私たちの文化が戦争に対して如何に無力であり、単なるあだ花に過ぎなかったかを、私たちは身を以て体験し痛感した。西洋近代文化の摂取にとって、明治以後八十年の歳月は決して短かすぎたとは言えない。にもかかわらず、近代文化の伝統を確立し、自由な批判と柔軟な良識に富む文化層として自らを形成することに私たちは失敗して来た。そしてこれは、各層への文化の普及滲透を任務とする出版人の責任でもあった。

一九四五年以来、私たちは再び振出しに戻り、第一歩から踏み出すことを余儀なくされた。これは大きな不幸ではあるが、反面、これまでの混沌・未熟・歪曲の中にあった我が国の文化に秩序と確たる基礎を齎らすためには絶好の機会でもある。角川書店は、このような祖国の文化的危機にあたり、微力をも顧みず再建の礎石たるべき抱負と決意とをもって出発したが、ここに創立以来の念願を果すべく角川文庫を発刊する。これまで刊行されたあらゆる全集叢書文庫類の長所と短所とを検討し、古今東西の不朽の典籍を、良心的編集のもとに、廉価に、そして書架にふさわしい美本として、多くのひとびとに提供しようとする。しかし私たちは徒らに百科全書的な知識のジレッタントを作ることを目的とせず、あくまで祖国の文化に秩序と再建への道を示し、この文庫を角川書店の栄ある事業として、今後永久に継続発展せしめ、学芸と教養との殿堂として大成せんことを期したい。多くの読書子の愛情ある忠言と支持とによって、この希望と抱負とを完遂せしめられんことを願う。

一九四九年五月三日